小学館文庫

都立水商1年A組

室積 光

小学館

四月

眠れない。

悪夢のせいだ。

淳史《あつし》はベッドの中で何度も寝返りをうちながらそう思った。明日は入学式だというのに、寝入りばなに見た嫌な夢で目が覚めた。そのまま目が冴《さ》えた状態だ。眠りに落ちようという努力も虚《むな》しく、頭の中で同じ言葉が巡っている。

『他に入れるところはないから』

夢の中で中学の担任教師が放ったのは、現実でも言われた言葉だった。

『他に入れるところはない』

さも面倒臭そうなその言い回し。忘れることはない。

悪夢はその言葉で始まった後、カンニング事件で校長室に連れて行かれる場面になった。校舎の二階の廊下を教師に続いて校長室に向かう。職員室の隣が校長室だ。現実に起こった場面と同じでも、教師に続いてトボトボ歩く自分自身の姿も見えるのが夢である証《あかし》だった。

『入れ』

教師に冷たく言われて校長室に入ると、そこにはなぜか枯野が広がっていた。

大きな机がその野原に置かれ、香月《こうづき》校長が座っていた。この校長の笑顔の記憶が淳史にはない。無表情に淳史を見上げる校長の肩にだけ雪が薄く積もっていた。

枯野は地平線まで続き、夕日のオレンジ色に染まっている。遥《はる》か向こうに声を上げて遊ぶ同級生が見えた。

「僕はあいつらに言われて手伝っただけです。どうしてあいつらは遊んでいるんですか?」

淳史の問いには誰も答えず、淳史自身の心の声が聞こえてきた。

(あいつらには明るい未来がある。僕とは違う)

そしてまた教師の声が、

『他に入れるところはないから』

と繰り返すのだった。

気づくと机ごと校長の姿は消えていた。

淳史一人が置き去りだ。

目が覚めてしばらくすると次第にウトウトしてくるのだが、眠りに落ちかかるたびに、枯野に立ち尽くす自分の姿が真上から見えた。

（また悪夢の続きか？）

そう警戒して再び目の冴える淳史だった。

＊

東京都立水商業《みずしょうぎょう》高校が、ここ新宿歌舞伎町《かぶきちょう》に設立されてから今年で二十七年になる。

伊東雅史《いとうまさし》は設立以来この学校に勤務する体育教師だ。都立高校でありながら、長きに亘《わた》って彼がこの学校から離れなかったのには、特別な事情がある。

まず彼が「東京都立水商業高等学校設立準備委員会」から委員として関わってきたこと。学校設立に至るまでの準備段階を知り、設立後の暗中模索の時期にも職員室にいた教師は貴重な存在だ。この学校ならではの教育方針、あるいはならわし、しきたり、といったものを、その成立した理由から熟知している。

何しろ日本初の、いや世界初の水商売を学ぶ公立高校である。他の高校から転任してきた教師にとっては、伊東は指導者であり、頼みとする相談相手なのだ。

そしてもう一つ、彼が監督としてずっと水商野球部を指導し、かつて夏の甲子園《こうしえん》で優勝に導いたこと。

都立でありながら開校六年めで甲子園初出場は快挙と言われ、その後の全国優勝に至るまでの快進撃は、未《いま》だに多くの人々の口から痛快な思い出として語られる。この学校と特別な縁のない人でも、あの夏の出来事は印象深く記憶していることだろう。

夢をもう一度、という期待はどうしてもつきまとい、水商野球部から伊東監督が去ることは誰も望まなかった。

伊東本人に言わせれば、あのときは信じられないような偶然が重なっただけだ。何しろ先発メンバーのうち四人が、卒業後プロ野球選手として、とりわけエースの徳永《とくなが》猛《たけし》はメジャーリーガーとして大活躍した。滅多にある話ではない。自分は稀有《けう》な幸運に遭遇した監督に過ぎない、伊東はそう思っている。

主にこの二つの理由から、教員生活のほとんどを都立水商で送ってきた伊東だが、後悔してはいない。むしろ、そのことを誇りに思い、人一倍この学校には愛着を持っている。

入学式の朝、伊東はふだんよりも数十分早く出勤し、新入生を迎える最後の準備に余念がなかった。

担任する一年A組の教室で机に名札を置いていく。A組は男子クラスだ。「マネージャー科」。まずウェイターとしての動きから学び、最終的には店の経営を任されるマネージャーとしてのノウハウまでを学ぶ。「ホステス科」と並び、この学校の中核を担う科である。

（四十人全員出てきてくれるといいのだが）

開校当初は生徒を集めるのに苦労した。都内の中学校には厄介者の生徒を推薦してくる風潮があり、第一期生の入学式では不貞腐《ふてくさ》れたような顔が並んでいたものだ。それが初代校長矢倉茂夫《やぐらしげお》を中心にした教師陣の熱意によって、生徒の学習意欲を引き出すことに成功した。そしてそんな生徒たちの真摯に学ぶ姿勢が、世間の偏見を覆し、二期生以降徐々に志願者数を伸ばす結果に繋《つな》がった。

元々都立水商設立案が浮かんだ頃、この国はバブル経済という熱病の中にいた。伊東はあの時代を懐かしがる風潮を理解できない。日本人がもっとも醜くなった時代だと考えている。

だがその時期は、全国あらゆる業界に経済的恩恵が行き渡り、水商売の世界も隆盛を極めていた。就職に困らない時代で、新卒者は各業界において引く手あまたであったが、水商売の世界でもよりハイレベルなサービスを目指す意味はあり、そこに人材を必要とする時代でもあった。

ところが、水商が開校した年の春、バブルが弾《はじ》けた。水商設立の意義はここで破綻したかに見えた。しかし今度は逆に就職難となり、水商売の道に活路を見出《みいだ》す生徒がこの学校を志望することになった。

水商売の世界には不況の影響が直撃する。だが、いつの時代にもなくてはならぬ存在であるのもこの業界だ。嵐を潜《くぐ》り抜けて根強く生き抜く実力者は必ずいる。都立水商設立の目的は、まさにそういう真のプロフェッショナルを養成するところにあったから、好不況にかかわらず高い志を持った入学志望者は必ず存在した。

つまり新入生は極端にモチベーションの高い者と、成績不振から高校進学にあたって行き場のなかった者とに二分されてしまう。ただ、入学して数週間経《た》てば、前者が後者にいい影響を与えて、雰囲気が落ち着いてくるのがふつうである。

しかし、まず登校してもらわないことにはノーチャンスだ。例年、初日から姿を現さない生徒は何人かいる。そのまま顔も見せずに退学する者も珍しいわけではない。伊東はそれを危惧していた。何とか彼らに語りかける時間が欲しい。その上で退学を希望するなら諦めようもある。

教室の最前列右側から出席番号順に名札を置いていく。フルネームを心の中で読み上げる。これは伊東にとって一つの儀式だ。

この四十人が卒業するとき、都立水商は創立三十周年を迎える。そしてその年に伊東は定年を迎え、この最後の教え子たちとともにこの学校を去るのだ。

冨原《とみはら》家の玄関を上がり、右手の階段を上りきって、左のドアが長男・常生《つねお》の部屋、正面のドアが次男・淳史の部屋となる。両親に弟の様子を見てくるように言われた常生は、起き出してから一度下りたばかりの階段を再び上り、淳史の部屋のドアをノックした。

「淳史、入るぞ」

声をかけてドアを開ける。

「起きてるんだろ？」

「うん……頭痛いんだ」

ベッドに入ったまま、沈んだ声で淳史は答えた。弟の表情を見ようと部屋に入った常生は、顔色を確かめる前にその気持ちを察した。

「行きたくないのか」

「……」

「わかった。今日は休めばいいさ。父さんには言っといてやるよ」

「ごめん、兄ちゃん」

「明日から行ったらいいさ」

常生が部屋から出かけたとき、淳史の声が後を追った。

「兄ちゃん、どうして俺だけデキが悪いのかな？」

「淳史は別にデキが悪いわけじゃないよ」

一階のリビングでは両親が気を揉《も》んでいた。

「やっぱり気が進まんのじゃないか？」

父親の喜一郎《きいちろう》自身、次男の進路に最初から納得していたわけではなかった。

「そんな、話し合った上でのことだし……」

母親の和子《かずこ》は控え目に反論する。

「そう言うが、母さんだって入学式には出ないつもりだろう？」

「それは、淳史が来なくていいって」

「そうかもしれんが、常生の高校入学のときには行ったのに……」

「私が悪いんですか？」

「そうは言ってないよ。気が引けてるんじゃないかと思ってさ」

「そんなことありませんよ。お父さんこそ世間体を気にしてるんじゃないの？」

長男の常生は都立の普通高校から都内の私立大学の理工学部に進んでいる。それなりに伝統もあり、世間で名の通った大学だ。幼い頃から素材としては兄と大差なかったはずの淳史は、今日から新宿歌舞伎町の都立水商に通う。この学校の存在自体は知っていたものの、冨原家はこれまで水商売との関わりはなかったから、どうしても戸惑う気持ちが先立つ。

「淳史、頭痛いから休むってさ」

「仮病じゃないか？」

常生の報告に喜一郎は、父親として気にかけるべきことを口にした。

「いや、風邪じゃないかな。明日は行くってさ」

「ならいいが……」

納得してみせた喜一郎の傍らで、和子は常生のカップにコーヒーを注《つ》ぎながら曇った表情で言った。

「入学式なのに」

「いいじゃない。どうせ授業はないんでしょう？　明日から行くって言ってるんだし」

常生の口調は明るい。両親があまり神経質になると、弟にとっても良くない。いわば過剰反応の悪循環が始まってしまう。その長男の配慮を汲《く》んだのか、

「そうだな、今日は母さんが一緒にいてやればいいじゃないか」

喜一郎は和子の反応をうかがうようにして言った。

「そうね。もう少ししたら学校に電話しなくちゃ」

気にするような問題じゃない、と三人三様に確かめあっているような空気が流れた。

喜一郎と和子も普通科の高校から大学に進んでいる。それぞれの兄弟もそうだった。

この家の次男だけが、都立水商マネージャー科に進むというのは親戚中を当惑させている。喜一郎の母など都立水商の存在自体を理解するのに何日もかかった。

「そりゃ、水産高校と商業高校が一緒になったものかい？」

水商売の「水商」だ、と何度説明しても的外れな反応を繰り返した。とうとうボケ始めたか、と喜一郎を不安にさせた母だったが、思えば可愛《かわい》がっていた孫の行く末を案じて、現実をすんなりと受け止められなかったのだろう。

父と兄はいつも通りに家を出た。残された和子が二階の淳史に声をかける決心をしたとき、当の淳史がリビングに顔を見せた。すでに臙脂《えんじ》のブレザーにグレイのズボンの制服姿だ。

「あっちゃん、あなた大丈夫なの？　寝てれば？」

「いや、やっぱり学校行くよ、入学式だし」

「そう、そうね」

和子が続く言葉を探していると、

「朝ごはんいいや」

淳史はすでに玄関に向かっていた。

淳史が学校に向かう気になったのは、家族に心配させたくなかったからだ。特に兄にはすまないと思う。四つ違いの兄に少しずつ追いついてきたと思っていたのに、ここに至ってまた差が開いた格好で、変に気を使わせている。遊んだり、たまには喧嘩《けんか》したりのごくふつうの兄弟だった頃が懐かしい。

駅までの道を歩くうちに次第に気分もよくなってきた。実際外に出るまでは頭痛を感じていたのだが、単に寝不足のせいかもしれない。

田園都市線で渋谷に出る。そこで山手線に乗り換え、新宿に向かう。その頃には淳史は自分の気持ちを切り替えることに専念していた。とにかく今日からはいじめに遭っていた中学生活と縁が切れて、新たな世界に飛び込めるのだ。

淳史をいじめていたのは神尾祐樹《かみおゆうき》という同級生だった。使用人か何かのように利用されていた、と言った方が正確かもしれないが、淳史にとってはそれが苦痛だった。教師の方はいじめに気づかず、むしろ二人が友人だと思っていた節がある。

パシリとして使われることは日常茶飯事で、金銭的にもタカられていた。神尾との関係がそうなると、神尾の取り巻きのようにしていた何人かもそれに便乗してくる。典型的ないじめの構図だ。

もっともひどかったのは、テストでカンニングを手伝わされ、バレたときには淳史が主犯とされたことだ。それをきっかけに淳史の成績は低空飛行を続けた。

（どうせ、いい成績を取ろうものなら、カンニングを疑われるんだし）

と拗《す》ねて無気力になってしまったのだ。

そして進路を決定する時期になると、都立水商しか選択肢は残っていなかった。

当惑する両親には、

「他に入れるところないし」

と教師から言われたままを伝えた。行きたいと思っていた高校ではない。ただ、神尾の顔を見ないで済む。神尾は野球特待生として楓光《ふうこう》学園への進学が、ごく早い時期に決まっていた。楓光学園なら通学するのも水商とは逆方向だ。途中で出会う心配もない。

学校に到着したときには、校門を入ってすぐの前庭に保護者が屯《たむろ》しているだけで、生徒昇降口の周辺はすでに静かになっていた。

五階に上がる。一年生の教室が並んでいるフロアだ。エレベーターを降りて、一番手前に一年A組の教室がある。すでにクラスメイトが顔を揃《そろ》え、先生もいるはずだ。邪魔にならないようにそっとドアを開けた。

「すみません、遅れました」

一礼して教室に入る。

「お、来たか。担任の伊東だ。これで全員揃ったな。ちょうど自己紹介を終えたところだ。君も名前と出身中学をみんなに教えてくれ」

そう言って伊東先生が手招きする。淳史は教卓の横に立ち、クラスメイト全員と対面した。

「世田谷区立桜新町《さくらしんまち》中学校から来た冨原淳史です。よろしく」

クラスメイトは拍手で応えてくれた。

「冨原はクラス委員長だ」

横に立つ伊東先生が付け加えて、みんながざわめいた。淳史自身も初耳だ。

「僕、クラス委員長なんですか？」

「そうだ」

「それ、いつ決まったんですか？」

「一学期のクラス委員は先生たちの方で決めさせてもらう。選挙しようにも、生徒同士はまだお互い何も知らないわけだからな。さあ、まず自分の席に着け。そこだ。名札が置いてある」

伊東先生の指し示す方向に誰も着席してない机があった。近づくと確かに「冨原淳史」の名札がある。

「よし、これから生徒会主催の『入学を祝う会』だ。これはわが校伝統のユニークな行事だ。ここからは先生たちも生徒会の指示に従うお客さんだ。みんなも楽しめ。もうすぐその案内があるから、少し待て」

そう言い終わって、伊東先生は教室から出ていった。それまでの緊張感が少し緩む。

「やあ、冨原君。すごいね、委員長なんて」

すぐ後ろの席の子が話しかけてきた。何もかも丸っこい少年だ。小太りで、顔も丸ければ体も丸い。大きな丸い目をクルクルさせている。パンダかコアラのような愛《あい》嬌《きょう》のある風貌だ。机の名札には「中村峰明《なかむらみねあき》」とある。

「ああ、君は中村君なんだね。別にすごくないと思うけど」

「すごいよ。だって、クラスの役回りは入試の成績順なんだよ。冨原君が委員長に選ばれたってことは、君がこのクラスではトップの成績で合格したということさ」

「へえ、そうなんだ」

知らなかった。自分が一番だなんて、やっぱり水商は中学での落ちこぼれの集まりなのかな、と一瞬思う。

「じゃあ、中村君は何を受け持つの？」

「僕は体育委員だ。体育の授業のときにボールとかの道具を準備したりするんだって」

峰明は嬉《うれ》しそうに答えた。とても運動が得意そうには見えないが、きっと体育の授業は好きなのだろう。

〈お知らせします。『入学を祝う会』の準備が整いました。新入生の皆さんは案内の

指示に従って会場にお越しください〉

校内放送に続いて、黒板側のドアが開き、マネージャー科と思われる蝶《ちょう》ネクタイに黒服の先輩が現れた。

「それではご案内します」

指示に従って廊下で並び、先輩の先導で会場に向かう。

まず階段で三階まで下りる。教室棟の三階は体育館の二階と渡り廊下で繋がっている。そこを二列で進んでいく。後ろを振り返ると他のクラスも続いている。体育館は地下がプール、一階が柔剣道場と卓球場、あとは各部の部室になっていて、二階が主体育室だ。その主体育室が「入学を祝う会」会場だ。

新入生たちが入っていくと、先輩たちが来賓や保護者を席に案内しているところだった。黒服のマネージャー科男子が規則正しい配列で立っている。ホスト科の生徒はそれらしいスーツで新入生の母親の手をとり、「奥様こちらです」と誘導している。母親の方がポーッと頬を赤らめていて、どちらが年上だかわからない。

ホステス科らしき女生徒はドレスや着物で男性の保護者を案内しているが、そのあまりの美しさに、極度に緊張している父親もいれば、あからさまにヤニ下がっている父親もいる。

「すごいなあ、先輩たち」

淳史の後ろで峰明が感嘆の声を上げた。確かに先輩たちの姿は堂に入ったもので、とても自分たちと一、二歳違いには思えない。ここでの教育は少年を一気におとなにするのだろうか。

予《あらかじ》め配置されていたパイプ椅子に新入生全員が着席したものの、人数でいえばこの倍いるはずの二、三年生全員の姿はない。第一置かれたパイプ椅子は二百八十人いる新入生とその保護者の座っている分だけだ。舞台に近い側の一角にその席が固まっていて、周囲の床には何も置かれていない。

突然、大音響で華やかな音楽が流れ、場内の照明が落ちて真っ暗になった。ピンスポットで舞台中央上部に描かれた、ボトルとペンの挿さったグラスの校章が浮かび上がり、続いて天井のミラーボールが輝き出す。

「ほおー」

それを見上げた新入生たちの口から声が洩《も》れる。

「ようこそ新入生諸君！　そしてご来賓の皆様もようこそ都立水商へ」

音楽が変わった。演歌調の前奏が流れる。

「校歌！」

マイクを通した司会者の声がした途端、再び場内全体が明るくなった。

「おおー」

今度の声はどよめきに近かった。それほど新入生も保護者も驚いたのだ。ミラーボールに気を取られているうちに移動したのだろう。突然舞台上と新入生の周囲に大勢の二、三年生が立っていた。それぞれの所属する科によってコスチュームは分かれている。

「ネオン輝く歌舞伎町
栄華の巷《ちまた》と共に生きる
我ら街の子うたかたの
夢を彩る夜の花
ああ水商
咲けよ咲かせよ
都立水商業高校

僕はホストだ君はゲイ
胸張る我らは水商健児
友と語らう学び舎《まなや》に
輝く未来桃色の
ああ水商

つげよつがせよ
都立水商業高校

北はススキノ南は中洲《なかす》
ママと呼ばれる先輩たちは
水商乙女のあこがれよ
愛を見せます殿方に
ああ水商
いけよいかせよ
都立水商業高校」

先輩たちの歌声は新入生を圧倒する。

「すごい、すごい」

後ろから聞こえる峰明の声は、淳史の心の声そのものだった。

「これより我が都立水商伝統の生徒会主催『入学を祝う会』を開催します。私、司会の大役を仰せつかりました、三年A組マネージャー科玉井《たまい》徹《とおる》と申します。それでは、これから三年間皆様をご指導くださいます、先生方をご紹介いたしましょう」

司会者が喋《しゃべ》っている間に舞台にいた二、三年生がいなくなり、代わりに両袖から揃いの衣装のダンシングチームが現れてラインダンスを披露する。

「すごい、すごい、僕この学校に来て本当によかったよ」

峰明が絶叫している。

「では、まず一般科目の先生方をご紹介しましょう。最初は数学科……」

司会の声とともに、ラインダンスの列は真ん中が割れて、左右に開いていく。そこから華やかな音楽の流れる中、ピンスポットを浴びた教師が一人ずつ現れる。司会者が名前を読み上げると、二、三年生は歓声を上げ、口笛を鳴らし、床を派手に踏み鳴らす。

「体育科に移ります。まずわが栄光の野球部を長年率いるこの人、伊東雅史先生！」

先輩たちの歓声がさらに高まった。

「すごい、すごいや、伊東先生」

峰明の気持ちはよくわかる。自分たちの担任が先輩たちからリスペクトされ、人気もあることがたまらなく誇らしい。淳史は周囲のクラスメイトの表情を観察した。峰明ほど素直に表現しているわけではないが、みんな頬を紅潮させ、目を輝かせている。

一般科目の教師の紹介に続き、専門科目の講師も紹介された。学校の先生とは思えない雰囲気が印象的だ。

教頭先生の紹介も終わると、

「ではわが校のボスをご紹介します。黒沢忠夫《くろさわただお》校長先生！」

ピンスポットの中にスマートなダークスーツの男性が現れた。校長にしてはカッコ良すぎる。

一度二つに割れたダンサーのラインは、校長を中央にして再び繋がった。両側のダンサーは校長と腕を組んでいる。横一列になったダンサーと共に、黒沢校長がゆっくりと舞台前方に進んでくる。そこにマイクがせり上がってきた。

「それではここで黒沢校長先生より新入生の皆様へ、お祝いのメッセージをいただきます」

音楽が止まり、一瞬にして会場全体が静まり返った。

「皆さん、ご入学おめでとうございます」

黒沢校長の声は滑らかだ。まるでアナウンサーか声優のように言葉が明確に伝わってくる。

「私が校長の黒沢です。校長である私が、こうして生徒諸君の指示に従っていることを、不思議に思われる人もいるかもしれません。しかし、これがわが水商の伝統なのです。おそらく、全国の公立高校の中でここまで生徒の自治を許す、あるいは求める学校はないでしょう。他校とわが校とでは事情が違うのです。君たちは三年後に水商売の世界において、即戦力でいなければならない。現場ですぐに役立つ人間を送り出さなければ、この学校の存在意義はない。常にその緊張感の中で君たちには学んでいただきたい。指示待ち人間はここには必要ありません。生徒一人ひとりがこの学校を運営するという、気概を持って生活してもらいたい。当然これは自由気ままという意味ではありません。君たちは常に試されているということです。テストのときだけ評価されると勘違いしないでください。いわば毎日がテストであり、チャレンジの連続です。その生活を数多くの先輩たちが体験し、ここで学んだことを実社会で生かしているのです。そんな先輩たちに会うと、彼らは必ずこう言います。この水商での生活は厳しかったけれども、それ以上に楽しかった、と。どうか皆さんも、これから三年間の学校生活を真剣に楽しんでください。私からの挨拶は以上です」

再び歓声が上がり、黒沢校長が去ると舞台は暗くなった。

「では、この会の主催者を代表いたしまして、生徒会長がスピーチさせていただきます。三年G組松岡尚美《まつおかなおみ》!」

真っ暗だった舞台に再びピンスポットが当たる。その光の輪の真ん中に初めて目にする生徒会長がいた。

(?)

淳史は若い女性のファッションには極めて疎い。何しろ家に帰れば女性は母だけだ。その淳史の目から見ても松岡生徒会長の衣装は奇抜だった。さほど露出の多くないドレス姿だが、ホステス科の先輩たちとも雰囲気が違う。どことなく淳史の知らない古い時代のものだと感じる。だが、綺麗《きれい》だし、オシャレだ。

「G組って？」

後ろから峰明が尋ねてきた。知らない、と答えるつもりで振り返ると、淳史の隣の生徒が、

「G組の女子はSMクラブ科だよ」

そう教えてくれた。

「はあん」

淳史と峰明は斉唱してそれに応えた。

男子の先輩たちのテンションが高い。

「ナオミ女王様ー！」

「お仕置きしてー！」

などという声に続いて笑い声が起こる。

松岡会長は声のした方をキッと睨《にら》むと、

「三年男子、うるさいよ」

手にしたマイクに向かって声を張らずに言った。

シンと静まり返る。

「ゴクッ」

淳史の近くで生唾を飲む音がした。流石《さすが》だ。大きな声で怒鳴ったわけでもないのに迫力が違う。

「新入生の皆さん、入学おめでとうございます」

今度は優しい言い回しになったものの、ここで甘えちゃならない、と背筋を伸ばさせる迫力は変わらない。

「二年前、わたしも今の皆さんたちの席にいて、先輩たちの歓迎を受けました。そのときの感激をわたしはよく覚えています。ですから今日、わたしも心から皆さんを歓迎したいと思います。ようこそわが都立水商へ。一緒に伝統を受け継ぎ、新しい伝統を築きましょう」

松岡会長が一礼し、再び男子の先輩が歓声を上げた。

「ナオミちゃーん、あたしをいじめてえ」

ゲイバー科の先輩だろう、声が高い。

松岡尚美は去り際にマイクに向かい、「うるさい！　カマが」とドスを利かせて言い放った。

新入生は当惑している。ここは笑うところだろうか？　どうもこの学校での笑いのツボがわからない。淳史も同性愛の人をオカマと呼ぶのは差別になるのではないか、と気になる。

「ああん、カマって言われたあ」

「違うわよ、ナオミちゃんは鎌《かま》ヶ谷《や》って言ったのよ。地名よ、地名」

「それ、どこ?」

最後の一言が急に低い男の声で周囲からウケている。どうやら全部が冗談ですむ話だったようだ。

「すごいなあ、水商。僕、ほんとにここに入学できてよかったよ」

また中村峰明が周囲に聞こえる独り言を発した。

「中村君、感激屋だね」

淳史の隣の席の生徒が笑顔で振り返った。

「あ、筒井《つつい》君、聞こえた?」

峰明は照れている。その生徒はそのまま淳史の方に話しかけてきた。

「冨原君、俺、筒井亮太《りようた》。よろしく」

「よろしく」

それからは、テーマパークのショーを見ているようだった。都立水商の文化祭は例年この体育館が満杯になり、テレビ中継も入るほど盛況だというが、確かにすごい。日頃からお店のショーを想定してトレーニングを重ねているから、まさにお金を取れるレベルだ。

淳史はこの学校に進学が決まったときの、あの周囲の暗い雰囲気はなんだったのだろう、と思った。こんなに覇気のある学校であることを、なぜ教師も親も教えてくれなかったのか？

（そうか、みんな知らないんだな）

学校内部の雰囲気など、外から眺めているだけの人間には伝わらなくて当然だ。ましてや、「他に入れるところはないから」と淳史に引導を渡した教師が知る由もなく、この明るい雰囲気を知らない人が、「水商売を学ぶ高校」と聞けば、イコール「夜の世界に生きる」として暗いものを連想しても仕方がない。

「入学を祝う会」を終えて教室に戻るとクラスメイトはみんな「お腹《なか》一杯」の顔になっていた。先輩たちのパフォーマンスに圧倒されて、見ていた方が疲れ果てた感じだ。

峰明など、

「すごかったねえ、僕らもあんなになれるのかなあ」

と熱に浮かされたように繰り返していた。

それからは教科書以外の参考書や副読本の購入をして午前中だけで一年生は下校した。

こうして淳史の水商第一日は終わった。

入学から三日間は通常の授業はまだ始まらず、オリエンテーションが続く。翌日は朝から担任の伊東先生があらためてこの学校について語り、これからの生活の説明をしてくれた。

「一年から三年まで、AからGまでの7クラスがある。全学年で共通しているが、A組はマネージャー科だ。B組はマネージャー科とバーテン科。C組はホスト科。D組とE組は女子クラスでホステス科だ。F組はフーゾク科で女子クラス。G組だけは共学のクラスだ。男子はゲイバー科、女子はSMクラブ科の生徒だ」

「どうしてその二つの科が一つのクラスなんですか？」

最前列の生徒が質問した。淳史も聞きたかったことだ。

「これはまあ需要と供給のバランスだな」

「需要と供給？」

「うん。毎年ゲイバー勤めのオネエやSMの女王様の新人が何百人も必要か？　まあ、どちらも二十人ずついれば十分だろう？　それに、中には元々自分の性に違和感があったからゲイバー科に来て、女性としての生き方を学びたいという男子もいる。そういう生徒は卒業後、必ずしも水商売の道には進まない。女性としての人生を選択するだけで、職業は別の道に進むわけだ。そういう人を加えても、ゲイバー科の生徒だけで1クラスを賄えるほどまで志願者はいない」

　水商売については無知な淳史にもこれは理解できた。マネージャー科とホスト科は職業についての指導を受けるが、ゲイバー科においては生き方そのものを変える指導になる、簡単な言い方をすれば「ズボンからスカートへ」ということだ。だから志願者は他の専門科以上に覚悟と熱意が必要だろう。そんな覚悟を持った十五歳が、そんなに大勢いるとは思えない。

「明日も一時間目からオリエンテーションだ。みんなはB組と一緒にマネージャー科の講師の先生から説明を受ける。一般科目については中学の延長と思えばいいが、専門科目の指導はみんなも最初戸惑うことの方が多いだろう。しっかり聞いてわからないことは遠慮なく質問しろ。それから、最後に一つ。中村、立ってくれ」

　呼ばれて峰明が起立した。

「クラスメイトのみんなに、中村のことで伝えておきたいことがある。みんな中村のことをどう思う？　昨日初めて顔を合わせたわけだが、第一印象はどうだ？　西林《にしばやし》」

　峰明の後ろの席の生徒が指名された。

「面白いです。楽しい人だと思います」

「うん、冨原は？」

「はい、僕も楽しい人だと思います」

淳史はすぐにそう答えた。まだ知り合ったばかりでも、峰明が人を不快にさせる性格とは思えない。

「中村君は、すごい、すごいを連発して、この学校に入ってよかった、と言ってます」

淳史の前の筒井亮太が言うと、

「それは僕のところまで聞こえてます」

最前列右端の生徒が返して、みんなが笑う。

「あ、天野《あまの》君のところまで聞こえた？　ごめん」

峰明がペコリと頭を下げて、またみんなは笑った。

「お、もうみんな少しずつ馴染《なじ》んでくれているようで嬉しいな。……実は、中村峰明は字が読めないという障害を抱えている」

一瞬、伊東先生の言っている意味がわからず、みんなポカンとしてしまった。

「英語でディスレクシアと呼ばれる学習障害の一つだ。日本語だと、失読症、難読症、識字障害、読み書き障害、などと呼ばれている。中村は視力に問題があるわけじゃない。そうだな？」

「はい、両目とも2・0です」

峰明が少し得意げに答える。

「私も専門家ではないけれども、学者によるとディスレクシアの人は、脳での情報処理が一般の人と異なる、ということらしい。症状も色々で読めても書けないという人もいれば、中村のように読むのも書くのもダメという場合もある。改善する人もいればそうでない人もいる。こういうことをみんなは知ってたかな？　冨原、どうだ？」

「いえ、全然知りませんでした」

「そうだろう、なかなか縁のない話だな。だが、こういう障害を持つ人はどこにでも一定数いる。みんなが名前を聞けば必ず知っているような、有名なハリウッド俳優の中にもこの障害を持つ人はいる。うちのクラスでは中村だけだが、この学校はこういう障害を持つ生徒を沢山受け入れている。元々ゲイバー科があることで、LGBTの人には救いとなる学校である上に、学習障害に苦しむ人にも門戸を広げているわけだ。今年の新入生の中に、ディスレクシアはホスト科と女子クラスには何人かいるし、その他ディスカリキュリアといって、計算が極端に苦手な人もいる」

「僕も苦手です」

そう言う亮太の口調は真面目なもので、それは峰明に対する配慮だと淳史には感じられた。自分にも苦手がある、それは峰明と変わらない。だからそんな障害は何でもない、と峰明に伝えたいのだろう。

「そうか？　では筒井、3足す5は？」

「8です」

「簡単だな？　だが、ディスカリキュリアの人はこんな問題もわからないんだ。少し数学が苦手なのとは深刻度が違う。この障害を持った生徒もホスト科と女子クラスには結構いる。中には右と左の概念がどうしても理解できないという人もいる。こういう生徒は小学校中学校でとても苦労してきている。いじめられもしただろう。中村はどうだ？」

「はい、いじめられました」

峰明が明るく答えた。

「ここでみんなに誤解してほしくないのは、中村は他の部分はとても優れているということだ。字が読めない分、中村は聞いて覚えることに秀でているし、計算もできる。中村、そこの四人でファミレスに行ったとする」

伊東先生は峰明の周りを示した。筒井、冨原、西林に中村峰明を加えた四人ということだろう。

「筒井はカレーとオムライスのどちらがいい？」

「カレーですかね」

「よし880円だ。冨原は？」

「オムライスにします」

「950円。西林は？」

「カレーにします」

「よし、中村は？」

「オムライスが好きです」

「じゃ、好きな方にしておけ。一万円で払うとおつりはいくらだ？」

「6340円です」

「しまった。答えがわからん」

伊東先生はおどけてみせてから、スマホを使って計算している。

「お、合ってるな。中村、正解だ」

感心した何人かがほうっと息を吐いた。

「よし、中村も座っていいぞ。中村は字が読めない分、暗算の能力が優れているし、英会話も耳で覚えるのですごく達者だ。英語のペーパーテストは0点でも、外国人と会話することは上手《うま》い。つまり入試ではそこが評価されて、みんなと机を並べることになったわけだ。わが校はこれまでも多くの学習障害を持った生徒を受け入れてきたが、男子はホスト科とゲイバー科に多かった。中村もディスレクシアでなくディスカリキュリアなら、マネージャー科は無理だったかもしれない。客の料金や従業員の給料の計算ができないと、店のマネージメントは難しいからな。とにかくここでみんなに知っておいてもらいたいのは、この学校は中学校までとは評価の仕方も基準も違うということだ。つまり、みんな自身も評価の基準を変えなければならない。いじめやパワハラはこの学校であってはならない。中村」

「はい」

「君もこれまでいじめられた経験があるようだが、引け目を感じてはダメだ。何事も積極的にな」

「はい。僕、この学校に来て本当によかったです」

「うん、そのセリフは卒業のときに聞かせてくれ」

みんなが笑って、峰明は頭を掻《か》いた。

「よし、これから昼休みだ。その後は自由に校内を見て回れ。実習室なんかはみんなには珍しいと思うぞ。先輩たちは午後からクラブ活動を公開して、新入部員の勧誘をする。みんなはそれを見て、じっくり選べばいい。運動部文化部を問わず、どれかの部に入ることを勧める。部活動で高校生活は充実するぞ。三時に終礼だ。その十分前には校内放送があるから、教室に戻ってこい」

伊東先生はそう言い終えるとドアの前まで行き、何かを思い出したように振り返った。

「冨原、ちょっと職員室まで来てくれ」

「はい」

どんな用事か告げずに、伊東先生は教室を去った。

「これからみんなと昼飯なのにトミーは呼ばれちゃったね」

亮太が突然そんな風に淳史を呼んだ。

「トミーか、いいね。カッコいいよ。これからそう呼ぼう」

峰明がはしゃいでいる。

「そんな風に呼ばれたことないよ」

淳史は少しくすぐったい思いで答えたが、

「もう決めた。トミー、先生の用が終わったらすぐ帰っておいでよ。一緒に校内を見て回ろう」

峰明はさっそく新しい愛称で淳史を誘った。

何だか同級生とこんなに仲のいい感じは小学校以来だ。淳史は居心地の良さを感じて、峰明のように「この学校に来てよかった」と口に出しそうな気分だった。

ただ、職員室に呼ばれたというのは気が重い。中学時代、職員室にいい思い出はない。カンニング事件のときには、誰も味方になってくれず、もどかしさだけを覚えた場所だった。

教室を出るともう廊下に伊東先生の姿はなかった。職員室は二階にある。エレベーターで下り、ドアの前で深呼吸した。

「失礼します」

ドアを開け一礼する。

「お、冨原、こっちだ」

窓際の席から伊東先生が呼ぶ。淳史は伊東先生のデスクの横に立つとまず謝った。

「昨日は遅刻してすみません」

「ん？　いや、そんなことはいいんだが。……何だ？　入学式になって急に迷ったのか？」

「いえ、そんなつもりはないんですけど、何というか……この学校がいい学校なのは知ってましたけど、自分とは縁遠いと思っていたので……まあ、ちょっと気が重かったんです。すみません」

「そうか。それぞれ事情はあるさ。だが、これからは遅刻しないように気をつけてくれ。先生はクラス委員長として冨原を頼りにしてるぞ」

「はあ」

「呼んだのは、中村峰明のことだ。冨原は中村の件をどう思った？」

「字が読めないと聞いてびっくりしましたけど、中村君はいい人だと思います」

字が読めないという状態がどういうものかわからないが、それでいじめられていたという峰明の心情はよくわかる。いじめを受けたという共通項が、淳史の気持ちを峰明に近づけていた。

「そうか、いい奴《やつ》だと思うか？」

「はい。中村君が『この学校に来てよかった』と言ってくれたので、僕も気持ちが前向きになれました」

「そうだろうな。先生も中村のことは心配してない。ディスレクシアのことをみんなに伝えるかどうか、本人に確かめたら『伝えてください』ということだった。中には隠そうとする生徒もいて、その場合はその要望に応えるが、いずれ何かの形でクラスメイトに知られることになる。そのタイミングや知られ方によってはさらに問題が複雑になることもあって、そこは悩ましいところなんだ。けれども中村はこうして初日に事実を告げることを選んだ。積極的でいいことだとは思わないか？」

「はい、そう思います」

「だから先生としては、むしろ他の生徒のことが気になるんだ。実際小中学校で、中村が受けたいじめは、かなり酷《ひど》いものだったらしい。他の子から見れば、実に簡単なことが中村にはできないわけだからな。中には馬鹿にする子もいたんだろう。それで、この学校に来てまで彼がいじめられないか心配なんだ。もしそんなことがクラスで起こったら、冨原から先生に教えてくれるか？」

淳史は少し考える間を取ってから答えた。

「先生のご心配はわかりますが、僕はなんとなくうちのクラスは大丈夫だと感じています。それに同級生のしたことを先生に言いつけるような真似《まね》はしたくありません。万一そんなことになっても、自分たちで解決したいと思います。ここはそういう学校だと校長先生もおっしゃっていましたし」

淳史はかつて、教師に対して反対意見を正面から述べたことはなかった。だが、この学校ならそれも許されるように感じていた。伊東先生も少し考える間を取ってから口を開いた。

「うん、そうだな。生徒の自主性を求めるのがこの学校だ」

「任せていただけますか？」

「よしわかった。任せよう。だが、それでも解決できない難しい問題が起きたときには、いつでも相談に乗るからな」

「はい、そのときはよろしくお願いします」

職員室を出た。教室での居心地の良さが、職員室に来てもなお損なわれていない。そのことが、さらに淳史の気持ちを明るくさせた。

ついでに他の階の様子も見ておこうと思い、教室まで階段で戻ることにした。

三階に上がる。ここは三年生の教室が並んでいる。昼休みに入って五分ほど経っているから、廊下を歩く生徒はいない。一階の食堂に行く生徒の波は途絶えて、他の生徒は教室内で弁当だろう。

気のせいか、三年生しかいないフロアには落ち着いた空気を感じる。その空気を乱さず静かに歩く。

「わ⁉」

「三年G組」の教室の前を通っているとき、突然誰かに中に引きずり込まれ、何が何だかわからないうちに椅子に座らされた。

「入学おめでとう！」

淳史を取り囲んだ数人の先輩が、一斉に声を上げ拍手している。

「あ、ありがとうございます」

答えたものの、淳史には自分の頬が引き攣《つ》っているのがわかった。取り囲む先輩たちから漂う化粧品の匂いにむせそうになる。

「ふうん、君は冨原君て言うんだ？」

目の前に座った厚化粧の先輩の目が、分厚いつけ睫毛《まつげ》の下から淳史の胸を見つめている。見つめるだけでなく、制服の胸につけたネームプレートをいじっている。その指先が何やら胸をまさぐるようでくすぐったくなる。

「何、何、A組？　マネージャー科なの？」

淳史の横に立った長身の先輩に問われる。

「は、はい」

それだけやっと答えると、

「ウソ、こんなに可愛いのに。あたし、ホスト科だと思ったわ」

また他の先輩が受け、

「そうよねえ、あたしこの子がホストクラブにいたら毎日指名しちゃうわ」

正面に座る先輩がネームプレートをいじり続けて言った。

「せ、先輩たちはゲイバー科ですか？」

聞くまでもないことをとりあえず口にしてみた。

「ま、お上手！　あたしたちがホステス科に見えたの？」

「そうよ、一年生じゃ、まだ見分けつかないわよ、あたしたちとあのアバズレたちとね」

いや、見分けついてます、そう言いそうになるのを堪《こら》えた。ここは愛想笑いで切り抜けた方が無難だ。

「あんたたち、もう一年坊をからかうのやめな。可哀《かわい》そうに、震えてるじゃないの」

先輩たちをたしなめてくれたのは生徒会長の松岡尚美だった。

「震えてなんかいないわよ。あたしたちは冨原君を歓迎してるの。ね？」

最後の「ね？」が誰に向けられたものかはっきりしない。自分に向けられているのなら、「はい」と答えたものか淳史は迷った。

「歓迎たって、あんたたちみたいなごついオカマに取り囲まれたら、プロレスラーでも怯《おび》えるよ」

そう言うと、松岡先輩は淳史の手を取って立たせてくれた。

「またオカマって言ったあ。何よう、せっかくお友だちになれたのにぃ、人を化け物みたいに言ってえ。尚美ちゃん、あたしたちに嫉妬してるんでしょう？　やあねえ、女のジェラシーよ」

先ほどまで正面に座っていた先輩の発言に、

「でもあんた、いつもの実習の店でママに化け物って呼ばれてるじゃない」

長身の先輩がツッコミを入れた。

「だから、あれもあのママの嫉妬よ。あたしの美しさにヤキモチ焼いてるの、あのババア。あ、冨原君、もうクラブ決めたの？」

松岡先輩に手を引かれて教室を出かかった淳史だが、

「いえ、まだです」

ここは無視せずに答えた。

「じゃ、うちの部にいらっしゃい」

「何部ですか？」

「ラグビー部よ」

「え？」

「あ、あたしラグビー部の海老原《えびはら》。エビちゃんよ。あとでいらっしゃいね」

驚いて呆然《ぼうぜん》とした淳史は、松岡先輩に強引に引っ張られて廊下に出た。

「悪かったね。あいつら悪い奴らじゃないんだけど、冗談が過ぎるんだ。もう自分の教室に戻んな」

淳史の手を放した松岡先輩はぶっきら棒ながら、優しい言葉をかけてくれた。

「はい、そうします。ありがとうございました」

軽く会釈してその場を去る淳史に、

「それから……わたしも歓迎してるよ」

松岡先輩はさらに言葉をかけてくれた。

急いで階段を駆け上がる。動揺したせいか、途中で急に尿意を催した。

五階のフロアに上がると、廊下の向こうから女生徒が一人歩いてきた。

（わ、可愛い）

女子の制服はセーラー服だ。それがよく似合っている。ショートカットで、小さな顔に大きな瞳が可愛らしい。都立水商は女生徒が美人揃いなことで有名で、中学校側もそういう子を推薦してくるという。

ちょうどタイミングが合って、階段からトイレに向かう淳史とその子は並んで歩く形になった。

「？」

男子トイレに入る淳史に続いて、その子も一緒に入ってきた。そのまま淳史を追い抜くとアサガオの前に立ち、スカートの前を捲《めく》り上げている。

「！」

驚いた淳史は立ちすくんだ。

「そんなに珍しいかよ」

振り返ってその子が言う。

「……珍しいよ」

「だよな。でもこんなことで驚いてちゃ、この学校でやっていけないぞ。オシッコしないの？」

「あ、する」

並んでオシッコするのも変な感じだ。

「俺、花野真太郎《はなのしんたろう》。君は？」

「一年の冨原淳史、です」

「俺も一年だよ」

「え、そうなの？　一年G組なんだ？　すごいね、君。完璧に女の子に見えるよ」

「そうかな」

手を洗いながら会話を続けた。

「さっき、三年G組の男子の先輩と会ったんだけど、何というか……」

「見るからにオカマだった？」

「うん、そう」

「あ、でも俺は、あ、ごめん、さっき先生に言われたんだった。俺って言うなって。わたしはホモじゃないからね」

「よくわかんない」

「わかんなくてもいいから、わたしはホモじゃないの。いい？」

「わかった」

「冨原君、部活は？」

「まだ決めてない」

「じゃ、一緒に見学しようよ」

「うん、いいけど、一度教室に戻らないと。すぐ戻るって友だちに約束したんだ」

「わかった」

教室に戻った淳史に「トミー、君、弁当組？」亮太が声をかけてきた。

「いや、違う」

「僕らもそうなんだ。一緒に食堂に行こうよ」

亮太と峰明は弁当組ではないのに、先に食堂に行かず待っていてくれたらしい。

三人で教室を出ると真太郎が待っていた。

「俺たちこれから食堂なんだけど」

「じゃ、一緒に行く」

真太郎も並んで歩きだす。

「トミー、いつの間に」

亮太が驚き、

「へえ、もう彼女できたの？　トミーすごいね」

峰明が感心した。

「違うよ」

「え、トミーって呼ぶの？　カッコいいね」

真太郎も、二人の誤解より淳史の呼び方に関心を示している。

「紹介するね、一年G組の花野真太郎君だよ」

「ええー！」

しばらく二人は固まった。

「よろしく！　あ、言っとくけど、俺……わたしはホモじゃないからね。……わかった?」

固まっていた二人はゆっくり頷《うなず》き、再び歩きはじめた。

食堂も流石に都立水商だ。よその学食とは雰囲気が違う。まずウェイターがいることに驚かされた。それも食堂の規模に比べて多過ぎる人数だ。

「あ、内山渡《うちやまわたる》君だ」

峰明が先に来ていたクラスメイトを見つけた。一回聞いただけでクラスメイトの名前を全部暗記しているようだ。

四人で内山渡と同じテーブルについた。

「マネージャー科の三年生が自主トレしてるんだってさ」

渡が教えてくれた。銀色のトレイを持った先輩たちは、スマートな動きで注文の品をテーブルに運んでいる。本格的に授業が始まると、淳史たちマネージャー科の生徒はこのトレイの持ち方から指導を受ける。淳史は兄の言葉を思い出した。

『そもそも普通高校や大学で学ぶことなんて、生きていく上ですぐ役立つものの方が少ないんだからな。水商で実践的に教えてもらう方がずっと役に立つよ』

それは弟である自分を励ますために用意した理屈だろう、と思っていたが、実際にこうして先輩の動きを見ていると、細かい部分で学ぶことが沢山あるのがわかる。

「やっぱりすごいよ、水商」

ここでも峰明は目を輝かせている。

先輩が給仕してくれるとあって、食堂の中には不思議な秩序が保たれていた。うるさくはしゃぐ輩《やから》はいない。

「内山君はクラスの副委員長だよ」

亮太が教えてくれた。

「よろしく委員長」

渡が手を差し出すので、握手した。

「こちらこそよろしく」

渡はクラスで淳史に続く二番目の成績優秀者ということになる。

「これから校内見学してクラブ活動も見て回るけど、内山君は？」

「俺も実習室中心に見て回るつもりだよ」

「クラブは？」

「俺は決めてるから」

渡は背が高いうえにがっしりしている。どこかの運動部に入るつもりだと思い、それを尋ねようとしたら、

「内山君は野球部だよ」

本人に代わって亮太が言った。

「へえ、そうなんだ？」

軽く返した淳史の態度に「なんだ？　トミー知らないの？」峰明が淳史の顔を覗《のぞ》き込むようにして問いかける。

「何を？」

「内山君のお父さんはこの学校出身のプロ野球選手だよ」

「え？　内山修《おさむ》？」

「そう」

内山修はつい最近まで読売ジャイアンツで活躍していたキャッチャーだ。現在もメジャーで投げ続けている徳永猛投手とのバッテリーで都立水商野球部全国制覇に貢献した。学校案内でも紹介されているから、生まれる前のことでも新入生全員が知っている。

「お父さんは今どうしているの？」

「ジャイアンツの二軍でバッテリーコーチだよ」

「すごいね」

渡は伊東監督の下で鍛えて、父親に続くつもりだろう。それは本人に聞かなくても想像がつく。

「やあ」

長身の男子生徒が四人やってきて、渡に声をかけた。

「?」

顔が似ている。二組の双生児のようだが、その二組同士がまた顔も体形も似ている。

「紹介するよ。同じ野球部の吉野《よしの》兄弟と吉野兄弟。つまり二組の双子が従兄弟《いとこ》同士というわけさ。うちの親父《おやじ》の同級生だった吉野選手たちの子どもだね」

「よろしく」

四人がユニゾンで挨拶した。

吉野兄弟（親）も有名選手だ。吉野邦明《くにあき》と正明《まさあき》。徳永猛、内山修と同期で、一塁と三塁を守りクリーンナップを打った。その後法政大学でも活躍し、ドラフトで千葉ロッテマリーンズを逆指名。プロでも同じポジションでレギュラーだった。

「吉野君たちのお父さんは、二人で首位打者を争ったシーズンもあるんだよね」

亮太の言葉に、

「よく知ってるね。俺たちがまだ赤ん坊の頃の話だ。二人で三冠王とか言われたらしいんだけど、ホームランを二人合わせて65本打ったシーズンだよ」

四人のうちの一人が答える。

「うちのお父さんがロッテファンでさ。吉野兄弟のことは詳しいんだ」

「それ嬉しいな。うちの親父に聞かせたら喜ぶよ」

初対面なのに、四人とも垣根を感じさせない。

「君たちは何組？」

「四人ともC組。ホスト科だよ」

納得できる。ルックスもいいし、いかにも女の子にモテそうなワルっぽさもいい塩《あん》梅《ばい》だ。

「俺たちがたまたま同じ年に生まれたもんで、その頃から水商で一緒に野球やらせるのが、親父たちの夢だったんだ」

渡の説明も納得だ。甲子園での優勝を経験したチームメイトが、それぞれの息子たちを母校に送り込むなど、夢と呼ぶに相応《ふさわ》しい。

「俺たちメシ済んだから校内見て回ってるよ」

五人の野球部員は連れ立って食堂から出ていった。

「もしかすると、野球部がまた甲子園に行くかもね」

期待の籠った亮太の言葉に、聞いているみんなの表情が明るくなった。

食事を終えて、校内を見て回った。

どの実習室も見学の新入生で混み合っていた。

「へえ、こんな風になってるんだ」

中に入るたびに、どこからか同じセリフが聞こえてくる。

見学しているよそのクラスの生徒も気になる。やはり女生徒は綺麗な子ばかりだ。先月まで中学生だったとは、とても思えない大人びた子もいる。気合の入っている子は、もう髪を明るい色に染めてきていた。ここは他の高校とは校則もまったく違い、髪を染めることやピアスの穴を開けることは奨励されている。

「え⁉　ゲイバー科なの？　すごいね！」

真太郎は女子にも大人気だ。

勇気を奮い起こしてゲイバー科を志望してきた子の中でも、なかなか最初から女装で通学してくる生徒は少ないらしく、

「やあ」

真太郎に声をかけてくる彼のクラスメイトは、まだズボンの制服で薄く化粧しているくらいだ。そのメイクを照れ臭そうにしている子もいれば、幾分誇らしげな子もいてその違いが面白い。その点、真太郎は実に自然体だ。

淳史は三年G組で出会った先輩たちを思い出していた。あの人たちも、あの厚化粧に至るまでには色々と変遷というか、紆余《うよ》曲折があったのだろうか。

とりあえず教室棟を一巡したところで、「みんな部活は決めてる？」真太郎に問われた。

A組の三人は互いに顔を見合わせた。

「いや、まだだけど」

淳史が代表して答えると、

「じゃあさ、柔道場に見学に行くのつき合ってよ」

真太郎が意外なことを言い出した。

「いいけど、真太郎は柔道やってたの？」

「ま、ちょっとね」

真太郎について三階の渡り廊下から体育館に行き、一階の道場を覗いた。

「見学させてください」

真太郎が一番近くの先輩に告げると、壁際に座って見ているように指示された。

「こんにちは」

先客がいたので、峰明が挨拶した。女子だ。向こうも頭を下げたが無言で、ちょっと近寄りがたいオーラを放っている。

畳の中央では部員たちが準備運動をしていた。中の一人が立ち上がってこちらに来た。

「君たち一年生だな？」

「はい」

男子全員で元気よく答える。

「俺は主将の西岡《にしおか》だ。この中に中学でも柔道部だったのは？」

「はい」

真太郎が手を上げると、隣の女子も手を上げた。やはり無言だ。

「そうか。柔道着は持ってきてないか？」

「持ってきてます」

ここでも真太郎は元気よく答えているのに、女生徒の方は無言で頷くだけだった。

「どうせならちょっと体を動かしてみないか？　待ってるから道着を持っておいで」

言われてスカートの二人は立ち上がった。

西岡主将は二人に更衣室の場所を教えるために去り、代わりに、

「副将の牧田《まきた》だ」

もう一人の大柄な先輩が淳史たちの前に座った。

「わが柔道部はオリンピック選手も輩出している名門だ。知ってるか？　赤木良子《あかぎりょうこ》」

「クイーン赤木ですね。さっき写真を見てきました」

「そうか」

今は女子プロレスラーとして活躍して、総合格闘技でも圧倒的強さを誇るクイーン赤木は、シドニーオリンピックのゴールドメダリストで、SMクラブ科卒の先輩だ。体育館棟の玄関ホールにある「栄光の記録」コーナーには、野球部が甲子園で優勝したときの写真と並んで、オリンピックでの赤木選手の写真が大きく飾られている。

「この学校が設立されたときに最初に成果を出したのも柔道部で、須賀鉄平《すがてっぺい》先輩が都大会で優勝したんだ。須賀先輩は赤木選手の指導者としても知られ、今もわが部のコーチとして練習に顔を出してくれている。つまり伝統ある部だけども、初心者も歓迎している。毎年柔道未経験者が入部しているよ。だから、君たちも気後れすることはないから」

「はい」

牧田先輩は温和な話し方で感じがいい。

部員が二人一組で組み合いだした頃、先生が現れた。「入学を祝う会」で見た覚えがある、体育科の大野《おおの》先生だ。柔道部の顧問らしく、どっしりした体格をしている。

「見学は三人だけか？」

大野先生の問いかけに、

「いえ、今二人の女子が道着を取りに行ってます」

牧田先輩がそう答えたので、

「あの、一人は男子なんですけど」

淳史は横から訂正した。

「え？　ゲイバー科の子がいたのか？　どっちだ？」

牧田先輩が尋ねるのも頷ける。それほど真太郎の見た目は完全に女の子だった。

柔道着を取りに行っていた二人が柔道着姿になって戻ってきた。さっそくストレッチを始めている。

真太郎の道着の「大蔵中《おおくら》」と「花野」の文字を見て、

「え？　大蔵中の花野？　君、『花野三四郎《さんしろう》』か？」

牧田先輩が（まさか）のニュアンスを含めて尋ねた。

「あ、それは大袈裟《おおげさ》な呼び方で好きでないんですけど……そうです」

真太郎の答えに、

「え、投げの真太郎ってのは君か？」

西岡主将も別の呼び名を口にした。

「あ、それもカッコつけてるみたいで好きでないんです」

真太郎は少しはにかんだ。こうしていると少年に見えてくるから不思議だ。

「何だって？」

大野先生は冷静だ。

「先生、彼は花野三四郎です」

牧田先輩が言い、

「投げの真太郎ですよ」

西岡主将が言った。

「どっちだ？」

どうやら大野先生は天然ボケっぽい。

「いや、すごい新入生です。実力を見せてもらいましょう。誰か相手してやれ」

西岡主将が部員に声をかけると、

「はーい、あたしぃ」

一目でゲイバー科とわかる先輩が片手を上げて進み出てきた。

「園山《そのやま》か」

「だって、この子ゲイバー科でしょ？　あたしがお相手するわ」

「お前じゃ、無理」

「ブーッ」

園山先輩は意外と素直に、自分で不正解のブザー音を真似しながら引っ込んだ。

「よし、ここは俺がいく」

西岡主将が自分から真太郎に向かった。二人の身長は同じぐらいだが、真太郎の方がはるかに華奢《きゃしゃ》に見える。

お互い相手に襟を取らせ合って、軽快に動く。

「わ」

見学の三人は同時に声を上げてしまった。真太郎が実に綺麗な背負い投げを決めたのだ。

「すごッ」

「真太郎君見かけによらないね」

「うわっ」

今度は一本背負いだ。西岡主将は派手な音を立てて見事な受け身を取った。その動きの流れでサッと立ち上がり、

「うむ、流石の切れ味だな」

と感心している。

「これが花野三四郎、投げの真太郎ですよ、先生」

興奮気味の牧田先輩に、

「強いのか？」

大野先生が返し、

「今、見たでしょ！」

西岡主将と牧田先輩は軽くキレた。

「うん、見た。須賀鉄平を初めて見たときを思い出した」

「でしょう？」

一度はとぼけてみせた大野先生も、有望な新入生の出現を認めている。

「わたしも見てください」

黙って見ていた女生徒が初めて声を出した。

「そうだな。君は『東十条中《ひがしじゆうじよう》』の城之内《じようのうち》か。え、まさか城之内さくら？」

「はい」

その答えを聞いた西岡主将が目を見開いて固まっている。よほど驚いたらしい。

「西岡、どうした？」

「大野先生、大変なことが起こりました。『花野三四郎』と『城之内やわら』が一緒に入学です」

「有名なのか？」

「有名も何も城之内さくらと言えば、女グレイシー、次世代のやわらちゃんと呼ばれて、将来オリンピックで金メダル確実と報道されてます」

「そんなにすごいの？」

「……大野先生、彼女の技見たら、そんな呑気《のんき》に構えていられないと思いますよ。誰が相手するかな」

「あたしぃ」

また園山先輩がしゃしゃり出てきた。

「今度は園山でいいや。やってみろ」

「はーい」

園山先輩がさくらに触れようとした瞬間、袖を持ったさくらに軽く転がされ、そのまま後ろから送り襟締めだ。

「あぎゃ」

「ギエエー」

見苦しく白目を剝《む》く様子を見て、淳史は苦い唾を飲み込んだ。悶《もだ》えるオネエを見るのは初めてだ。

気持ち悪い。

「そこまで」

失神寸前で解放された園山先輩はしばらくゲホゲホしていたが、牧田先輩に支えられてようやく立ち上がった。

「ご苦労だった。園山、泣くな」

西岡主将に叱咤《しった》され、

「だってえ」

両手で持った袖を目に当てて涙を拭いている。芝居がかって見えるが本気らしい。

「何であの園山って人、柔道部に入ったんだろう？」

素朴な疑問を発する峰明に、淳史と亮太は目で同意した。

「花野と城之内は入部してくれるな？」

「はい」

真太郎が元気よく答えた横で、さくらが無言で頷いた。

「花野はゲイバー科だな？　城之内は？」

「SMクラブ科です」

「なんだ、じゃ花野と同じG組か？」

「はい」

え？　淳史だけでなく、峰明と亮太も同じ疑問を持ったはずだ。当の真太郎は、

「そうだっけ？」

と言っている。同じ教室にいて気づかなかったらしい。

「いやあ、これは心強いぞ。東京柔道界の男女のホープが同時に入部だ」

西岡主将と副将の牧田先輩が盛り上がっているのを見て、

「これは僕ら場違いだな」

亮太が腰を上げた。確かに、こんなモンスターに近い強さの同級生と、一緒に稽古しても迷惑をかけるだけだ。淳史と峰明も立ち上がり、

「ありがとうございました」

三人揃って頭を下げた。

「あとでね」

真太郎はそのまま稽古を続けるらしい。

柔道場を後にしたものの、この先の当てはない。

「何部がいいかなあ？　とりあえず野球部と柔道部は候補から消えたね。どちらもすごいメンバーが揃いそうだもの」

そういう峰明に得意なスポーツがあるとは思えない。

「俺は中学時代サッカー部だったんだけど、高校からラグビー始めるのもいいかな、と思ってんだ」

亮太はすばしっこそうに見えるから、その気持ちもわかる。

「やめといた方がいいよ」

淳史は一言忠告しておいた。

「どうして？」

「いや、何となくだけど。文化部だって面白いのがあるかもしれないよ」

「そうだよな。何しろユニークな高校だから、他の学校にはない部活だってあるだろうし」


とりあえず片っ端から見て回ることにした。

主体育室ではバスケット部とバレーボール部が練習していたが、これも中学時代からの経験がないと、とてもついていけそうにない。

野球部、ラグビー部、陸上部は西武新宿線で移動した専用グラウンドでの練習なので、今日の見学は無理だ。これらの部は、主体育室前の廊下に長テーブルを出して、新入部員を勧誘していた。

「あ、冨原くーん」

ラグビー部のテーブルから海老原先輩に声をかけられた。

「どうも」

一礼してそそくさと通り過ぎる。

「あれがラグビー部か。トミー忠告ありがとう」

亮太が囁《ささや》く声で言った。

地下のプールも一応覗いてみた。

水泳部の水着が色とりどりで華やかだった。中には明らかに男子で派手なワンピースの水着で身を包んだ先輩もいる。この学校では至るところでゲイバー科の生徒がユニークな彩りを添えている。ただ、見ていると練習そのものは真剣で結構きつそうだ。幼いころからスイミングクラブに通っていた人たちなのだろう。

「パスだな」

亮太の一言で三人は退散し、教室棟に戻って文化部の活動を見学した。

どこの部も新入生男子三人組と見るや、女子の先輩が駆け寄ってきて盛んに勧誘してくる。吹奏楽部では一曲演奏を聴かせてもらい、ロック研究会でも三つのバンドが演奏してくれた。なかなかのレベルだと思う。ということは、これまた初心者が紛れ込んでは迷惑をかけそうで、腰が引けてしまう。

演劇部を見学したときは、

「僕はいいや」

峰明が珍しく早い結論を出した。淳史もちょっとごめんだ。見せてもらった発声練習は、何かの宗教に取りつかれている人のように見えてしまった。

実習室で見た「キャバクラ研究会」は何が何だかわからず、

「これ、何が面白いんだろう？」

三人で真剣に考え込んでしまった。

「もう少し時間あるね」

終礼の三時までには微妙に時間が残っていた。もう一つぐらいは見学できそうだ。

広い畳の部屋は柔道場以外にもあった。教室棟の「大広間」だ。覗いてみると浴衣を着た先輩たちが何やら先生の指導を受けている。

「見学いいですか？」

一言声をかけて、柔道部の見学のときのように隅の壁際に三人で並んで正座した。

「ここは何部かな？」

「日舞のクラブじゃない？」

事情が分からずコソコソ話していると、

「新入生だね？」

顧問の先生と思《おぼ》しき男性教諭が近づいてきた。

「よろしくお願いします」

「うん。明日のオリエンテーションで詳しい説明があると思うが、これは部活じゃない」

「そうなんですか？　失礼しました」

「いや、いいんだ。これは部活ではなくて、ゼミなんだ。『芸者幇間《ほうかん》ゼミ』といって、江戸時代から続く日本の伝統的接待を勉強するゼミだ。部活と同じ時間帯で活動するけれども、これを一年続けると単位が取れる。だから、一般科目の授業のように出席も取る。高校ではわが校ぐらいしかない制度だ」

言われてから観察すると、客役の浴衣の男子が胡坐《あぐら》をかき、お猪口《ちょこ》を手にしている。取り囲むようにして三味線を弾く女生徒と舞う女生徒。仲居役がお盆にお銚子《ちょうし》を載せて運んでいる。

「時代劇で見たことあります」

峰明の指摘は淳史の脳裏にも浮かんだことだった。

「そうだろう？　このゼミは勉強すると奥が深いぞ。芸者も幇間も本職の講師の先生に指導してもらえるんだ」

「あの、ホウカンって何ですか？」

自分だけ知らないのかもしれない、と思いつつ淳史は質問してみた。

「うん、幇間というのは太鼓持ち、男芸者とも呼ばれるけれども、お座敷の盛り上げ役と思えばいい。西洋のピエロと比較されたりするな。落語にもよく出てくるから調べてみるといいよ」

先生は短く上手に説明してくれた。

〈終礼十分前になりました。新入生は一旦教室に戻ってください〉

校内放送に促されて廊下に出た。

「僕、今のゼミを取ろうかな」

ここまでの部活には心を動かさなかった峰明が言い出した。

「そんなに面白そうだったかな？」

淳史にすれば、「キャバクラ研究会」と同じく、やっていることの意味がよくわからなかった。

「僕もよくわからなかったんだけど、でも単位が取れるんだろう？　中学と違って高校は落第があるからね。僕はペーパーテストでの点数は期待できないから、このゼミで単位を上乗せしときたいし」

各教室での終礼の後、一階の昇降口まで新入生が一斉に下り始めた。

昇降口まで来たところで、

「真太郎が『あとでね』って言ってたから、一応待ってみるよ」

淳史が言うと、亮太と峰明もつきあってくれた。G組はまだ終礼が続いているのかもしれない。昇降口にゲイバー科と思しき一年生の姿は見かけない。

新入生の帰宅の波は一旦収まり、昇降口前の廊下は静かになっていた。

「やあ、君たち一年生？」

長身の先輩が近づいてきた。ホスト科っぽい。カッコいいけど何か軽い感じだ。

「はい、一年です」

淳史が代表して答える。

「俺、三年の岸本《きしもと》。ホスト科だ」

やっぱり。亮太と峰明の目がそう言っていた。

「わからないことがあったら、何でも言ってくれ」

「はい。あの、先輩は何部ですか？」

「俺は最初野球部だったんだが、その後バスケット部、テニス部と渡り歩いた。ほら、スポーツは何でもできた方がいいだろう？」

「スポーツ万能なんですね？」

亮太がヨイショした。

「まあな」

岸本先輩はわかりやすく得意げなポーズを取った。

「今は何部なんですか？」

続けて淳史が尋ねると、

「今？　主に帰宅に精出してる。あはは」

ここは笑うところらしいので、三人で声を合わせて笑い、先輩が笑い終わると同時に止めた。

「ま、というわけだから、困ったことがあったら、何でも言ってくれ。いいな」

「はい」

「で、知り合って早々、って、まだ名前聞いてなかったな」

「冨原です」

「筒井です」

「中村です」

「よしこれで知り合いだ。で、知り合って早々何だけど、金貸してくんないか？」

入学早々カツアゲとは、困ったことなら岸本先輩、あんたのことだ、淳史は呆《あき》れた。

「僕ら、お金持ってないんです」

「少しはあるだろ？　な、二千円でいいからさ」

「いや、二千円ないです」

「三人合わせればそれぐらいあるだろう？」

岸本先輩はイラついた空気を漂わせ始めた。危険水域が近い。

「僕、二千円あります」

見かねたように峰明が言った。きっと中学ではしょっちゅうこういう場面に遭遇していたのだろう。

「お、悪いな」

岸本先輩が片手を峰明に向かって突き出した。淳史は一瞬何を言えばいいか迷った。何とかしたい。峰明が財布を出そうとポケットに手を伸ばしたので、思わずその手を押さえてしまった。

「何だよ、お前は関係ねえだろ」

岸本先輩が凄《すご》んだとき、

「何だ岸本？　うちのクラスの子を知ってるのか？」

伊東先生が現れた。

「あ、伊東先生、いや今知り合ったんです」

岸本先輩はあわてて差し出した手を引っ込める。

「そうか、岸本もいよいよ最終学年だからなあ、一年生に色々と指導してもらわんといかん」

「任せてください。今そう言ってたところなんです。何でも聞いてくれって。な？」

これは嘘《うそ》とは呼べないから「はい」と三人で声を揃えた。

「へへ」

岸本先輩、ここは何とか切り抜けられると思っているようだ。

「いや、それはありがたい。他の三年生も岸本みたいだといいな」

「先輩として当然です」

どうやら岸本先輩はおだてられると図に乗る性格らしい。

「そうか、それじゃあ、新入生じゃないが、二年生の女子の実習を手伝ってもらえんかな？」

都立水商では、女子生徒の実験台として男子生徒が協力する慣習がある。それは学校案内にも記されていた。フーゾク科のハンドプレイ実習など、男子生徒の、「とても気持ちいいです」との声が紹介されていた。

「女子の実習は僕ら男子がお手伝いしなければなりません。ましてや後輩なら僕ら三年生が引き受けなくてどうしますか⁉　先生、遠慮なく言ってくださいよ」

岸本先輩は、（ここは僕が犠牲になって）の空気を醸し出して言った。

「そうか、さすが三年生、頼もしいなあ。よし、一年生の三人も一緒に来い。模範的先輩の姿を見せてやる」

伊東先生に連れて行かれたのは、校内見学のときに峰明が恐《こわ》がって入らなかった「SMクラブ実習室」だった。中に入ると壁が黒く塗られて赤い檻《おり》が置かれている。呼称がわかったのはそれだけで、あとは何か用途のわからない体操器具みたいなものが配置されていた。

「おい、実習を手伝ってくれる男子を連れてきたぞ。三年の岸本だ」

伊東先生が声をかけると、黒いレオタード姿の二年生女子が、二十人ばかり横一列に並んだ。

「よろしくお願いします」

「ああ、よろ……」

岸本先輩は挨拶を返す前に、二十人の女子にワッと囲まれた。ものすごくモテている図だ。岸本先輩を中心にした一群はそのまま壁際に移動する。そこからＳＭクラブ科の先輩たちは、よく訓練された動きを披露した。瞬く間に、岸本先輩の両足は床のでっかい鉄製の輪っかに革のベルトで固定され、両手は同じく革のベルトでごついチェーンの先に繋がれた。

カラカラカラカラ……

チェーンが巻き取られ、壁に向かって立つ岸本先輩は徐々に万歳していく。

「これは……磔《はりつけ》だね」

亮太が呟《つぶや》く。確かにこれでは身動き取れないだろう。

「先生ー、これ何の実習ですか？」

体全体でバッテンを作った岸本先輩が、振り向いて尋ねた。

「ＳＭクラブ科の鞭《むち》打ち実習だ」

「鞭打ち⁉　先生、これ体罰じゃないですか？」

「何を人聞きの悪いことを言うんだ。学校で体罰は許されん。男子生徒が身を挺《てい》して女子の実習に協力する。これがわが校の美しい伝統だ」

伊東先生は真面目な顔で言った。

「先輩お願いします！」

レオタード姿の二年生女子が一斉に頭を下げ、

「いや、ま、その」

自分に言われたと勘違いした岸本先輩がモゴモゴ何ごとか口にする中、赤い革製レオタード姿の松岡尚美先輩が、長い鞭を手にして現れた。松岡先輩と目の合った淳史は思わず頭を下げ、亮太と峰明もつられて会釈する。

「わたしの鞭打ちは痛いよ。痛いけど怪我《けが》はさせない。わかった？」

「はい」

目をキラキラさせて二年生が答える。松岡先輩はやはり生徒会長だけあって尊敬されているようだ。

「ちょっとさ、松岡、やめてくれる？」

同学年のよしみで、勘弁してもらおうとする岸本先輩だったが、

「お黙り！　このブタが！　誰か、このブタのズボンを下ろして汚い尻を出してやりな」

サッと数人が動いたかと思うと、すぐに岸本先輩のズボンとパンツは膝下まで引き

下ろされ、ケツ丸出しになった。

「や、やめてくれ！」

「うるさい！」

ピシーッ！

「いい音！」

声を出してしまったのは淳史だけではない。亮太と峰明はもちろん、二十人の二年生女子も感嘆の声を上げた。それほど見事な鞭打ちだった。

「ギャアー」

岸本先輩の悲鳴がリアルだ。まさに命の危ないときの人の声だ。

「痛い？」

「いてえに決まってるだろ」

「誰に向かって言ってるの！」

ピシーッ！

「ギャアー」

「痛いだろ？」

「痛いです」

「でも今はそうでもないだろう？」

「え？……ま、そう、そうかな？」

「ね？」

岸本先輩に確かめた松岡先輩は見学者に顔を向けた。

「いい？　わたしの鞭打ちは打たれた瞬間はすごく痛いけど、その痛みが尾を引かないの」

「ほおー」

ここでも二年生女子と一緒に感心している新入生三人だ。

ピシーッ！

「ギャアー」

「じゃ、みんなの番よ」

松岡先輩は優しく言った。

「え？　これ全員やるの？　待って、待ってください。伊東先生止めてください。僕が悪かったです」

「何が？　お前、何も悪いことしてないだろう？」

伊東先生はあっさり言った。止める気配はまったくない。

「一人一回でも二十発だね」

峰明が青ざめている。

そこから松岡先輩の鞭を借りて順番に打っていく。慣れないせいか、鞭の音が冴えない。それでも真剣な表情で打っていく。

「ギャアー、あ、あ、痛い。今外した。タマに当たった」

「たまたまよ」

松岡先輩のダジャレに、和やかな笑いが起こる。

「先輩、別の責め方も教えてください」

一番先に自分の番を終えた、二年生のリーダーらしき綺麗な生徒が嘆願した。

「そうね、じゃあ、浣腸器《かんちょうき》持っておいで」

「はい」

返事とともにその二年生はサッと動き、この会話を耳にした岸本先輩が振り返る。

「え？　やめて、それは勘弁して」

ピシーッ！

「ギャアー」

目の前で起きていることが、淳史には現実とは思えない。

「やっぱりすごいや、この学校」

峰明の声も抑揚を失っている。

「よし、武士の情けだ。この先は見ないでやろう」

伊東先生はそう言うと、淳史たちを促して廊下に出た。

「みんな気をつけて帰れ」

「はい」

昇降口に戻ったところで真太郎に遭遇した。制服に着替えた真太郎はまた完璧な女生徒に戻っている。

「いやあ、俺たちすごいもの見ちゃった」

「何？」

新宿駅に向かう道でSMクラブ実習室での出来事を話すと、真太郎にはバカウケだった。

翌朝、

「冨原君、冨原君だったよね？」

昇降口で上履きに履き替えていると声をかけられた。岸本先輩だ。淳史の中で警戒警報が鳴った。

「おはよう」

岸本先輩の笑顔がアップで迫る。

「あ、お、おはようございます。あの、今日もお金ありません」

「いやだなあ、それはいいんだよ。忘れて、ね、あれは忘れて」

「は、はい」

「荷物持とうか？」

「いや、いいです。そんなに重くないし」

「遠慮しなくていいよ。あ、中村君、中村君だよね」

峰明もやってきた。

「おはようございます」

「おはよう。どう？　困ったことない？」

「ない、ですけど」

「そう？　遠慮しないでよ」

何度も「遠慮するな」を繰り返して、岸本先輩は一緒に乗ったエレベーターを三階で降りていった。

「なんか岸本先輩、昨日と人が違うね」

峰明が真剣な目で言う。

「確かに。でもまあ、俺でもあんな目に遭えば人が変わるかも」

今日は専門科ごとに分かれてのオリエンテーションだ。マネージャー科は一般教室より少し広めの視聴覚室に男子生徒六十名が集まった。

初日はクラスごとに担任の教師からの説明だったが、この日はマネージャー科講師の渡辺三千彦《わたなべみちひこ》先生が説明する。

渡辺先生は、大学で経営学を学んでいた頃、都内のクラブでウェイターのアルバイトを始め、そのままマネージャーの道に進んで二十年だそうだ。ちゃんと大学時代に教職課程もとっていて、社会科の教員免許も取得しているから、アルバイトにかまけて学業が疎《おろそ》かになり、なし崩しに水商売に入ったタイプとは一線を画す、と力説した。

渡辺先生はまず「マネージャー科で学ぶ意義」について熱く語った。

「昨日、みんなはいろんな部活を見学したと思うが、『キャバクラ研究会』を見ても何が面白いのか意味不明だったんじゃないか？」

これはほとんどの生徒にとって図星だろう。

「つまり諸君はまだ子どもで、これから自分が学ぶことの意義について理解するのに時間がかかるというわけだ。だが、今から勉強するというのに、そこに意義を見出せなければ学習意欲も湧かないだろう。だから今は理屈だけでも知っておいてくれ」

渡辺先生は手元のパソコンを操作して、大型モニターに高級クラブで女性に囲まれている男性の画像を出した。

「こうしてお酒を飲みながら女性と会話するだけで癒されて、翌日また元気に仕事ができる、という人が世間には大勢いる。そういう場を提供するのが、我々の仕事だ。それによって家庭に仕事のストレスが持ち込まれず、家族の平和が保たれ、翌日の職場でも円滑な人間関係が維持される。ここに我々の仕事の価値がある」

先生の熱意に、淳史の心は動かされていた。他の同級生も静かに耳を傾けている。

「水商売を営む者にとって、世の中のすべての人がお客様だ。お客様になる可能性のある人だ。誰に対しても、決して横柄になってはいけない。誰も見下してはいけない。常にへりくだる精神が肝要だ。たとえば店に商品を卸す酒屋さんも、ある日はお客様として訪れてくれるかもしれない。出入りの業者に威圧的になるデパートの社員など反面教師の典型だ。常に周囲三百六十度に低姿勢。それを情けないと思う精神は間違っている。そして、すべての人にへりくだっていると見えてくるものがある。いや、そうしないと見えてこないものがある、と言った方が正確かな。この社会では、一般的に立場によって上下関係が決まる。これは寂しいことでも現実だ。だが、一言でいうと、立派な人だからトップに立つ、ということはあるかもしれないが、トップだから立派な人とは限らない。そして、すべての人にへりくだると、そこが見えてくる。どの人が本当に立派な人格であるか、がだ。私はこの学校の教育の成果で一番大きいのは、この本質を見抜く力の養成だと思う」

渡辺先生の言わんとすることが徐々に見えてきた。

「たとえばこんな話がある。病気というのは精神的な要因が大きいということで、癌《がん》患者への告知について研究していた医者がいた。今は患者に癌を告知して治療法を相談するのが主流だが、昔は治療法も限られていて癌イコール死という時代が長かったんだな。その研究者は、癌を告知された方が長生きする例や、逆に精神的ダメージが大きくて進行の早まる例を分類していったわけだ。あるとき教会の高い地位の聖職者が癌になった。医師としてその患者を担当した研究者は、信者に道を説く宗教家だから大丈夫だと判断して、癌を告知した。しかし、予想に反してその宗教家の死期は早まった。一年の余命と判断したのに半年ももたなかったんだ。逆に、ごくささやかな商売をしていた人に癌の告知をしたところ、頑張って余命一年のはずが五年後も店頭に立っていた例もあった。この研究者の間違いはどこから来たと思うか？　ええと、内山、どうだ？」

「肩書に惑わされた、ということですか？」

「そうだ。沢山の信者に説教しているからといって、人生を悟っているとか、人間が出来ているという話ではない。むしろそうやって信者からちやほやされて年齢を重ねた人間には、見えないことの方が多く、『なんとか商店のオヤジ』である方が人生の機微に接して、言葉にしない哲学をもっているのかもしれない。まあ、どちらがより苦労したのか、という話だな。その研究者は結局医師でしかなかった。医者も若いときから『先生』と呼ばれる職業ではあるし、金銭的にも苦労しなかったのかもしれない。それで肩書に惑わされてしまったんだな。我々は違う。すべての人を自分より上に置くことによって、理不尽な目に遭ったり、屈辱的な場面に遭遇することもある。だからこそ人間が見えてくる」

みんな静かに聞いている。人生経験の足りない高校一年生にも十分に納得できる話だ。

「銀座のクラブにいたときに、ある大手企業の社長が次期社長候補二人を別々に連れてきて、店のママにこう尋ねたことがある。『二人のどちらが社長に相応しいと思うか？』。つまりその社長は二人の候補を甲乙つけ難く思い、人を見る目に長《た》けたママさんを頼ったわけだ。私はその社長も偉いと思う。高級店とはいえ、経営の規模からしたら、自分の会社より遥かに小さい。そこの店のママに自分の会社の将来を託す人物を選んでもらったんだ。私はその会話の内容とその後の顚末《てんまつ》を知っているが、そのママの判定は正しかった」

淳史はクラブのママさんなど実際には会ったことはない。これから先、実習でお世話になる店で初めて出会うことになる。それが今、渡辺先生の話を聞いただけで、尊敬する気分になった。

それからは実習のやり方について詳しく説明を受けた。新入生が最初に経験する実習は「スカウト実習」だ。

「まだ店での実習を経験しないうちにスカウトというのは難しいぞ。店でどんな人材が必要とされるか見当がつかないからな。それに、これはナンパではない。そこがホスト科の『ナンパ実習』とは違うところだ。ただ、街を歩く女性に怪しまれずに声をかける、というだけでもすごく勉強になる。親しげに振る舞うだけでなく、何度も言ったへりくだる精神が試される」

みんな熱心にノートを取っている。淳史も先生の説明を要約しながら、「へりくだる精神」に赤線を引いた。

質問の時間になった。

「この学校は中学までとはまったく違う部分が多いから、質問は何でもいいぞ。今話した内容以外のことでも答える」

「はい」

亮太が挙手した。

「よし、クラスと名前は？」

「A組の筒井亮太です」

「質問は何だ？」

「あの、女子の実習のお手伝いはどうしてもしないといけないですか？」

「それはまあ、女子の方からお願いするという形だから、無理強いはしない。ホステス科のお酌実習と接客実習は抵抗なくても、SMクラブ科やフーゾク科の実習を勘弁してくれ、という男子は今までもいた。私生活であまり経験したことないのに、という理由が多かったな。筒井もそうか？」

「はい。まだ彼女もいないのに、つき合ってもない子とそういうのは……」

淳史も同感だ。しかし、中には楽しみにしている生徒もいるだろう。淳史は周囲の反応をそっと窺《うかが》った。

「その気持ちはわかる」

渡辺先生がそう言うと、亮太だけでなくホッとしたような表情を浮かべる生徒が何人かいた。

「だが、それは女子の方でもお互い様だ。まあ、フーゾク科は私生活でも経験豊富な子は多いだろうが。ただ、ちょっと知っておいてもらいたいことがある。この学校の創立の頃は、フーゾク科ではなくソープ科があって、その講師に吉岡《よしおか》あかね先生がおられた」

あれ、という空気が流れた。

「気づいた者もいるかもしれん。そうだ、校歌を作詞した先生だ。吉岡先生は詩人としても有名で、その詩集はどこの書店にも並んでいたものだ。吉岡先生はソープランドにお勤めだったが、とても複雑な事情をお持ちで、苦労された方だった。本校講師となられてからは、熱心に指導されて、生徒からの信望は絶大なものだった。先生は、教え子たちが将来世間から見下されたり、あるいは自己嫌悪の中で生きることを危惧され、そうならないためにテクニックを磨くことを奨励された。つまりマッサージに近い感覚でサービスできればということだな。筒井は介護の現場でもこの問題が起こることは知らないと思う。だろ？」

「はい、どういうことですか？」

「老人にも性欲はある。年を取れば人間は枯れていくというのは勝手な思い込みだ。介護の現場でセクハラ問題は深刻なんだ。そこにもうちの卒業生たちの活躍の場はある。専門の介護士にいやな思いをさせずに済むんだ。あるいは、重度の障害を抱えた人へのサービスも必要だ。死ぬまでに一度でいいからセックスをしたい、と望む人には、相手をしてくれる女性は天使に見えるとは思わないか？　これは君たち男子にこなせる仕事ではない。そうだろう？　だから君たちにはフーゾク科の女生徒を見下してもらいたくない。さっきも強調したが、我々の仕事は誰をもお客様として尊重して、見下してはならないものだが、そのためにはこういう想像力も必要だ。相手の立場から、その矜持《きょうじ》や苦労を想像するんだ。筒井には実習への協力を強要する気はない。他の生徒にもだ。ただ、今の話は心に留めておいてくれ。そして断るときにも言葉を選ぶようにな。それだけだ。質問の答えになったか？」

「はい、よくわかりました」

淳史は感動していた。そして女子生徒への見方が変わってきた。両親など、水商に通うことで淳史にガールフレンドができることを心配していた。背景に水商売への偏見があるからだと言えそうだ。渡辺先生も、その話に出てきた吉岡先生も立派だと思う。何というか本物の矜持と哲学がある。

昼食後、峰明が思いつめたような表情で淳史に近づいてきた。

「トミー、相談があるんだけど」

「何？」

「僕、やっぱり芸者幇間ゼミを受けてみようと思うんだ」

「いいんじゃない」

「週二回受講して、他の部活と両立できないことはないらしい」

「そういう説明だったね」

「うん。でさ、トミーも一緒に受けない？」

「俺が？」

「うん。いや、僕が一緒に受けてほしいというお願いだけど」

峰明はすがるような目をしていた。きっと不安なのだ。

「わかった。いいよ、一緒に受けよう」

「本当？　ありがとう」

峰明はホッとしたのかニコニコしている。淳史は彼が安堵《あんど》したならそれでいいと思った。

新しい経験は楽しい。楽しい時間は早く過ぎる。水商入学後の三週間は瞬く間に過ぎた。

クラスメイトとは打ち解けて、みんな愛称で呼び合っている。淳史の場合は「トミー」が定着した。

一般科目の授業が始まってすぐ、ミネこと中村峰明のディスレクシアの実態がわかった。確かに不便だと思う。峰明はメモを取ることもできないのだ。だが、最初に伊東先生から説明を受けていたおかげで、淳史には彼の長所が見えた。書き残せない分、授業中の峰明の集中力は際立っていた。そして中学までで苦労した分、水商では何でも積極的に取り組んだし、時折見せる彼の愛校精神は、クラスメイトの胸を打った。

「居場所を見つけた」のは彼ばかりではない。多くの生徒にとって、水商は人生の

「新大陸」だった。これまで抱えてきた学業不振などから解放されて、新たな自分の価値を見出せたのだ。

校内の実習室で行われる専門科目の授業では「ご新規三名様ご案内します」とお店で使う用語を習い、実際に口にしてみることで「仕事」を学んでいることを実感する。机に向かってする勉強とはまったく違う。「入学を祝う会」での黒沢校長先生の言葉通り、常に試されている緊張感がいい。中学のときよりも同級生の表情が生き生きしているように感じられる。

淳史は峰明と一緒にいる時間が多かった。何しろ放課後も、「芸者幇間ゼミ」で一緒だ。

ゼミでは他の科の生徒とも知り合ったが、峰明と同じく学習障害を抱えている子が数人いた。落第しないために一つでも多く単位を取得しておきたいのだろう。芸者という言葉に誘われたのか、留学生の姿も目立つ。

都立水商は創立当初国際的にも注目されたことがあり、各学年に必ず留学生がいる。ゼミではオーストラリア人の二年生ジェニファーと一年生のオリビア、アメリカ合衆国からの二年生アリソンがいた。アリソンと同じくアフリカ系の女子がいたので、留学生と思いきや、自己紹介で、

「一年D組、狛江《こまえ》第五中学校から来た山本樹里《やまもとじゅり》です」

と名乗った。ハーフの子らしい。そんな肌の色の違う生徒も、着物姿で芸者の勉強に打ち込んでいる。

ゼミの内容は淳史にとっても興味深いものだ。

「京都のお茶屋に上がると、舞妓《まいこ》たちは客を『おにいはん』と呼ぶ。やれ、『社長』だの『先生』だのと呼ぶのが無粋ということだ。社会での地位や立場を持ち込まない。お座敷ではみんな一緒。浮世のことを忘れてパッと、ということだろうな。我々が学ぶのはこの精神だ。客に序列をつけない。社会的地位や年齢、ましてや肌の色も関係ない。みんな平等にお客様だ」

ゼミ受講初日に言われたことが、渡辺三千彦先生の言葉と重なる。

外部講師の一人は、現役の幇間、桜亭《さくらてい》ぴん介《すけ》先生だ。現役だけれども大ベテランで、確かめたわけではないが年齢は八十代、それも後半に見える。

ぴん介先生に、

「いいざんすか、太鼓持ちなんてえものは、何事も絶対怒っちゃダメざんす。怒っちゃいけやせん」

と言われ、素直に、

「はい」

と答えた峰明は本当に何に対しても怒らなくなった。ぴん介先生も、さかんに、

「ミネさん、やったんさいな」

と指名してくる。熱心に学ぶ峰明が可愛いのだろう。

五月

マネージャー科初めての校外実習は五月一日に実施された。

新宿駅周辺でのスカウト実習だ。ゴールデンウィーク中のメーデーは、平日であってもふだんより人通りが多い。そんなことから、例年この日が選ばれるらしい。

街でスカウトした女性を学校まで連れて戻る。体育館の正面玄関には長テーブルが並び、先生が待っていて「この女性をこのお店に」という提案も込みで評価される実習だ。

これがなかなか難しい。伝説となっている先輩で、三十三歳の女性をキャバクラに、二十七歳の女性を熟女パブにと提案して、高評価を得た例がある。この見極めの見事さに講師が唸《うな》ったという。その先輩は卒業後、すぐに六本木のキャバクラを任されるようになったそうだ。

「いいか、今日の実習はセンスを問うものだが、まだ君らに店での実習経験がないことは差し引いて評価するから、自分の思うままにやってみろ。何度も言うが、これはホスト科の『ナンパ実習』とは違う。調子いいだけじゃ通用せんぞ。それは頭に入れておけ。よーし、行って来い！」

渡辺先生の声に背中を押されて校外に出る。度胸のいい生徒はサーッと一人で新宿駅方面に向かっていくが、大抵はどうしても数人ごとにまとまってしまう傾向がある。淳史もその例に漏れず、峰明と亮太と並んで、

「どっちに行こうか？　ぺぺの入り口？」

「もう少し足を延ばした方がよくない？　西部新宿駅よりJR新宿駅の方がやっぱり人が多いし」

などとグズグズ言いながらの移動だ。実はお互いの心の内はわかっている。見ず知らずの女性に話しかけることに抵抗があるのだ。履いている靴に重りが仕込んであるかのように歩みが遅い。

とりあえず新宿駅に着いた。ここで一つ学習したことがある。確かに駅には人が多い。だが、目的地に向かって速度を上げて歩く人が大半だ。また立ち止まっている人は待ち合わせのためで、話しかけても聞いてもらえないか、聞いてもらえても、会話の途中で待ち人来たりて去って行く。それもやってくるのが男性だと、どうしても気まずい雰囲気になる。

「場所変えよう」

三人で相談して駅の外に出た。

「どうしよう？」

淳史は二人に下駄を預けた。

「あのさ、目的なくブラブラ歩いている人っていえば、ウィンドーショッピングじゃない？　デパートにそういう人がいるわけだよね？」

亮太の意見だ。

「デパートか。いいかも」

淳史が賛成した時点で多数決成立だ。

「伊勢丹《いせたん》に行こう」

適当に言ってみただけだが、

「そうだね。あそこなら高級クラブ向きの若い人や熟女パブに向いている人がいそうだ」

亮太が淳史の提案に根拠を持たせてくれた。

「あのさ、ジュクジョパブって何？」

峰明が首を傾《かし》げて聞いてきた。

（やっぱり漢字って便利だな）

字の読めない峰明が戸惑うのを見て、あらためてそう思う。淳史も入学して初めて聞いた言葉だったが、漢字を見ればおおよその見当はつく。

「熟女パブっていうのは、若い女性でなくちょっと年のいった女性のいるお店だよ。果物とか熟すっていうじゃん。聞かない？」

「あ、桃とかメロンの？」

「そう、だから熟した女の人ってこと」

「おばさん？」

「ってことでいいのかな？」

淳史もわからない。わからないから亮太に尋ねた。

「うん。若い女でないならおばさんでいいのと違う？」

この答えも心もとない。

「おばさんかあ、お客さんはそれでいいの？」

峰明の素朴な疑問を自分も抱きつつ、

「いいんじゃないの？　おじさんにはさ」

そう答えたものの、俺たち水商売に向いてないのか？　と不安になる。

女生徒はホステス科をはじめとして、気合の入り方が違う。夜の世界目指してやる気満々の女子に比べ、男子は、

「水商選んだ理由？　主に偏差値」

みたいな生徒が多く、内山渡のように「野球をしに来ました」と前向きに答える生徒の方が稀《まれ》だ。まだホスト科の方は野心あるイケメンもいるが、とにかく酒もセックスも未経験な男子には、常に高いハードルが待ち受ける。

実習中の同級生と遭遇して、

「どう？」

と互いに尋ね合い、

「ダメ」

同時に答え合ってすれ違う。

他の同級生も似たようなものだ、と思えば幾分気持ちも楽になるが、三人の足取りは学校を出たときのまま重い。

新宿通りを伊勢丹目指して進む。沢山の看板が並ぶ通りだ。字を判読できない峰明の目にする風景は、淳史が見ているものと違ってくるのだろうか？

「ミネは旅行とかで目的地を探すの大変じゃないの？」

淳史は表現に気を使いながら尋ねた。

「まだ一人旅したことないけど、これまでは平気だったよ。電車なんか『次はどこそこ』って教えてくれるし」

「そっか」

峰明にすれば、ずっと文字に頼らない生活を送ってきたのだから不便を感じないのかもしれない。

伊勢丹に着いた。

「さて、と。どうすっかな？」

淳史とて何も名案はなく、三人で顔を見合わせていて埒《らち》が明かない。

「とにかく誰かに声かけようよ。じゃんけんで順番決めてさ」

「リョーチンに賛成」

じゃんけんしたところ、一番手はその亮太で、続いて峰明、淳史となった。

まずは入り口で出入りの人々をチェックする。

「行けよ、リョーチン」

「いや、あの顔は水商売向きではない」

「なんで？　今度はどうだ」

「行きなよ、リョーチン」

「ダメだ。美人過ぎる」

「なんだそれ？」

亮太の唇は乾いていて、緊張が半端ないのがわかる。

「じゃあさ、じゃあさ、次に出てくる人に何も考えずに声かけよう。声かけてからどうすっか考えればいいじゃん」

淳史としては、まず声をかけることに慣れることを提案したつもりだ。

「そうだな、そうしよう。おばさんの集団だとしても熟女パブだしな」

「そうそう」

そう言っているところへ、三人の中年女性が出てきた。

「行け、リョーチン」

「あのう、すみません」

足を止めることには成功した。

「ええと……」

亮太が次の言葉に迷った一瞬、

「峰明、あなた何してるの?」

「あ、お母さん」

「お母さん?」

こちらから見て連れの二人の陰になっていたのが峰明の母親らしい。一歩前に進み出てきた。

「あ、僕、実習中なんだよ。スカウト実習」

「何よ、それ?」

「だからホステスさんを探して……」

「ホステス? 誰に向かって言ってるの!?」

「いや、だってジュ、ジュクジョパブっていうのがあって」

「何言ってるの、みっともない。止《や》めなさい!」

「でも勉強だから」

「何が勉強よ! もう、この子は。行きましょう」

峰明の母親は当惑している他の二人を伴って足早に去った。去る間際に淳史と亮太にも蔑むような視線を残していった。

「何だよ、ミネのお母さん」

先にキレたのが亮太だった。

「ごめんよ、リョーチン」

「俺のことじゃないよ、ミネに対しての態度だよ」

そうだ。淳史にも自分の怒りの方向がわかってきた。息子にあれはないだろう。

「ミネ、あれじゃあ、お母さんが一番のいじめっ子じゃないか」

淳史自身、自分の口調に怒りの熱さを感じた。

「違う、違うんだよ」

峰明はオロオロと二人を宥《なだ》めようとしてくる。

「あれはないよ。母親だろう？」

「そうだけどさ、ごめんね。怒らないで」

「俺たちに謝らなくていいんだよ。ミネ、怒れよ」

「怒っちゃいけないんだ。絶対怒っちゃダメなんだよ」

　この言葉が亮太の怒りの炎に油を注いだ。

「何でだよ？　怒れよ！」

　亮太は芸者幇間ゼミを受講していない。ぴん介先生の教えを知らないのだ。淳史の方は、先生の教えを忠実に守る峰明を少しは理解できたが、それでも怒りが収まったわけではなかった。

「ごめん。お母さんも僕のことで恥ずかしい思いを沢山してるんだ。だから、怒るのも当然なんだよ」

「いや、今はミネが怒るのが当然なんだ！」

　亮太は熱いままだ。結局気まずくなって、それからは別行動になった。

　結果としてはそれが良かったのかもしれない。一人になった淳史は、スカウトの成果を上げることができた。それも、

「よし、冨原はいいセンスしてる」

と渡辺先生に褒められるほどのだ。

実習終了後に伊東先生が、

「渡辺先生が言ってたぞ。冨原が一番の成果だったらしい。さすが委員長だな」

嬉しそうに声をかけてくれた。

「実はな、実習をバックレて帰ってしまった奴もいたんだ」

「誰ですか？」

「木島《きじま》だ」

確かにジマこと木島龍平《りゅうへい》はふだんから不貞腐れたように見える。それは水商進学が決まったときのコンプレックスが抜けきらないせいだと感じ、淳史は少し同情していた。

「だから冨原が成果を出してくれたことでA組の面目も保てたわけだ」

水商売に向いてないかも、と自信を失いかけていたところにこれは心強い。

ただ、峰明と亮太とは気まずいままで別々に下校することになった。

ゴールデンウィークに入ったが、常生は大学の友人と旅行などの特別な計画を立てなかった。家族とも出かける計画はない。弟の淳史が高校に入ったばかりだから、この時期はまだ落ち着かないのではないか、という配慮もあった。

渋谷で映画を観《み》た常生が帰宅すると、玄関ホールに両親がいた。階段の下で二階を見上げている。

「ただいま……何してるの？」

「おかえり。……ま、一度リビングに戻ろう」

父は先にリビングに行った。

「何？」

残った母に尋ねる。

「淳史にお客さん。学校のお友だちだって」

そう言いながら、母は目でリビングに来るよう促した。両親とも妙にソワソワしているし、声も小さく潜めるように話す。それを不審に思いながら常生はリビングに入った。

「何？　高校に入ってからできた友だちなんだ？」

「そう」

「で？」

「でって？」

「いや、なんか二人ともソワソワしている感じだからさ」

母との会話を聞いた父がこちらに向き直る。

「そうか、わかるか?」

「わかるよ」

「常生にはショックかもしれんが、女の子だ」

常生はこんなにも真剣な表情の父を久しぶりに見た。というより初めて見たかもしれない。

「ちょっと待って、なんでそれで俺がショック受けるのよ」

「可愛い」

父は言い終わって大きく頷いた。

「可愛いのよ」

母も真剣だ。

「上玉だ」

父の発言に対しては、

「その言い方はやめなよ」

常生は一言釘《くぎ》を刺した。

「いずれにしろ、弟の彼女が可愛くても俺はショックを受けません。むしろ、あいつに新しい友だちができて嬉しいぐらいだよ」

「無理するな」

「無理してないし」

「だってお前彼女いないだろ？　大学も理系じゃあな、不細工なのしかおらんのじゃないか？」

「それ言い過ぎだから。ま、彼女いないけどさ」

「それみろ」

ときどき、このオヤジぶっ飛ばしたくなるな。と常生は苦々しく思った。

「さっきケーキ買ってきたんだけどね。声をかけるタイミングが難しくて」

母はそんなことで悩んでいたらしい。

「いいじゃん、俺が帰ってきたんだから、このタイミングで」

「そうか、そうだな、うん。常生、よく帰ってきた。母さん、淳史を呼んできなさい」

この人、この調子で会社では大丈夫だろうか。と常生は呆れた。

「あっちゃん、お兄ちゃん帰ってきたし、お友だちも一緒にコーヒーとケーキでもどう？」

母が階段下から呼びかけている。

「その友だちだけど、何ていう子なの？」

父に尋ねれば、

「いや、それが一緒に帰ってくるなり二階に上がったんでな、聞いてないんだ」

これもまた呆れた返答だ。

「まず紹介して家に上げるのが礼儀ってもんじゃん。そこはちゃんとしなよ」

「そうか、そうだな」

淳史がリビングに現れた。

あらためて弟をじっくり見てみると、確かに中学時代のくすんだ薄皮みたいなものがとれて、爽やかな印象を受ける。これはモテている可能性はある。

「喉が渇いてたからちょうどいいや」

「お友だちは？」

「今トイレ」

テーブルにコーヒーとケーキを並べている母と弟の会話に、

「可愛い子だって」

椅子に座りながら割り込む。

「うん、可愛いよ」

この野郎、入学式に行かない、と布団の中でくすぶっていた姿が今や懐かしいくらいだ。

「でも兄ちゃん、惚《ほ》れない方がいいよ」

　ここまで思い上がった発言をする弟とは思っていなかった。

「なんで俺が弟の彼女を」

「いや、だから……」

「失礼します」

　そこへ制服姿のガールフレンドが入ってきた。

（可愛い。超可愛い）

　噂《うわさ》以上の上玉だ。上玉って言うなって、俺言ったっけ？　常生は軽く混乱した。

「さ、さ、かけて」

　母は彼女に椅子を勧めて、自分も腰かけた。

「紹介するよ、同級生の花野真太郎」

「ん？」

　家族三人で聞き間違えたらしい。

「はじめまして。花野真太郎です」

「真太郎、男だよ」

　ガチャン。誰かがコーヒーカップをソーサーに激しくぶつけた。もしかすると常生自身だったかもしれないが、それすら定かでない。

「お、男？」

父がうわ言を発した。

「そ、男。柔道部。強いよお」

一瞬冨原家のリビングは静まり返った。その静けさに特別の意味を感じたのかどうか、

「あ、僕、いや、わたしはホモじゃないんで。ご心配なく。いただきます」

真太郎は明るく言った。

「びっくりさせちゃったかな?」

冨原家から桜新町駅までの道すがら、真太郎が心配した。

「大丈夫だよ。うちは女の子がいないからさ、ちょっと変な気の使い方をしたんじゃないかな」

「トミーんちのお母さん、優しそうだね」

「どうだろ? そうかな?」

「わたしはお母さん知らないからさ」

それは聞いていた。真太郎は母を知らずに育ったらしい。詳しい事情はまだ聞かずにいる。だが、母を知らない友だちの前では、自分の母を良くも悪くも言えなくて、淳史は黙ってしまった。

「おう、淳史」

辺りは暗くなり始めている。人を識別し難い状況だ。紺のブレザーにグレーのズボン、長身の男子高校生が歩み寄ってきた。

「……神尾」

気分が急に重くなった。嫌な思い出が走馬灯のように脳裏を巡る。

「トミー、友だち？」

真太郎がいぶかしげに言った。

「トミー？　トミーなんて呼ばせてんのか？　女に？　お前が女連れてるなんて驚きだな。やっぱ水商行けばどんな奴でも女できるって本当だなあ」

神尾は相手に嫌な思いをさせるのが上手い。そういう言葉の選択に長けている。ずっとそうだった。それは真太郎も察したらしい。

「こいつ、嫌な奴だね」

「何だとお」

神尾が威嚇するようにアゴを上げた。

「あ、こいつでしょう？　トミーをいじめてた奴」

「人聞きの悪いこと言うなよ。友だちだよ、友だち」

神尾は女の子をからかうつもりでか、さらに挑発的な態度を取った。

「許せん。トミーを傷つけた奴は許せん」

「ハハハ、許せないって？　どうすんだよ？　水商のアバズレが一丁前の口利くな！」

神尾がさらにクソ生意気な態度を取り、真太郎の怒りが沸点を超えたのがわかった。

「やめなよ」

淳史は一応あとで言い訳できる程度に小さな声で止めてみた。

「どうするかって？　こうする！」

真太郎がそう叫んだときには、神尾の体は宙を大きく舞っていた。一本背負いなのだろうか、真太郎が神尾の手首だけ持って投げているように見えた。神尾は身長分の半径の大きな弧を描き、アスファルトの地面に叩《たた》きつけられた。

「何しやがる」

最初のダメージが大きかったらしく、その声にさっきまでの迫力はなかった。

それからは立ち上がるたびに神尾は投げられた。まるで投げられるために立ち上がっているようだ。真太郎はお手本のように様々な投げ技を見せる。

いつ神尾が真太郎をただの女子高生と思わなくなったのかはわからない。躊躇《ちゆうちよ》なく殴ろうと拳を突き出してきた。その手を取ってさらに数回投げたあと、真太郎は突き出された神尾の腕を取って組み伏せた。

「どうする？　トミー。こいつ落とそうか？　落とそうか？」

「いや、落としたらあとが面倒じゃない？」

「いいよ、ほっとけば」

「それ、下手すると死んじゃうでしょ」

「じゃ、この腕折ろうか？」

「それもどうかな？　こいつ野球部なんだ。楓光学園の」

「強豪じゃん。なら、いくらでも代わりはいるから、いいよ。折ろう」

　この会話はごく日常的なトーンだったが、聞いていた神尾の方が悲鳴を上げた。

「勘弁してくれ。俺、野球できないと学校に置いてもらえない」

「そんなことある？」

「俺、野球特待生だから」

「何だ、それ？　ならなおのこと折った方がいいじゃん。ふつうに勉強しろよ。お前みたいな奴がこの先野球で成功するわけないし」

　淡々とした真太郎の口調が逆に脅威だったのか、神尾は淳史に向けて許しを請うた。

「ごめん。淳史、冨原君、ごめんよ。桜新町中の先生にもカンニング事件の真相を言いに行くよ」

「遅いよ」

「遅いかもしれないけど、本当のことを言う。君はカンニングしていないって。だから勘弁してくれよ」

「勘弁できるか！」

そう叫んだ直後、淳史の心に峰明の言葉が蘇《よみがえ》った。

〈絶対怒っちゃダメなんだ〉

それがブレーキとなった。

「真太郎、もういいよ。行こう」

淳史の言葉に渋々といった様子で、真太郎は神尾を解放した。

「真太郎？　花野真太郎？　大蔵中の花野三四郎か？」

神尾は目を見開いて驚いている。さすがスポーツ系の話題には敏《さと》いらしい。

「その呼び方は好きじゃない。そうだよ。花野真太郎だ。トミーに用のあるときは呼んでくれ。いつでも相手になってやる。行こう、トミー」

真太郎はそう言うと、サッサと先に歩き始めた。後ろを振り返ろうともしない。淳史の方が反撃を警戒して振り返った。そこにはまったく闘争心を失った神尾が立ちつくしていた。

淳史は足を速めて真太郎に追いついた。真太郎は無言で前を向いて歩き続ける。きっと一度戦いに燃えた心を静めるために、黙っていることも必要なのだ。

（こいつ、カッコいいなあ）

友人の涼やかな横顔を見て、淳史は心の底からそう思った。

連休明けの学校で、峰明と亮太との関係がどうなっているか少し心配だったが、それは杞憂《きゆう》に終わった。何しろ、峰明は怒ることを最初から放棄している。喧嘩になりようがない。

逆に淳史と亮太の方が気恥ずかしい思いをしてしまった。

(こんないい奴に何を怒っていたんだろう?)

そんな感じだ。

母親の態度に対して、怒りを示さない峰明に苛立《いらだ》ったが、考えてみれば余計なお世話だろう。峰明の気持ちは峰明にしかわからないし、何に対してどう思うか、決めるのは彼自身だ。

それでもあの母親の態度は問題だと思う。休み時間になって、峰明にそのことをそれとなく聞いてみるのだが、あの日と同じことしか言わない。

「お母さんは僕のために恥ずかしい思いを沢山したと思うんだ」

聞いていて何か違うと思う。だが、うまく言えない。何かおかしい。おかしいのは息子のことを恥ずかしく思う母親の方だ。

おそらく亮太も淳史と同じように感じているはずだが、二人ともそれ以上このことに踏み込まないようにした。

五月も半ばを過ぎ、もうすぐ高校最初の中間試験という時期、突然一年A組の教室に生徒会長松岡尚美が姿を現した。

教室中に緊張感が走る。

松岡先輩は動じることなく端から順に目をやり、淳史を認めるとツカツカと近づいてきた。

「冨原君、あなたこのクラスの委員長だよね？」

「はい」

「芸者幇間ゼミ以外は部活に入ってないそうね」

「はい」

「じゃあさ、生徒会の方を手伝ってくれないかな？」

「僕がですか？　何をすればいいんでしょう？」

「もうすぐ楓光学園とのスポーツ交流会がある。中間試験のあとにね。その事前打ち合わせで楓光学園に一緒に行ってもらう。これは来年以降のこともあるので、お互い下級生同士で顔見知りになっておく意味もあるの。あとはとにかく生徒会の活動内容を知ってもらうために、幹部会議にはつきあって」

「はあ」

「何も心配することはないわ。できないことはさせないから」

「そういうことでしたらやります」

「じゃ、放課後生徒会室に来て」

言い終わると、松岡会長はくるりと回れ右をして、周囲には目もくれずに去って行った。

「す、すごいね、トミー」

すぐ後ろの席でこのやりとりを見ていた峰明が、ようやく呼吸できたという調子で声を漏らした。

それを合図にしたかのように、教室全体の空気が緩む。松岡会長の存在感はA組の空気を極度に張り詰めさせていたのだ。

渡など大柄な体格で上級生にも一目置かれ、同級生としては一番頼り甲斐《がい》のある男だが、そんな彼でも松岡尚美の登場に身を固くしていたようで、

「やっぱり松岡さんは貫禄《かんろく》あるね」

わざわざ淳史の席まで来て言った。

「トミー、生徒会担当の先生は誰だか知ってる？」

渡は父親がＯＢなので、この学校のことは他の生徒より詳しい面がある。

「誰だっけ？」

「小田《お だ》真理《ま り》先生だよ。初代生徒会長にして、同窓会会長だ」

小田真理先生は世界史を教えているが、松岡先輩のいる三年G組の担任でもある。この学校の一期生で、今はフーゾク科になっている「ソープ科」出身だ。学校案内にも略歴つきで紹介されていた、この学校の「顔」の一人でもある。

「なんか、トミーはこの学校を動かすようになってきたね」

ニッサン、こと西林が峰明に話しかけているのが聞こえた。そんな実感は淳史自身にはない。

「そうだね。トミーは将来生徒会長だ」

峰明まで真剣な顔だ。

中学時代、淳史は十把一絡げのうちの一人にすぎなかった。どんな場面でもリーダーになったことはない。

一方、神尾の奴は野球部のエースで四番、目立つ存在で女の子にもモテた。実感として、教師を含めた周囲は、神尾を「将来ある身」とし、淳史を「どうでもいい生徒」ぐらいに感じていたように思う。いじめの関係に気づかれなかったのはこれが大きかったのではないか。

それぐらい軽い存在だった自分が生徒会長？　そんなことを言ってもらえるのが不

思議だ。

（なんか、この学校に来てから調子狂ってるな）

居心地のいい学校だが、この扱いには慣れそうにない淳史だった。

放課後、淳史は一人で八階の生徒会室に行った。

中にはすでに生徒会幹部が顔を揃えていて、まず松岡会長から一人ひとりを紹介された。副会長、会計、書記。驚いたことに岸本先輩もそこにいた。岸本先輩は幹部ということでもないらしく、松岡会長のすぐ後ろの机にいて、何やらノートを取っている。

淳史としては、大人しく隅っこに座って、話し合いを聞いていればいい、そう思っていたのに、会議を仕切る松岡会長は、頻繁に淳史に発言を求めた。とりわけ頓珍漢な返答をせずにすんだようで、会長以外の幹部も頷きながら聞いてくれていた。一年生の淳史に意見を求めるのに、松岡会長は岸本先輩を完全に無視していて、それはもう痛ましいほどだ。

議題は楓光学園とのスポーツ交流会となった。

楓光学園は文武両道で売る私立校だ。初等部から中等部高等部とあり、高等部の偏差値は水商とは三十ぐらい違う。ただ神尾が特待生として進学したことでわかるように、スポーツ推薦の枠もある。各学年の2クラスはスポーツクラスだ。

そんな名門校と水商が毎年こうして交流しているのは、水商がかつて甲子園を制したことがきっかけだという。

スポーツ交流会は毎年一学期、両校の中間試験の終わった週の土曜日に行われる。場所は楓光学園だ。運動部に所属する生徒が試合をして、他の生徒は応援にまわる。最後は野球グラウンドに両校の全生徒が集合して、野球の応援で終わる。

生徒会幹部が考えなければならないのは、応援する生徒の配分だ。たとえば柔道とテニスの試合が同時刻に開始される場合、片方に観衆が偏るのはまずい。二、三年生はすでに昨年までの経験があるから、各自の希望を取って観戦試合を決めるが、一年生はクラス単位で振り分けられていた。

「冨原君は一年生各クラスの委員長に、観戦のスケジュールを伝えてちょうだい」

松岡会長から初めて指示を受ける。

会議の終わり頃に小田先生が姿を見せた。

「今日から一年生の冨原君にも参加してもらってます」

松岡会長から紹介される。

「そう、あなたが冨原君。よろしく」

小田先生はこの学校の第一期生だから、淳史の母とは二歳しか違わないはずだ。それにしては見た目が若い。

「わが校は他校と色々な形で交流してるけど、一年生にとっては今度のスポーツ交流会が初めての体験になるわね。なぜ他校との交流をしているかというと、わが校では狭い業界で生きる勉強をしているからだよね。つまり常に視野を広げるためにも、他校の生徒との交流は必要だ、という考えよ。そこの意義も含めて一年生には知らせてあげてほしい」

小田先生は初代生徒会長として、そういう伝統の先鞭《せんべん》をつけた人なのだ。静かな中にも熱意を感じた。

翌日、淳史は休み時間に各クラスを回って、委員長に観戦スケジュールを知らせた。最後は五時間目を終わって訪れたＧ組だ。教室を覗くと、真太郎がすぐに寄ってきた。

「今日は生徒会の用で来たんだけど、委員長は誰？」

「え？　誰だっけ？」

「真太郎、知らないの？」

呆れていると、他の生徒が教えてくれた。

Ｇ組委員長は城之内さくらだった。

用件を伝えて真太郎とともに廊下に出る。

「真太郎、マジかよ?」

「何が?」

「だって城之内がクラス委員長だって知らなかったじゃん」

「あんまり興味ないし、そういうの」

「っていうか、初日に柔道場で会ったときに『あ、委員長』って気づくのがふつうだろう?」

「そうかな? そうなの?」

「俺が間違っているかもしれないけど、それがふつうな気がする」

「わたし、ふつうじゃないし」

確かに女装の似合う男子高校生は世の中では珍しい。けれども今の問題はそこではない。

「しかし何だな、つまり城之内はこのクラスで一番の成績で入学したってことだな」

「そうなの?」

「もういいや。いや、よくないか。そういうのが真太郎のいいとこかもしれないけど、クラスもクラブも一緒なんだから、もう少し城之内に関心持てば?」

「そうする」

こいつやっぱり天才肌なのかな？　淳史は真太郎の「不思議ぶり」をそう解釈した。

テスト前週間に入ると課外活動は控えられるようになり、その時間を利用して放課後楓光学園に行った。メンバーは松岡会長と副会長の山崎紀彦《やまざきのりひこ》先輩、二年生の野崎彩《のざきあや》先輩、そして淳史の四人だ。山崎先輩はマネージャー科の優等生らしい。野崎先輩はSMクラブ科で、淳史が鞭打ち実習を目撃したとき、松岡先輩に「別の責め方も教えてください」と願い出ていたあの綺麗な人だ。松岡先輩を尊敬しているのが言われなくともわかる。

四人で新宿駅から小田急線に乗る。改札の手前で淳史がポケットからパスモを出すと野崎先輩に止められた。見ると松岡会長が四人分の切符を買っている。

「これは生徒会の仕事なんだから」

細かいところできっちりしている。鞭打ち実習で岸本先輩を打ち据えていた姿からすると、自動発券機の前の松岡先輩の後ろ姿はまったくの別人に見える。貫禄だけで生徒会長に選ばれた人ではないのだ。淳史は松岡先輩への尊敬の念を新たにした。

小田急線で三十分。電車を降りた瞬間に新宿とは空気が違うことを感じた。

「歩きましょう」

駅と楓光学園をシャトルバスが繋いでいるというが、松岡会長は慣れた様子で車通りの少ない住宅街の道を進んだ。世田谷の淳史の家よりも新しくて大きな家が並んでいる。この辺は新興の住宅街として人気がある。途中、畑もあって淳史は母の実家のある岩手を思い出した。

やがて小高い丘の上の校舎が見えてきた。

結構急な坂を上り、正面玄関まで来ると、楓光学園の生徒会幹部が待ってくれていた。

(なんか賢そうな人ばかりだな)

それが淳史の第一印象だ。楓光学園では生徒は勉強担当とスポーツ担当に分かれるものらしい。今出迎えてくれているのは勉強担当の中でも上位に属する面々だろう。

玄関でスリッパに履き替え、生徒会室に案内された。そこであらためて互いに自己紹介した。松岡会長と楓光学園の片山《かたやま》生徒会長は、一年生のときから面識があるという話だ。

その片山生徒会長から挨拶があった。

「わが校では、初等部から入試があり、中等部高等部でも外から新入生を一定数加えていて、中等部から高等部に上がるときには、多くのスポーツ特待生も入ってきます。男女のバスケット部を例にとると、各学年五人ずつの特待生がいて、中等部からバスケットを続けていたメンバーを加えてチームを編成します。高等部からは、特待生のおかげで一気に競技力が向上するわけです。スポーツ特待生は二つのクラスにまとめられていて、中学からその競技を続けている部員と、一般入試で高等部から入ってきた部員は他のクラスに振り分けられます。このスポーツ交流会は自分の学校のスポーツの高いレベルを知ることと、高等部から新たに加わった学友と親睦を深める意義があり、実際この行事以降は生徒同士の距離がグッと縮まるんですよ。また水商さんとの交流もわが校生徒にとって大きな意義がありまして、職業に直結した教育を受けている皆さんは、わが校生徒に自覚を促すのです。それは、今の学業も将来社会に出た際に役立つものとしなければならない、という決意に繋がるものです」

つまりは仲良くしましょう、という気持ちは伝わってきた。

両校の会長副会長が四人で話し合う間、下級生同士は、親睦を深める意味で校内を案内してもらう。

こちらは野崎先輩と淳史、先方は二年生の出羽一哉《でわかずや》君と一年生の村田琥珀《むらたこはく》さんだ。

一年生同士は、

「琥珀って珍しい名前ですね」

「父がつけてくれました」

「いい名前ですよ、一度で覚えられるし」

などと常識的な会話を交わしたが、二年生同士は、

「野崎さんは水商でどんな勉強を？　ホステス科ですか？」

との質問に、

「わたしはＳＭクラブ科です」

野崎先輩が気負いも照れもなくあっさり答えたところで、出羽君が調子を狂わせた。

「ＳＭ……あ、そうＳＭ、ひ、非常に興味深いですね、それは」

細かく頷き眼鏡を指先で押し上げているが、鼻息が荒くなっている。

野崎先輩は無言で微笑《ほほえ》む。

野崎先輩は身長165センチでスタイルが抜群にいい。そして色が透けるように白くて、鼻筋が細く通った美人だ。一年生のときの「水商祭」では、ゴスロリと呼ばれるファッションで「生き人形」として立っただけで大評判だったらしい。

その野崎先輩が無言で微笑む。

秒殺だった。出羽君の周囲にピンクのハートが飛び回っていた。わかりやすい。きっと勉強ができるうえにとても素直な人なのだろう。

「そ、それは勉強することが沢山あって大変でしょうねえ、わかります、わかります。え、ＳＭの歴史、歴史はもう興味深いですから」

出羽君は額に汗を浮かべていた。

「へえ、出羽先輩はそんなことを知ってるんですか？」

琥珀ちゃんが感心して尋ねる。

「そ、そうだね、このＳＭの文化ね」

「文化？」

「そう文化だよ、これは。このＳＭ文化は元々ヨーロッパでは貴族の中だけにあったというか、マルキ・ド・サドなんて侯爵だからね、侯爵」

「丸木《まるき》さん？」

「マルキ・ド・サド。サディズムだよ、サディズム」

楓光学園の先輩後輩の頓珍漢な会話を黙って聞いていた野崎先輩が、低いトーンで、

「詳しいのね」

ポツリと一言漏らした瞬間に完全に勝負はついた。

（褒められた！）

出羽君は飼い犬の目になっている。

（女王様と奴隷、って言ってたな）

Ｇ組の真太郎から、淳史も多少情報を仕入れてある。ＳＭの世界は奥が深いそうだ。

広い校内を一巡りして生徒会室に戻ると、出羽君は小間使いのように動いた。野崎先輩の座る椅子を引き、飲み物を用意した。

（何が起こったんだ？）

楓光学園生徒会の幹部が戸惑っているのは明らかだ。対する松岡会長以下、水商側は平然としていて頼もしい。

訪問の目的を果たし、

「では当日よろしく」

の声を合図に全員で起立した。

生徒会室から玄関に向かう途中の廊下で、

「冨原君」

Tシャツ短パン姿の神尾に呼び止められた。おそらく試験期間直前でも自主トレは欠かさないのだろう。

「ちょっと」

神尾が手招きする。

「彼は中学の同級生です。ちょっといいですか?」

淳史が確かめると、

「いいわよ、玄関で待ってるから」

松岡会長は他の二人を連れて先に行ってくれた。

「何か用?」

そんなに警戒する気持ちはなかった。ゴールデンウィークに地元で出会った時点で、神尾との関係は変わっている。

「や、この前はその、ごめん」

「いいよ、謝らなくて。やられたのは君の方だし」

「そう、そうだよな、うちのクラスの柔道部の奴に花野真太郎のことは聞かされてたんだ。そいつすごく強い奴なんだけど、もっとすごい奴がいるって。それが真太郎だったんだ」

「そう」

「あれから俺、桜新町中に行ってきた」

「余計なことしなくていいよ」

「いや、それはあのとき約束したんだし。で、校長先生に会えた。校長先生は変わってなかったよ。香月先生」

香月校長は怖い人だった。怒鳴ったりするわけでなく、何か冷たい印象だった。

「それで、冨原君には申し訳ないんだけど『もう遅い』と言われた」

「そりゃそうだろう」

「でも、冨原君の名誉を回復させてください、って頼んだのに、『そんなことは君が気にしなくていい』ってのはひどいよ。そうだろう」

「そんなものだよ」

「怒らないのか?」

「怒らない。怒っちゃだめだって教わってる」

「そうか。何か変わったな」

「え?」

「冨原君、変わったよ」

「そうかな、自分じゃわかんないけど」

「すごく落ち着いて大きく見えるよ」

「よせよ」

「本当だよ。俺、中学時代、君にすごく悪いことしたと思ってんだ。だからこの前も勢いでああなったけど、本当は冨原君に会えたら謝らないといけない、と思ってた」

「ウソ?」

「本当だって。この学校に来て自分が君にいかにひどいことをしたかわかったんだ」

「何? 先輩にいじめられてんの? 俺にしたみたいに」

「逆だよ。ここの先輩、野球部でもだよ、みんなすごく優しくしてくれるんだ。中学のときと全然違う。中学のときの野球部はひどかったんだよ。一年のときは、特に俺はひどい目にあってた。体もまだ小さかったしね。だから三年になって、今度は俺の番だって威張り散らしたんだけど、それを同級生の君にまで同じ調子でやってたわけさ。それで高校になったら、また繰り返しかな、って覚悟してたのに全然違ってて。それで俺反省してたんだよ」

「そうか」

淳史の胸のつかえが下りた。心の中にあった、黒々とした雲みたいなものが消えたのだ。これで神尾と友人にはなれなくても許すことはできる。

（怒らなくてよかったな）

そう自分自身で納得して、神尾とは別れた。別れ際に握手した。それがまた自分でも信じられなかった。

玄関で待っていてくれた三人と一緒に駅までまた歩いた。

「中学の同級生が何の用事だったの？」

松岡会長に聞かれ、淳史はこれまでのいきさつを洗いざらい話した。いじめられていた関係から、先ほど握手して別れたことまでだ。

「よかったじゃない」

結果としては、松岡会長の言う通りだと思う。

「でも、その校長は許せないけど」

松岡会長は本気で怒っているらしく、言い方は冷ややかなものだった。

電車の中で、今度は出羽君の話題になった。

「僕も勉強になりました」

淳史が言うと、野崎先輩が声を出して笑った。

「何が勉強になった？」

山崎先輩に問われ、

「ＳＭの歴史」

そう答えた途端、松岡会長も笑った。初めて見たその笑顔は、健康で美しい十代の女性のそれだった。

六月

高校入学後初の中間試験が始まった。ほぼ中学時代の中間試験と変わらないが、中には水商ならではの科目もある。

現代国語の試験とは別に、「敬語」と「手紙文」などの「営業用語」を問われる試験もある。

国語の吉本《よしもと》先生は、

「いいか、『お』をつければ何でも丁寧になると思うなよ」

とロを酸っぱくして指導してくれるが、なかなか思うようにはいかない。使い慣れない言い回しに、クラスメイトはみんな悪戦苦闘していた。淳史も例外ではない。敬語に関しては、店舗実習で本物のお客さんの前に出たときにはすぐに役立つはずだから、みんな真面目に取り組んだ。

手紙文はマネージャー科よりも、ホステス科とホスト科で重要視されている。お得意さんに季節ごとに便りを送ることは営業上重要だ。その他、遅れているツケを請求するにも手紙は威力を発揮する。

手紙の基本形式から教わり、前文から結びまで定型に収めた上で用件を明確に伝え、さらにユーモアもまじえるのは至難の業だ。だが淳史にとっては興味深かった。

水商の特質で実習での成績が重視されるから、ペーパーテストは今一つ緊張感が高まらない。それが逆に新鮮だ。

淳史は高校になって一般科目でも理解が進んだように感じていた。専門であるマネージャー科の授業が重要だから、一般科目は中学よりも授業がゆったりとしている。その分、帰宅後に教科書を開く機会が増えた。中学時代にはやらなかった「予習」というものもするようになった。そんなに難しいことではなく、たとえば英語であれば、事前に辞書を引く程度のことである。

皮肉なことに、カンニング事件で腐って以来、高校入試に励まねばならない時期にも勉強に背を向けていたのに、高校に入ってから意欲的に学習している。

おかげでテストではどの科目も手応えのある解答ができた。


試験が終われば、いよいよ楓光学園とのスポーツ交流会だ。

当日の朝、楓光学園の陸上競技場で集合。まず出欠を確認して、それから一年生はクラスごとに試合会場に向かう。

淳史は予定表を手にA組を引き連れて、まずテニスコートに行った。クラス四十人のうち、試合する運動部の部員が常に何人か抜けている状態だ。

「広いなあ。お金持ちの学校なんだね」

峰明が感心している。この学校は野球グラウンドや陸上競技場も校舎と同じ敷地にある。水商の敷地からしたら二十倍ではきかない。

楓光学園は高等部だけでも生徒数は水商の約二倍だ。初等部まで合わせると、ほぼ五倍の人数の児童生徒がここで学んでいる。施設も充実していて、淳史たちがやってきたテニスコートも高級テニスクラブレベルだ。

生徒には行われる競技の解説が配られていた。それによれば、軟式テニスの試合はすべてダブルスで、チーム戦は三組で戦う。どの組を何番目に出すか、そこの駆け引きがあるらしい。強い順に出すかその逆か、相手の出方を予測して決める。最初の試合で相手の一番強い組にこちらの一番弱い組を当てれば、そこでは負けてもチーム全体としてはその後有利になるわけだ。

水商の女子テニス部主将田中京《たなかきょう》は、都内の高校軟式テニス界では「水商のお蝶《ちょう》夫人」として、知らぬ者のいない存在だと紹介されている。

「お蝶夫人？」

A組の生徒は一様に首を傾げた。

「うちのお母さんに聞いたんだけど、昔テニスの漫画があったらしいんだ」

ふだんおとなしい高本《たかもと》君が、珍しくみんなに聞こえる大きな声で解説してくれた。なんでも「エースをねらえ！」というその漫画の中で、ヒロインの憧れる先輩が「お蝶夫人」らしい。つまり物語の中では凄い実力の選手だ。

「おお！」

これを聞いてA組の中では期待が高まった。

コートを隔てた向こう側に、楓光学園の応援の生徒も集まったところで、まず女子の試合が始まった。水商チーム一組目は呆気なく敗れた。しかし、

「これはつまり一番弱い組を一番強い組にぶつけた、という作戦ではないか」

との解釈で水商応援団全員の見方は一致した。水商の作戦がまんまとハマったということだ。応援団の意気は逆に上がった。

二組目。ここでも水商は呆気なく敗れた。これでチームとしての敗北決定だ。楓光学園の応援団は喜んでいる。それを見た水商応援団は意気消沈するかと思いきや、

「われわれにはお蝶夫人がいるのを知らんのか！」

三年生の先輩が楓光学園応援団を指差して叫び、全員が賛成の意を拍手で表した。

いよいよお蝶夫人の組が現れた。お蝶夫人こと田中京はホステス科の三年生で、校外実習で世話になる店に、指名客を大挙引き連れていくナンバーワンらしい。当然受け入れ側の店の方でも大歓迎の生徒だ。確かにゴージャスな雰囲気を漂わせていて、楓光学園の応援団もビビっている。彼らにすれば、とても自分たちと同じ高校生には見えず、気圧《けお》されるのだろう。

何しろ田中先輩はヘアスタイルがすごい。淳史にはそのヘアスタイルをどう表現するのか見当もつかなかったが、高本君が「縦ロール」という呼び方をみんなに教えてくれた。

対戦相手の楓光学園選手も、お蝶夫人を前にして青ざめて見える。

「この勝負貰《もら》った！」

「お蝶夫人、遠慮なくやってください！」

水商応援団の中から三年男子が相手選手を威嚇する。

お蝶夫人のサーブで試合が始まった。素人目にもそのサーブは力なく見えた。

案の定、お蝶夫人の組も呆気なく敗れた。

「ちょっとこれはカッチョ悪し」

亮太が苦い顔で言った。気持ちはわかる。見た目から入って実力が伴わないほど惨めなものはない。

結局田中先輩は、単に外見が「お蝶夫人」に似ているだけだった。

続いて男子の試合が行われた。

驚いたことに男子のメンバーの中にもお蝶夫人がいた。ゲイバー科の三年生でヘアスタイルに気合の入った人がいたのだ。流石にテニスウェアまで女装というわけにはいかなかったものの、メイクはバッチリ決まっている。淳史たちが驚いたほどだから、相手側応援団の驚愕《きようがく》ぶりは半端ではない。

すごく静かになった。人間は本当に驚くと声が出なくなるようだ。応援に回っている「勉強担当」の楓光学園生徒は、いいところのお坊ちゃまとお嬢様の集まりだ。生のオネエは初めて目にするわけで、そのショックたるや目盛りがあればマックスだろう。声を失ってしまうのも頷ける。

しかし、静かな中で始まった戦いは静かなまますぐに決着がついた。男子のお蝶夫人も呆気なく敗れたのだ。

男子二組目はホスト科の先輩二人のダブルスで、今度は敵味方の応援団女子がキャアキャア騒ぎうるさくなった。

「ちょっとこれ、スポーツ観戦の雰囲気じゃないね」

「『エースをねらえ！』の次は『テニスの王子様』か？」

の声が上がる。ほんと、アイドルのコンサート状態だな、と思った騒ぎもすぐに収まった。やはり簡単に負けたのだ。

「全然気にしていないご様子」

亮太の感想だ。ホスト科の先輩は勝負の結果には一切執着していない。モテることが重要、がホスト科の精神だ。

結局、三組目に現れた水商の村上《むらかみ》・武田《たけだ》組がかろうじて一勝を上げた。この先輩二人はマネージャー科で、ようやくテニス選手らしい姿で現れた。

予想以上に進行が早い。次はラグビー観戦の予定になっているが、試合開始まで一時間近くある。

「では、ラグビーの試合開始まで各自で好きな競技を観戦しよう」

これはクラス委員長としての淳史の判断だ。何もずっと一緒にゾロゾロ移動することもないだろう。

淳史は数人のクラスメイトと一緒に、柔道場に向かった。真太郎の試合を見たかったのにテニスの試合時間と重なり、諦めざるを得なかったのだ。

柔道場の前まで来たところで、

「冨原君」

野崎先輩から声をかけられた。後ろに楓光学園の出羽君を従えている。

「どうも」

淳史が挨拶すると、

「ぐふ」

出羽君は意味不明の挨拶を返してくれた。声ですらない。どこからか空気が洩れているような音だ。どことなく嬉しそうではある。野崎先輩はそんな出羽君がその場にいないかのように完全無視だ。

「柔道の試合ならもう終わったわよ」

「どうでした？」

「珍しく、男女とも水商の圧勝だったわ。楓光学園は柔道にも力を入れてるから、ずっとうちの柔道部は敵《かな》わなかったんだけどね。すごいわよ、うちの一年生。男女とも先鋒《せんぽう》の一年生の五人抜きよ」

真太郎とさくらのことだ。

「へえ」

「強かったわよー」

柔道の団体戦は勝ち抜き戦方式で行われる。チームは五人で先鋒、次鋒、中堅、副将、大将の順だ。勝ち残りで、大将が負ければ終わり。先鋒の真太郎とさくらが一人で全員を破り、水商に勝利をもたらしたわけだ。

それは見たかった、と噂しているところへ女子の制服に着替えた真太郎が姿を現した。後ろから両校の女生徒が大勢ついてくる。どうやら大変な人気らしく、真太郎は女生徒が次々に差し出すノートにサインをしている。

サインが一通り終わったところで、

「やあ」

真太郎がこちらにやってきた。

「勝ったって?」

「うん、何とかね。わたしよりさくらがすごかったよ。あんなの初めて見た」

一切自慢しないでさくらを讃《たた》える姿に、

(やっぱりこいつカッコいいや)

淳史はあらためてそう思った。

野球部員も午前中はそれぞれ他の競技の応援をするようにしている。そして指定時刻に集合だ。その集合場所で選手を待つ伊東のもとへ、ニコニコ顔の大野がやってきた。この長年の同僚は実にわかりやすい男だ。きっと柔道部は強豪楓光学園相手に快勝したのだろう。

「勝ちました」

大野は喜びを嚙《か》み締めるように控え目なトーンで切り出した。笑い出したいのを一所懸命堪えているようだが、口元がほころんでいる。

「おめでとう。よかったな。久しぶりだろ、この対校戦で勝つのは」

「そうなんですよ。いやあ、須賀鉄平や赤木良子を思い出します。久しぶりにホープ登場ですね」

「そんなにすごいのか？」

「予想以上です。花野真太郎を先鋒で使っても、せいぜい抜けるのは一人か二人で、大将の西岡のところで向こうの副将と当たれば御の字と思ってたんですよ。去年は楓光学園の中堅にこちらの大将が一本負けでしたからね。それが花野一人で五人抜きです」

「ほう」

「相手の副将と大将は去年二年生でインターハイを経験している選手ですし、先鋒も県の中学チャンピオンだった一年生で、強豪揃いの布陣でした。それをオール一本勝ちですから、真太郎は鉄平以上の逸材かもしれません」

「へえ、その鉄平はどう言ってる？」

「鉄平も認めてます。自分の一年目より強いと思った新入生は初めてだ、と」

「なら本物だな」

「それと女子は今部員が三人なんで、作戦も何もなく、先鋒に城之内さくらを入れてみたんです。そしたらこれも五人抜き。それもどの試合もアッという間でした。真太郎よりも強さは際立ってましたね」

最近明らかになったことだが、城之内さくらは複数の柔道名門校からの誘いを蹴って受験してきたらしい。入試では全受験生トップの成績だった。

柔道部顧問の大野の立場では手放しで喜ぶのも当然だが、伊東には疑問が浮かぶ。スポーツで高い評価を受けた上に、学力でもおそらく校内上位であったであろう彼女が、なぜ水商に？

真太郎の場合はまだ想像がつく。彼が水商を選んだ理由は、おそらく須賀鉄平と同じ理由だ。自分の外見の性と中身の性のギャップに苦しんだ上での進学だろう。だから、彼の柔道での実力は鉄平の高校時代と同じく下降線を辿ると思われる。そのことを念頭に、伊東は大野に尋ねた。

「では、男子は今年が勝負だな？」

「そうです。真太郎はこれから先実力を伸ばす可能性は低いですからね」

そこは大野もわかっているようだ。真太郎本人のためにもこれは幸いだ。過剰な期待は彼には負担でしかないだろう。

「真太郎はかつての鉄平以上に複雑な問題を抱えていると思います」

大野の表情が引き締まった。

「あの子は頻繁に『わたしはホモじゃありません』と口にするんです。変でしょう？　そんなことを殊更口にする心境を測りかねます。それに本来頭のいい子なのに、柔道をしているとき以外は、何か心ここにあらずというか、集中力に欠けている面があるんですよ。俺としては、常に何かを気にしているんじゃないか、葛藤があるんじゃないかとにらんでいるんですがね」

流石、大野も伊達に開校以来水商で指導してきたわけではない。今の時点では誰も、その問題が何かを突き止めていない。だが、大野の存在はいずれ花野真太郎にとって大きな助けとなるだろう。

「今年のチームはどうですか？　楽しみにしてるんですがね」

大野が野球部の話題に変えた。

「それは俺も同じだよ」

伊東の本心だ。今年の一年生と野球をすることを誰よりも楽しみにしている。かつて夏の甲子園を制した教え子の息子たちが、同級生として五人も一緒に入部してくれた。こんなことは、期待していてもほぼ実現は難しい。これもずっと水商に伊東自らが留《とど》まっていたおかげである。

二十二年前の甲子園での戦いは、伊東の生涯の宝、まさに人生のピークだろう。

それはモンスター徳永猛との出会いの日から始まる。新入部員徳永の投球を見た瞬間に伊東にはそこから先のすべてが見えた。

自分自身大学野球で好投手として評価された伊東だ。その伊東ですらそれまで目にしたことのない輝きを、徳永の投じたストレートは放っていた。

そして全国制覇。

その後は別の苦労が伊東にのしかかった。

翌年から野球部志望の受験生が殺到したのだ。

しかし、伊東が方針を変えなかったおかげで、甲子園のスターを夢見ていた部員が、真の野球好きになって卒業していく姿は、嬉しく、誇らしい。

その方針とは、

「自分たちが一試合でも多く勝てる方法を考えよう。それに向けて苦しい練習にも耐えて頑張ろう。勝てば野球は楽しくなる」

というものだ。

だが、今年の新入部員はまた一味違う。伊東の中では新たに大きな目標が芽生えていた。

「そろそろラグビーの試合が始まりますね。どうします？」

「いつも通りだよ。早めの昼飯にして、うちの選手に観戦させる。弁当持って観客席だ」

高校生の運動部員は別の部の試合を観戦する機会はほぼない。同じ時期にそれぞれの大会日程が重なるし、そうでなくとも自分たちの練習が優先となる。教室で毎日顔を合わせる他競技の同級生が、どんなプレイをする選手なのか、目にすることはほとんどないのだ。だから、このスポーツ交流会の機会をとても重要だと伊東は考えている。

この全校挙げてのスポーツ交流会が始まったのは、元々野球部の練習試合がきっかけだった。

水商が甲子園で優勝した翌年、楓光学園野球部監督に伊東の大学の一年後輩宮秋《みやあき》が就任した。宮秋は甲子園出場の経験もなく、大学には一般入試で進み、努力を重ねて三年の秋になってようやくベンチ入りした内野手だった。伊東は宮秋が一年のときから、そのひたむきな努力に注目していた。

スター選手である伊東を、宮秋の方は近寄りがたく感じていたかもしれない。その尊敬していた先輩が指導者としても大きな成果を挙げた。ぜひ自分も続きたいと思ったのだろう。最初は恐る恐るといった態度で練習試合を申し込んできた。伊東は二つ返事で引き受け、楓光学園野球グラウンドに前年の甲子園覇者都立水商野球部が姿を現すこととなった。

その頃の楓光学園野球部は甲子園など夢のまた夢といったレベルであったから、練習試合といえども水商が相手ということで全校がかなり盛り上がった。

その試合を観戦した楓光学園高橋《たかはし》理事長が、水商と伊東に惚れ込み、互いの全校生徒によるスポーツ交流会を提案してきたのだ。

「私の一存では決められません」

伊東はまずそう答えた。

「そうでしょうな。帰られたら校長先生とご相談いただいて」

そう納得しかけた高橋理事長は、

「いえ、相談する相手は生徒会です。うちの学校では、こういうことは生徒が決めます」

続く伊東のこの言葉にさらに感心して、

「いや、ぜひともお願いしたい。わが校の生徒には、運動部員だけでなくいい影響を与えてもらえます」

そう熱望する次第となった。

その翌年から続く行事である。

野球部に関していえば、交流が始まってほんの数年で立場は逆転した。宮秋監督の下、夏の甲子園初出場を決めた楓光学園野球部は、その後もコンスタントに好成績を残し、校名を全国区にした。

野球部だけではない。バスケット部と柔道部は近年連続してインターハイ出場を果たしているし、ラグビー部も花園の常連だ。陸上部と水泳部にも将来のオリンピアンと呼ばれる逸材が常時在籍している。

伊東にすれば、これだけスポーツ強豪校として知られるようになった楓光学園に、この交流戦を続けてもらえることに恐縮するばかりだ。しかし、宮秋に聞くと楓光学園の方にもこの行事を続ける意義があるらしい。

まず野球部は、今は大所帯であるので、この時期には夏の甲子園予選に向けて、選手を絞り込む。その選に漏れた三年生部員には、この交流会での試合が引退の花道となる。

伊東の方は逆に、夏の大会に向けて使えそうな一年生を試す絶好の機会としている。

バスケットとラグビーは、野球の場合とは反対に楓光学園側は一年生主体で戦い、水商側は全力でぶつかっていく。

特にラグビーに関しては、楓光学園は一年生選手の試金石と考えている。これは楓光学園ラグビー部橋本《はしもと》監督から伊東が直接聞いた話だ。

水商ラグビー部には対楓光学園用の秘策がある。秘策というものは、一度使えば効き目はなくなるものだが、何しろ相手は一年生だ。前年の試合を知らないから毎回この秘策は通用する。しかし、毎年その秘策を打ち破る一年生が現れるのだ。

「水商さんとの試合で、どの一年生がまず使えるかが判明するわけです」

だからありがたく思っている、とはその橋本監督の弁だ。

「全員揃いました」

女子マネージャーが報告にきた。

「よし、行くぞ」

伊東は選手に声をかけた。


「おーい、A組こっちだ」

一度テニスコートで解散した一年A組の連中は、ラグビー場に三々五々集まってきた。グラウンド周辺には芝生席があって、集まった生徒は端から順に腰を下ろしていく。この試合が終わったら昼食時間が入り、午後は両校全校生徒で野球観戦だ。

その野球部も芝生席の一角を占めていて、内山渡や吉野兄弟の姿が見えた。彼らはもう弁当を広げている。早めの昼食で午後の試合に備えているようだ。

配布されていた解説のラグビーのページを開く。そこには写真付きでメンバーの紹介がされていた。

「へえ」

淳史は思わず声に出して驚いた。

【主将 海老原翔《しょう》（三年G組）】

エビちゃん、こと海老原先輩がキャプテンとは。掲載されている写真はソフトフォーカスで実物より三割増しぐらい綺麗に見えるメイク済の顔だ。ポジションはナンバーエイトとある。各ポジションについても説明がついている。

【ナンバーエイト：フォワードを最後尾からコントロールする選手。スクラムのときには、ボールを手で運び出すこともある。体の大きさ、スピード、パワー、的確な判断力、と総合的に高い能力を求められる。フォワードの中で最も華のあるポジション。また、攻守両面でチームの中心となる大変重要なポジション】

この解説を読む限り、水商ラグビー部の戦いは悲惨な展開だけが予想される。何しろ、あのエビちゃんが主将にしてナンバーエイトだ。

両校応援団拍手の中、選手たちがグラウンドに姿を現した。

「え？」

淳史はまた声に出してしまった。

背番号8をつけた水商の選手が見違えるほど男らしく見えたからだ。

（確かに海老原先輩だな）

ノーメイクの顔を見るのは初めてだが、淳史の知っているエビちゃんと同一人物なのは間違いない。

試合開始のホイッスルが鳴り、キックオフ。楕円《だえん》のボールが高く舞った。

試合中の海老原先輩はナンバーエイトに相応しい選手だった。

「わあ、かっこいいなあ」

近くで亮太の声がした。

（余計なこと言ったかなあ）

ラグビー部入部も考えていた亮太に、考え直すように促したのは早計だったかもしれない。

戦いは当初互角だった。名門楓光学園ラグビー部とはいえ、一年生だけのチーム相手に水商は当たり負けない。スクラムも互角で押し合う。しかし、そこは選抜されて入部している選手だ。楓光学園選手は徐々にスピードとスタミナで差を見せつけ始めた。

素人目にも、楓光学園の選手の方がタックルをしてもされても、そのあとの起き上がりが早い。常にバックスが綺麗なラインを作る。早いパス回しからウィングにボールが渡ると、あっという間にディフェンスをかわし、トライに繋がった。

前半が終了した。前半のそのまた前半はいい勝負だったのに、結局点差が開いた格好だ。

だが、予想以上の母校の善戦に淳史は感動していた。感動したのはもう一つ、ラインアウトでボールを取りにジャンプする長身の選手を見て、

（あれ？　あの人）

三年G組に「拉致」されたときの長身の先輩だと気づいたときだ。海老原先輩と同じくその変貌ぶりがかっこいい。ロックと呼ばれるポジションで、

【梶山孝治《かじやまたかはる》（三年G組）】

と紹介されている。

「秘策って何だろう？」

解説を熱心に読んでいた亮太が言った。

「そんなこと書いてある？」

言われて読み返すと、

【例年の「秘策」を今年も出します。お楽しみに】

という海老原キャプテンのコメントがある。

後半が始まるとき、水商のフルバックが交代した。

スタートで出ていた水商フルバックは、日高博《ひだかひろし》というマネージャー科の三年生で、申し分ない動きをしていた。再三いいキックで地域を挽回《ばんかい》していたし、何度かチームを救うタックルも決めていた。この人の活躍がなければもっと失点していたはずだ。交代する必要があるようには思えなかった。代わりに入ってきたのは、ゲイバー科の二年生小野寺拓真《おのでらたくま》だ。

「これは……大丈夫かな？」

不安視する声が上がったのには理由がある。淳史にしても、海老原先輩と梶山先輩の凜々《りり》しい姿を見てから、ゲイバー科への偏見はなくなっている。何もかも冗談にしてしまう人たちかと思っていたら、「やるときはやる」姿に接して、大いに見直しているところだ。

だが、小野寺先輩は一応ジャージに身を包んでいるものの、

「紅引いてるよ、紅」

亮太が指摘するように薄くではあるが化粧をしていて、何というかイメージ通りのオネエで、ナヨナヨしている。何かにつけてシナを作るような動作が鬱陶しい。これまでの爽やかな空気に水を差された感じだ。

後半開始のホイッスルとともに、楓光学園側がキックした。そのボールをキャッチした水商側は三回のパスでフルバック小野寺先輩に回した。ボールを抱いて小野寺先

輩は前進した。

楓光学園の選手が殺到する。一気にタックルするかと思われたとき、

「！」

楓光学園の選手の足が止まった。

一方、小野寺先輩はニマニマと笑みを浮かべてタックルを待っている。

（早くタックルして）

と言わんばかりに待ち構えているのだ。

小野寺先輩は足が速いようには見えない。ボールを抱えて楓光学園の選手に向かってヨタヨタ進むと、立ち止まっていた相手選手は後退《あとずさ》りした。小野寺先輩が満面の笑みを浮かべて別の方向に進めば、そちらの選手も後退りする。

「んもぉー」

小野寺先輩は不満そうだ。

どうやら楓光学園の一年生ラガーマンは、初めて遭遇する実物のオネエに怯えているらしい。誰もタックルできずに、互いを見合っている。

小野寺先輩はどんどん前進していって水商初トライだ。続いてゴールも決まる。

「何だ？　今の」

水商応援席の一年生から声が上がった。味方の得点なのに、何か消化不良な感じで

素直に喜べない。

水商のキックで試合が再開され、何度かの攻防を経て、楓光学園の選手が蹴ったハイパントを、

「マーク！」

水商側がフェアーキャッチした。すぐにちょん蹴りでパスを回す。フルバックに渡ると、またしずしずと前進だ。

「ピー」

立て続けにトライしたものの、何ともスピード感がない。小野寺先輩はグラウンディングするときもしゃなりと横座りになる感じで、まったく迫力がない。

応援席の一年生の間に、

（もしや、これが……）

という空気が漂ったとき、

「これが水商の秘策だ」

先輩が教えてくれた。たぶん、二年生は昨年一度、三年生は一昨年から二度同じものを見せられて、もう飽きているのだろう。驚きも感心もしていない。

「何してんだ！　タックルに行け！」

応援席の楓光学園ラグビー部三年生らしき人から声が飛び、楓光学園の一年生ラガ

ーマンは顔を見合わせた後に頷きあった。

試合再開で、また小野寺先輩にボールが渡り前進する。楓光学園選手が取り囲む。しかし、今度は中の一人が意を決して、トップスピードでタックルにいった。

「キャアー」

小野寺先輩、食らった瞬間は嬉しそうだったが、そのまま華奢な体は吹き飛ばされた。

「よーし、よくやった！」

楓光学園ラグビー部の先輩たちがみんなで拍手した。

敵味方のフォワードが殺到し、小野寺先輩は踏まれている。そこからボールが楓光学園側に出てトライに繋がった。

それからは小野寺先輩がボールを持つたびにサンドバッグ状態となった。最後の方はもうズタボロだ。

そしてノーサイド。

両校応援席から拍手が沸き起こる。

「ああ、面白かった」

峰明の感想に淳史も同感だ。一部ラグビーの面白さとしてはどうかと思う秘策もあったが、いいものを見たと思う。

「やっぱりラグビーやってみようかな」

亮太もそんなことを言い出した。その言葉を受けたかのように、海老原キャプテンのコメントはこう締められている。

【毎年、この交流戦の後で新入部員が増えます。今年の新入生もいつでもわが部室のドアをノックしてください。大歓迎です】


昼食時間になり、水商の生徒は楓光学園の広い敷地に散って弁当を広げた。淳史たちA組の生徒はラグビーの試合後、そのまま芝生席で食事にした。日差しが眩《まぶ》しいものの、空気が綺麗で気分がいい。

B組やC組の連中がやってきて、互いに観戦した競技の情報を交換する。

「バスケットは一たまりもございません」

「身長からして違ったもの」

全国から選手を集めている楓光学園だ。バスケットもバレーも選手の平均身長が水商より10センチ以上高い。それに楓光学園バスケット部は近年インターハイ常連チームになっているから、高さだけでなくスピードでも対抗できなかっただろう。

本来なら水商応援団が完全に沈黙するような試合結果だが、相手選手のプレイが華麗で、そちらの方に向けて水商の女生徒がキャアキャア騒いだらしい。

「あの11番の選手はホストでいける、ってホスト科の先輩が感心してた」

「ああいう人はまずBリーグを目指すし」

「だね」

などと観戦した生徒同士で噂している。

「水泳でA組の天野君が頑張ったよ」

陸上と水泳は個人競技だから、チームとしては圧倒されても、誰か一人が一矢報いることもある。A組の天野広之進《ひろのしん》が背泳ぎの100メートルと200メートルで一位を取ったらしい。それも100メートルが53秒56、200メートルが1分55秒08、ともに高校日本記録を抜くタイムだという。

「その高校記録は誰のか知ってる？」

「誰？　有名な人？」

「萩野公介《はぎのこうすけ》」

「へえ、オリンピックの金メダリストじゃん」

淳史には素朴な疑問が浮かんだ。どうしてそんな子が水商にいるんだろう？

「もう、天野君はすごい人気だよ。特にゲイバー科の先輩に」

この報告は、その場の光景を目にしなくても納得だ。

「あの人たち、入江陵介《いりえりようすけ》とか、背泳ぎの選手が好きそうだもんな」

そもそもゲイバー科の生徒は、ほぼ全員プールサイドに応援に行くのが例年のことらしい。

陸上を観戦したC組の生徒によると、一年D組の女生徒が100メートルと200メートル、走り幅跳びで勝ったらしい。

「誰?」

「山本樹里」

「へえ、あの子か」

名前を聞いて、淳史はゼミでの彼女の顔を思い浮かべた。そんなに話したわけでもないが、お父さんがアフリカのガボンという国の人だと言っていた。

「もうね、楓光学園の選手は綺麗なフォームなんだけど、山本樹里はガムシャラな感じでさ。それでも100メートルは11秒台だった。インターハイで決勝に残る記録らしいよ。場内放送で小田真理先生が解説してくれてさ。山本樹里は陸上部に入ってなくて、今回助っ人で出場したんだって」

「つまりそれ、持って生まれた才能なわけ?」

「そういうわけ」

陸上競技で勝ったのは彼女一人だ。水泳の天野広之進と同じく、どうして水商にいるのかわからない人だ。

「なんか、すごいんだねえ」

峰明が嬉しそうに言った。きっと、これでまた彼の愛校精神は高まるに違いない。

「最後に野球で勝ってくれないかなあ」

続けて峰明は珍しく欲張りな発言をした。


他の生徒が昼食中に、野球部はウォーミングアップを始めた。ノックの時間までは、伊東は見ているだけだ。

「伊東先生、ありがとうございました」

陸上部顧問の小田真理がやってきた。彼女は同僚であると同時に教え子でもあり、生徒のいない場所ではどうしても互いに師弟の顔になってしまう。

「山本樹里は活躍したのか？」

「それはもう、すごかったです」

「やっぱりな。体育の授業でちょっと見ただけでも、あの子のポテンシャルはすごいとわかったよ」

「ええ、記録としては今すぐインターハイに出られます」

「ほう。山本はどうして陸上の強豪校に誘われなかったのかな？」

「彼女、中学では一切陸上に関わっていないんですよ」

「どうして？　中学の教師もあの才能には気づいたろうに」

「あの子、自分の才能を買われるのは偏見だと思ってるんです」

「偏見？」

「ええ、自分の肌の色を見てみんなそう思うんだって」

「確かにアフリカ系の人の運動能力が高い、という見方は一般的だけど、それが偏見かなあ？　いいことだと思うけど」

「私は彼女の言うことも正しいと思いました。黒人の血を引くから足が速い、とかバスケットがうまいだろう、というのは偏見です」

「そうか」

「ええ、それがたとえポジティブな面だとしても、肌の色で人を判断するのは間違っていると思います」

「うん、なるほど」

差別や偏見の問題は、それを受ける側の感じ方を知るべきだ。山本樹里は自分の肌の色で、優れた運動能力を期待されることに抵抗を覚えたのだろう。しかし、彼女は今日その能力の高さを自分で立証した。これからは前向きにとらえてもいいのではなかろうか。

「それで陸上部に入ってもらえそうか？」

「どうでしょう、今日のところはいい返事はもらえてません」

これが世の中の難しいところ、あるいは面白いところだ。山本樹里の才能は他の陸上部員にとっては欲しくても手に入らないものだ。だが、本人からすればそんなものいらない、ということなのかもしれない。

今回も、伊東が体育の時間に説得し、小田真理が陸上部顧問として頭を下げた結果、渋々ながら助っ人として参加してくれたのだ。この先無理は言えない。

「しかしなあ、これは背の高い子にバスケットやバレーを勧めるのとはわけが違うからなあ」

「先生もそう思いますよね。私も何とかしたいんです。私の指導では物足りないかもしれませんけど、生徒のあらゆる能力を引き出すことが教師の役目だと思いますし」

小田真理自身が、開校したばかりの水商に入学して人生を変えた。恩師吉岡あかねとの出会いが、中学時代は成績不振だった彼女を意欲的にしたのだ。前向きに学業に取り組んだことで、飛躍的に成績は向上した。そして、当時の陸上部顧問田辺圭介《たなべけいすけ》の下で主将を務め、スポーツでも成果を挙げた。

結果、彼女自身入学当初には夢にも考えなかった大学進学を決めたのだ。

伊東は第一回「卒業生を送る会」での真理のスピーチを鮮明に覚えている。感動の名スピーチだった。

彼女は教え子に自分と同じチャンスを与えたいのだ。

「しかしまあ、焦るのは禁物だ。自然にそう仕向けるのが一番だな」

「そう思います。お邪魔しました。試合頑張ってください」


全校生徒が野球場の観客席に集まってきた。水商応援団は三塁側、ホームの楓光学園応援団は一塁側に陣取る。楓光学園の方はこちらの倍の人数だから壮観だ。一年A組の何人かが双眼鏡で楓光学園の可愛い子をチェックしている。決して不純な気持ちではない。スカウト実習に備えて女性を見る目を鍛えているのだ。

(真面目だなあ)

淳史は感心した。

何かザワザワしたと思ったら、松岡会長が姿を現した。今日も岸本先輩を従えている。野崎先輩も出羽君を従えたまま現れた。

「なんだあいつ、学校間違えてんのか」

の声が水商応援席から一瞬上がるものの、

「いいんだ、あれは。放置してもついてくるんだから。さすがSMクラブ科の優等生だな」

と野崎先輩の評価が上がっただけで収まっている。

解説の野球の箇所を開くと、両校野球部の実績が並記されている。一見、楓光学園の方が華やかだが、水商の、

「全国高等学校野球選手権大会優勝」

この一行だけで値千金だ。

楓光学園の方は、大勢の保護者の姿が見えた。野球部三年生の保護者らしい。夏の甲子園予選に向けて、三年生の一部は選手としての出場を諦め、裏方に回る。その部員たちの花道がこの試合なのだ。

（なんか複雑だなあ）

淳史は同情した。強豪校ならではの悲哀だろう。

（神尾の奴、三年までにレギュラーになれるかなあ）

そんなことを考える自分が不思議だ。もう自分がいじめられっ子ではないことが実感される。

両チームのノックが終わり、グラウンド整備があって、選手が整列した。試合開始だ。

場内アナウンスで楓光学園選手が紹介されると、送られる拍手が温かい。特に保護者席から起こる拍手は心が籠っているように感じる。

甲子園の夢は選手だけでなく、その親や家族のものだったろう。強豪楓光学園野球

部に所属することで、一度大きくその夢が近づいたはずだ。それが三年の夏を前にして手の内から滑り落ちていく。どんな気持ちだろう。監督を責めても仕方ないことを、頭ではわかっていても、本当に心の整理がつくものだろうか？　この試合を最後にこの選手たちは、練習にも参加しないらしい。

楓光学園の選手のユニフォーム姿に、彼らの努力の跡が見える。太ももやお尻に筋肉がついて盛り上がっている。

（この先、この人たちにとっての「水商」はあるのかな？）

淳史はそんなことを考えた。

伊東は毎年この試合で、その年の戦い方を決める。今日はベンチ入りの人数に制限がないから、前半は二、三年生を中心に戦い、後半は一年生を使う。

レギュラーから洩れたメンバーとはいえ、楓光学園の選手相手に通用するならば、都大会の一回戦二回戦の相手には十分戦える戦力といえる。

このところ負けることの多いこの試合に、今年からの三年間は連続して勝ちたい。いや、そうでなければならない。

試合はホームの楓光学園の先攻だ。本来ならビジターが先攻だが、毎年続くこの対校戦では公平を期すために先攻後攻を年毎《ごと》に入れ替える。

水商の先発は三年生の大橋《おおはし》だ。二年生のときからほとんどの試合で先発させてきた。実は同学年でもっと速い球を投げる中井《なかい》がいる。だが、どういうわけか中井はストレートをストライクゾーンに投げられない。カーブではストライクを取れるのに、ストレートはすべて暴投に近いボール球で捕手が苦労している。逆はよくある話だが、これは理解できない。理解できないから、伊東としても指導のしようがなくて困った。で、昨年はほぼ全試合先発大橋になったのだ。大橋は球威がないわりにはよく相手打線を抑えてくれた。冬場走り込み、ウェイトトレーニングも重ねて少し球は速くなった。

初回、楓光学園の打者三人は外野フライを続けて上げて攻撃を終えた。

水商の攻撃になった。

相手投手はおそらくイニングごとに替わるだろう。長く投げても2イニングだ。そうでないと三年生投手すべてに出番を与えられない。

相手先発投手は、この交流戦以外の練習試合でも見たことのない投手だった。この二年と数か月、努力してきたものの報われることのなかった選手だ。そんなに力のある球ではないが、丁寧な投球で一回裏の水商は三者凡退だった。ベンチに戻る先発投手を拍手が包む。

対して、昨年より球速も上がっているはずの大橋は、二回以降は簡単に打ち込まれた。

分析するに、球速が増して、このレベルの相手では打ち頃の球になっているようだ。昨年までのヒョロヒョロ球の方が相手もタイミングが合わせづらかったのだろう。

（参ったな）

努力が報われない、というよりまったく逆効果という話になる。

カーブでしかストライクの取れない中井は出番のタイミングが難しい。ストレートが来ない、と相手に見抜かれる前に引っ込める必要がある。伊東は継投に苦労した。そんな調子だから、二回以降はどちらも得点が入り、観ている方からすれば面白い試合になってきた。7対7の同点で七回に入った。

ここからは一年生をできるだけ試したい。

キャッチャー内山、内野手は二組の吉野兄弟だ。場内アナウンスでそれが告げられると両軍応援団がどよめいた。なにしろ内野がバッテリー以外全員「吉野」というのも珍しいだろう。

この五人の守備は安定している。

内山など捕球の際のミットの出し方からして違う。プロのキャッチャーである父親から仕込まれているのだから当然だ。その父親、内山修は、中学までハンドボールのキーパーだったとかで、伊東は捕球動作を一から教えなければならなかった。それも今では懐かしい思い出になっている。ファーストとサード、セカンドとショートがそれぞれ双子の吉野兄弟だ。連係が最初からできている。

同点のまま九回裏を迎えた。この試合に延長はない。引き分けか水商のサヨナラ勝ちだ。水商応援席ではサヨナラを期待して盛り上がってきた。

ここで楓光学園は樽井《たるい》克己《かつみ》をマウンドに上げた。

楓光学園応援席から大きな拍手が起こり、水商応援席もどよめく。

樽井投手は一年の夏の甲子園で注目を集めた。一人で予選から投げ抜いて、甲子園でもベスト4にチームを導いたのだ。伸びのあるストレートと打者の手前で急激に落ちるカーブを武器に三振の山を築き、全国に名を馳《は》せた。

その活躍を目にして、伊東は、

（これで宮秋は三年連続甲子園だな）

そう確信したものだ。

だが、二年生の春には樽井の肘が悲鳴を上げた。あの素晴らしいカーブは、それだけ肘への負担が大きかったのだろう。

誰にとっても難しい選択だったと思う。手術を選べば、試合で投げられるまでには最低一年半かかる。三年生の夏に間に合わない。それに手術を受けたからといって、あのストレートの伸びとカーブの切れが蘇る保証まではない。

結局樽井は手術を選ばなかった。

六月の厳しい判定は、それを下した宮秋監督にとっても、とりわけ苦いものだったろう。二年前の甲子園のスター樽井克己の夏は、予選の始まる前に終わる。取材のテレビクルーが複数いるのは、その「早過ぎる夏の終わり」を追っているものだろう。

水商の打順は八番からだった。樽井は最初の打者を平凡なショートゴロに打ち取り、続く九番バッターを三振に切って取った。

楓光学園応援団が歓声を上げる。

（まだいける。夏のメンバーから外したのは早計ではないのか？）

そういう空気になってもおかしくない。

だが、伊東の目はかつての樽井の輝きを見なかった。

（こんなものじゃなかった）

同じ投手出身としてそれが悔しい。

打順は一番に戻り、ここからは期待の一年生が並ぶ。二組の吉野兄弟と内山渡だ。

このメンバーならば、必ず一人はヒットが出る。それは伊東の甘い願望ではない。練習を見ていればわかる。今の樽井投手ならば、ポテンヒットではなく、ジャストミートした打球が野手の間を抜けるだろう。それぐらいの実力を備えた今年の一年生だ。

だが、一つの不安が伊東の中にあった。

内山渡と二組の吉野兄弟。今の段階で、すでに実力はその父親たちを凌《しの》ぐレベルだ。DNAプラス恵まれた環境が、彼らを超高校級の存在にしている。それは確かだ。

(恵まれ過ぎている)

それが伊東の脳裏に常に顔を出す言葉だった。この子たちの父親を鍛えた挫折がない。そこから生まれる反発力が期待できない。

今も栄光の座から去って傷ついている樽井投手を前に、躊躇なくフルスイングする非情さを、彼らは持ち合わせているだろうか？

(つまりは試すのにいい機会ということだな)

伊東はそう考えて見守った。

一番は、かつて水商のファーストを守っていた吉野邦明の長男吉野友邦《ともくに》だ。友邦は四球を選んだ。バットを振ったのはストレートをファウルにした一回だけだ。その打球は鋭かった。あとはストライクゾーンから外れていくカーブを見極めて一塁に歩いた。

おそらく二年前の樽井のカーブはもっと打者寄りの地点で曲がり始めていたはずだ。そのときならば、友邦のバットも空を切っただろう。

続く二番の吉野文正《ふみまさ》は、かつての水商サード吉野正明の次男だ。初球のストレートをライト前に弾き返した。きれいなライナーだ。足の遅い打者ならライトゴロを記録しかねない鋭い打球だった。

三番打者は文正の兄、典正《のりまさ》で、粘り強くファウルを続けて四球を選んだ。

満塁で四番内山渡。

恵まれ過ぎということでいえば、伊東は渡が一番不安だ。物心ついたときには父親は読売ジャイアンツの正捕手。経済的にも豊かな上に、野球に打ち込むすべての条件が整えられていた幼少期。そのうえ、渡は成績も上位で性格は優しい。かつての水商ではなかなか見かけなかった優等生だ。

渡と目のあった伊東は動作で、

(思い切り自分のスイングをしろ)

と伝えた。無言で頷く渡。

初球はカーブだった。渡はピクリとも反応しなかった。ストライクになった。高めから真ん中に落ちてきたのだ。

そこから三球ボールが続いた。

もう一度カーブが高めから落ちてストライク。

これでフルカウントだ。

渡は一度もバットを振らない。

ここで樽井が間を取った。ロージンバッグを手の上で躍らせる。

(覚悟したな)

次の一球が高校最後の投球になる。樽井は悔いを残さぬつもりなのだ。

樽井は今日までの苦悩を吹き飛ばす勢いで、その一球を投じた。内山渡はフルスイングでそれに応じた。

金属バット特有の打撃音が球場に響いた。

打球はライナーでバックスクリーンの壁を打った。

水商応援団の歓声が真上からではなく、球場を巡って聞こえてくる。

三人の「吉野」が次々と、小躍りするようにホームインする。

内山はガッツポーズを取ることもせず、無表情に三つのベースを踏み、ホームに向かっている。

伊東には、帽子を取り笑顔で自分に頭を下げる樽井が見えた。伊東も帽子を取って返礼する。樽井は最後の挨拶の列に向かって走り去った。

(案ずるまでもなかったな)

伊東は苦笑した。自分の擁する二代目選手たちは、父親から野球を愛する心を学んでいたのだ。

そこには同情など余計な感情の入り込む隙はない。投手の渾身《こんしん》のストレートを全力で打ち返す。それだけのことだ。

(あいつらに怒られそうだ)

伊東はかつての教え子たちの顔を思い浮かべた。


水商の応援席はこれ以上ないほどの盛り上がりを見せた。

淳史の目には喜ぶ同級生の姿がスローモーションで溢《あふ》れた。何しろふだんはちょっと得体の知れない感じの城之内さくらまで笑顔を見せている。陸上で大活躍を伝えられた山本樹里も、クラスメイトと抱き合って跳ねていた。

クールビューティ野崎先輩は、それまで完全無視だった出羽君をバシバシ叩いて喜び、叩かれ続ける出羽君は別の歓喜の表情を浮かべている。

当然A組はもうパニックだ。サヨナラ勝ち、しかもクラスメイト内山渡のホームランで決着、とは台本があったような展開だ。晴れ晴れとした気分で楓光学園応援団と最後の挨拶を交わした。


帰りの小田急線は、ふだん利用しない水商の生徒で混雑していた。

「あら、冨原君じゃない」

海老原先輩に車内で遭遇した。

「お疲れ様でした。ラグビーの試合を初めて生で見て感動しました」

淳史はお世辞でなく言った。

「あ、そう。じゃあ、ラグビー部に入る気になった？」

「僕にはラグビーは無理そうです」

「そんなことないわよ」

「でもクラスに入部を希望しそうな人がいました」

「あらあ、嬉しいわあ、あたしたちの試合見てそう感じてくれたなんて。ねえ」

「ほんと感激」

長身の梶山先輩は、頭に引っかかる吊《つ》り広告を煩わしそうに避けながら話に加わってきた。

「ねえねえ、あたしたちの試合のどこに感動したの？　やっぱり秘策？」

よく見ると、海老原先輩と梶山先輩はすでに薄く化粧もしている。いつもより控え目なのは、ホームグラウンド歌舞伎町から離れているためだろうか。

「僕が感動したのは、先輩たちがとても男らしくて……」

「ええ？　それは残念ね」

海老原先輩は軽く頭を振った。やはり試合中でもゲイバー科であることを忘れてほしくなかったのだろうか？

「すみません」

淳史は褒めたつもりでも傷つけたのかと思い、そう謝った。

「謝ることじゃないの。あたしが残念なのは、冨原君の使った言葉よ」

「言葉？」

「そう、『らしく』って奴。わが校の天敵ね、『らしく』。『男らしく』『女らしく』『高校生らしく』。どれにも反発するわ。ま、あたしたちが男らしくないのは確かね。それに対してホステス科のアバズレどもは女を売りにしてるかもしれない。でも、あのアバズレたちにしたって『らしく』はダメよ。墓穴を掘るわ。あの子たちもリアルな女であるべきで、男の求める『女らしさ』では勝負できないわ。それに知ってる？　かつて野球部の先輩たちが甲子園で頑張ったときも『高校生らしくない』って批判されたのよ。本物の高校生を見て高校生らしくない、ってどういうこと？　つまり当事者の実態よりも第三者のイメージを優先しようってのが、『らしく』の正体よ」

聞いていて淳史にもわかってきた。そうだ、海老原先輩の言うとおりだ。

「あたしたちの『秘策』見たわよね？」

今度は梶山先輩に問われた。

「はい」

「あれは楓光学園にも歓迎されているの。試合中にタックルできなかったあちらの一年生は、つまりうちのフルバックをラガーマンではなく『オカマ』と蔑んだのよ。『らしく』ないから。でもグラウンドにいる三十人はみんな等しくラガーマンよ。差別するのはおかしい。あそこでタックルしてきたのは、同じラガーマンとして認めた証ね。だから、楓光学園の人もみんな拍手してたでしょう？」

「そうでした」

淳史は水商の「秘策」を巡る大きな意味を知って感心した。

「あたしたちはオネエよ。ゲイ。男が好きな男。でもラグビーを愛する男でもある。重要なのはそこでしょう？」

「はい、そう思います」

「わかってくれたなら、冨原君も立派な水商生ね」

ちょっと褒められた。

「それはそうと、水泳部の天野君て、あんたのクラスじゃない？」

「そうです」

「紹介して。あの子いいわよねえ」

この自然さがいい。そう思える自分は確かに水商生として馴染んできたのかもしれない。

その夜のテレビのスポーツニュースでは、都立水商と楓光学園高等部のスポーツ交流会が取り上げられていた。去年までは報道されていない話題だ。

今年が特別なのは、二年前の夏、甲子園を沸かせた楓光学園の一年生エース樽井克己が、三年生の夏、ベンチに入ることもなく部活動を終えることが注目されたからだ。

（高校野球のこういう話題はテレビが好きそうだもんな）

少しシニカルな気分でぼんやり観ていた淳史だが、

（お）

水商野球部にも注目が集まっていることを知って驚いた。

「すごいじゃないか」

一緒に観ていた父も感心している。

何しろジャイアンツの正捕手だった内山修とロッテで活躍した吉野兄弟の息子たちが、水商の内野を固めたのだ。

〈都立水商野球部完全復活か！〉

テンションの高いナレーションが、渡のサヨナラホームランの映像とともに流れる。

「ほう、これから五回チャンスがあるな」

父が言った。確かに三年生の夏まで甲子園出場の希望はある。

翌日、教室では朝からこのスポーツニュースの話題で盛り上がった。複数の局で扱った話題なので、淳史が見損なったチャンネルの話も出る。

「俺、映ってた！」

「俺も！」

予想していなかった出来事にみんな興奮気味だ。

渡が冷静なのは流石だ。幼い頃から父親の映像を見慣れているから、自分が注目されても動揺しないのだろう。

「ミネも観ただろう？」

亮太が声をかけると、峰明は、

「観てないんだ」

寂しそうに答えた。彼らしくない。

「なんだ？　スポーツニュースをチェックしなかったのか？　そいつは迂闊《うかつ》だなあ。あんなにカメラが並んでたんだからさ、気づけよ」

亮太に咎《とが》められて、

「いや、僕もそう思ってたからニュース観てたんだけど」

峰明の笑顔に元気がない。それで察したのか、

「お母さんにテレビ消されたのか？」

亮太が顔色を変えて確かめた。

「え、まあ」

峰明は嘘が下手だ。

「なんだよ、ミネんちのおふくろ、どういうつもりなんだ⁉」

亮太が怒るのも無理はなかった。昨夜の放送を家族で観ていた者が多く、みんな自分の通う学校を自慢できていたのだ。讃えられることはあっても、蔑まれる話題ではない。

「ミネ、怒んなかったのかよ！」

亮太に責められてオロオロしている峰明を全員が見ていた。

七月

期末試験が終わると同時に夏の高校野球が開幕した。しかし、都立水商野球部の夏は予想外に早く終わった。

計算外だったのは、内山渡の怪我だ。

(結果、俺の責任だな)

伊東は反省していた。

話は楓光学園との対校戦に遡る。あの試合でキャッチャー内山は相手の盗塁を二回刺した。盗塁を許すのは半分以上投手の責任とはよく言われることだが、とりわけ不器用な水商の投手をカバーした見事な送球だった。

それを見ていた誰もが思ったのは、

（投手の投球より内山の送球の方が速いのじゃないか？）

という点だ。それは事実だ。スピードガンで測ればそれは簡単に証明できる。

東東京大会の二回戦までは、今の戦力で何とか戦える、と伊東は考えていた。現有戦力で戦い方さえ間違わなければ勝機がある。つまり勝負の結果は監督である自分の責任だ。

三回戦はシード校に当たる。問題はこの辺りからだ。

大橋の球威はシード校相手では二巡目には打ち込まれそうだ。一巡目でもノーヒットではすまないだろうから、三回には二巡目の打者が姿を現す。つまり試合前半での失点は免れそうにない。

中井のカーブの切れはシード校にも通用するとしても、カーブしか投げてこないと相手が気づけば攻略はそんなに難しくはないだろう。クローザーとして最終回だけ任す手はある。

いずれにしろ何人かで継投する以外にない。

そこで伊東は、キャッチャー内山渡とサード吉野典正にも投手の練習をさせることにした。典正もサードからの送球には定評があり、実際に中学時代には投手の経験もあるということだった。

二人とも強肩なだけでなく、ピッチングセンスもあった。実戦になれば、優れた打者である二人は対戦相手の心理も読めるだろう。

しかし、投手として使える目途が立ったころ、練習で内山が怪我をした。投手のバント処理の練習に参加させたところ、ボールを踏んで足首を痛めたのだ。捻挫でも大会は厳しいと思ったが、診断は骨折だった。再起不能とされるような深刻なものではないものの、この夏は投手どころか代打でも出番はなしだ。

大会が始まると、一回戦はノーガードで打ち合う打撃戦となってなんとか突破できたが、二回戦は一方的に打ち込まれ完敗だった。

シード校に当たる前の敗退だ。

皮肉なことに、その負け試合では「四番キャッチャー内山」がいてくれたら、と伊東は歯痒《はがゆ》い思いをした。

救いだったのは、大橋をはじめとする三年生が納得してくれたことだ。

「現時点で僕らが勝てる方法としては、一年生に頑張ってもらうことが重要でした。内山が投手としても活躍してくれて、継投がうまくいけば、あと一つか二つ勝てたかもしれません。しかし、その狙いから内山に無理をさせて怪我に繋がったとも言えます。あいつに余計な負担をかけたのも、上級生である僕らが不甲斐なかったということです。あいつの怪我を治して、来年か再来年、伊東先生、また甲子園の夢を叶えてください。僕らもそれを楽しみにしています」

こう言って最後の夏を終える三年生も、伊東にとって理想の野球部員だと思える。

内山の父親には電話で謝った。

『先生らしくないですよ。気にしないでください。渡にはこれぐらいの挫折が必要なんです』

自分より大きな野球人となった教え子はそう言ってくれた。

吉野兄弟にも電話した。吉野邦明の方は、メジャーリーグ中継の解説を頼まれたとかで、

『向こうで徳永にも会ってきます。今の水商の話もしておきますよ』

「そうか、よろしくな」

そう言って電話を切った。

水商野球部に栄光をもたらしてくれたメンバーとの会話で、伊東は敗北のショックから少しだけ立ち直ることができた。

夏休み前にはクラスマッチなどの行事が組まれているが、夏休みに入っても水商生は忙しい。まず秋の「水商祭」の準備と練習。それに夏休み期間中に他校との交流が計画されている。これも例年のイベントだ。地方の高校に都立水商の二年生が訪れ、逆に地方の高校二年生が新宿歌舞伎町にやってくる。

生徒会幹部はその歓迎準備で忙しい。

淳史は芸者幇間ゼミのない日の放課後は、いつも生徒会室で過ごすようになった。たまに指示される仕事は興味深いし、先輩たちとの雑談も面白かった。

他校と二年生が訪問し合う行事も初めての体験だから、先輩たちに質問することが多い。二年生の野崎先輩は他校に行く組で、本人も楽しみにしている様子だ。

「楓光学園の出羽さんが、ついて行くって言い出しかねませんね」

淳史は半分本気で心配した。

「あんなの放置よ、放置」

野崎先輩は涼しい顔で言い放った。

「あの、楓光学園の村田さんに聞いたんですけど、出羽さんは学年で一、二を争う秀才だそうですよ」

「らしいわね」

「楓光学園の秀才ということは、将来は東大法学部を経て高級官僚じゃないですか？」

「だと思うわよ」

「将来のセクハラ官僚だな」

　二人の会話を耳にした山崎副会長が、にやりとして言った。

「彼は大丈夫です。そのために今わたしが鍛えていますから」

　野崎先輩は涼しげな顔のままだ。淳史はその発言がすごく気になった。

「ちょっと聞いていいですか？」

「冨原君の質問なら何でも答えるわよ」

「すみません。出羽さんをどう鍛えてるんですか？」

「見てのとおりよ、黙って従わせてる」

「はあ」

「あ、何、冨原君、エッチなこと想像してたの？」

「いや、あの、そういうわけで……」

「そういうわけよね？」

「そういうわけです」

「あのね、本物のSMというのは、ふつうのエッチの対極にあるものなのよ。セックスの否定と思いなさい。わかる？　一年生にはまだ難しいか？」

　というか、今のはふつうの女子高生との会話ではないと思います、と言おうとした淳史は、ここでは無駄な発言と思って黙った。

「だから、出羽君は一生わたしの裸を見られないの。ましてやベッドインなんて百万年先でも無理ね」

カッコいい。野崎先輩カッコいい。

「一人の男にだけ関わっているわけにはいかない。それがわたしたちの仕事だからね。知ってる？ 去年の夏休み、松岡先輩は九州から十人近くの男どもを引き連れて帰ってきたのよ」

話題にされて、それまでの会話にまったく参加しなかった松岡会長が、手にしていた書類から目を上げた。

「そうなんですか？」

「人数までは覚えてないわ。そうだったかしらね」

松岡会長はさらにカッコいい。

「九州ということは、中洲水商業に行かれたんですか？」

「そう」

福岡県立中洲水商業高校は、都立水商に倣って設立された。九州全土から水商売を志す精鋭が集まると言われている。

中洲水商の現在の校長は田辺圭介先生で、小田真理先生が都立水商在学中に担任だった先生だ。田辺先生の奥さんが吉岡あかね先生、水商校歌の作詞者にして、当時の「ソープ科」講師だ。小田先生としてはこの恩師夫婦には頭が上がらない、と言っていた。

「野崎先輩も夏休みは福岡ですか？」

「いえ、わたしは岩手」

岩手県で水商と交流する高校は、県立花石《はないし》農業だ。かつて水商野球部が甲子園で優勝したとき、二回戦で対戦した高校だ。お互い初出場で花農の佐原《さはら》監督が伊東監督の大学の先輩だった。そんな縁から水商が最初に交流を始めた学校である。

「何か意外ですね」

「そう？」

「野崎先輩は中洲水商かススキノ水商に行かれると思ってました」

「岩手に行ったあとで北海道にも行こうか、とも思ったんだけどね。夏休み中まで勉強は御免よー。だから同じ水商に行くのはやめにしたわ。花農に行くと家畜の世話のお手伝いをするんだって。それが楽しみなの」

これはまた意外だ。淳史には牧場にオーバーオールで立つ野崎先輩は想像できない。何しろすごく都会的な雰囲気のある人なのだ。田舎の風景とマッチしないということでは水商一番、松岡会長よりもそこだけは勝っている人だ。

「わたしは中洲水商の子たちと切磋琢磨《せっさたくま》してもらいたかったんだけど、でも彩ちゃんなら、立ってるだけで、花農の子たちに水商の何たるかを伝えられるでしょうね。頑張って」

松岡会長はそう励ましてから、淳史に対して、

「夏休み中は他校訪問の二年生が各自一週間ずつ抜けるから、部活動も水商祭準備も一年生が三年生のサポートをしてくれないと。この生徒会もよ。冨原君には期待してるわ。頑張って。ただ、この間に一年生の中からめぼしい人を見つけて協力してもらう手もあるのよ。あなたにとってやりやすい人でいいから。生徒会の仕事の効率が上がるし、来年以降のメンバーを確保する意味もあるからね」

そうアドバイスしてくれた。

そこからは他校との交流の具体的な話になった。

まず水商の二年生が花石農業を一週間訪問する。東京に帰ってくる際は、花農の二年生と一緒だ。

花農の生徒が歌舞伎町で過ごす一週間、別の水商二年生のグループは中洲水商で過ごし、中洲水商二年生を伴って帰京する。

中洲水商生が滞在中、都立水商の別動隊がススキノ水商で一週間過ごし、中洲水商生徒と入れ替わりでススキノ水商二年生が都立水商を訪れる。

つまり、待ち受ける淳史たち一年生と三年生は、一週間ごとに別の高校の歓迎に追われる。これは忙しい。

二年生の一部には、花農から帰ってきて、中洲水商が来訪するときに、ススキノ水商を訪れ、一夏に二つの高校を訪問してくる強者《つわもの》もいる。これは毎年のことらしい。

「一週間ごとに初対面の人たちが大挙押し寄せるわけですよね？　大変なことになりませんか？」

状況が想像できなくて、山崎副会長に尋ねると、

「大変なことになるよ」

安心できない返答だ。

「どういうトラブルがありますか？」

「まず最初に言っておくがな、わが校の生徒が先方に迷惑をかけることはまずない。これは断言しておく。せいぜい花農に行って虫や動物に悲鳴を上げるぐらいだ。トラブル起こすにしろ、相手は牛や豚だな。問題は花の都東京にやってきて舞い上がる他校の連中だ。これもごく少数ではあるが。お上りさん的にキョロキョロしている子は可愛いが、問題は『田舎者と思って舐《な》めんなよ』って肩に力が入っている連中だな」

「それ、コンプレックスの裏返しですね？」

「それを言うな！　それは一番指摘してはいけない奴。そんな風に見下してはいかん。

冨原もマネージャー科だからわかるだろう？　すべての人がお客様だ。地方から上京してきて鼻息荒くしている方々もお客様になってくださる」

「それがもう馬鹿にしてませんか？」

「わかる？　まあ、何でも本音と建て前はあるわな。そういうわけで、毎年トラブルは何かしらある。先生方も命の危険さえなければOKという感じで、生温かい目で見守ってくださる」

ますます不安になる淳史に、

「大丈夫よ。行き過ぎた他校の二年生にはわたしたちが対処するから」

松岡会長が三年生の貫禄を見せてくれた。

松岡会長のアドバイスに従い、誰か一緒に生徒会活動を手伝ってくれる仲間を探した。

まず部活の忙しい者は難しいから、渡は候補から外れる。亮太もラグビー部に入ってしまった。やはりA組では峰明に頼むしかなさそうだ。夏休みに入ればゼミに時間を取られることもない。

峰明に相談すると簡単に承諾してくれた。

やってくる他校の二年生は、その人のふだんの部活によって対応する水商生を振り分ける。他校のバスケット部の生徒には、水商バスケット部の練習に参加してもらえば、練習後も一緒に行動してもらえる。同じ競技や趣味を通じてすぐ仲良くなるものらしい。

その振り分けるまでが生徒会の仕事だから、そんなに人数は必要としないものの、女生徒もメンバーに加えないとこの先不安だ。

「女子で誰かいい人いないかな？　ミネは知らない？」

「女生徒のことは女生徒に聞けば？　ゼミのメンバーに聞けばいいじゃん」

さっそく峰明がいい提案をしてくれた。


一学期最後の芸者幇間ゼミ。

淳史は桜亭ぴん介先生にどうしても質問したいことがあった。自分の疑問というより、峰明のための質問だ。

峰明は決して怒らない。それは淳史や亮太という友人をも当惑させている。

そこで思うのは、人間としての尊厳を守るために怒りが必要な場面もあるのではなかろうか？　正当な怒りを表さないと人間は卑屈になるだけではないのか？　ということだ。

峰明の母親も、息子の怒りに接すれば考えを変えるのではなかろうか。

峰明が怒らなくなったのは、ぴん介先生の教えによってのことだ。ぴん介先生から言ってもらえれば、峰明も心を解放して理不尽な母親に怒りを示すのではなかろうか。

ゼミの終了時刻が迫ったころ、

「さ、二学期までお別れざんすが、今日までのところで、聞いておきたいことがあったら何なりと」

正座してゼミ生と向き合ったぴん介先生が促した。

「はい」

すかさず淳史は挙手した。

「ほ、お冨さん、何ざんしょう？」

「あの、どうしても怒ってはいけないんでしょうか？」

「いけないざんす。太鼓持ちが怒るのはご法度ざんす」

「でもどうして？」

「どうしてか知りたいざんすか？　それは余計なことでげすね。師匠の言うことは鵜《う》呑《の》みにすることが修業の肝要なところでやすよ。ええ、ええ、でもまあ、ここはあちしも余計なおしゃべりをさせてもらいやしょう。ええと、お冨さんは、『異国の丘』ってえ歌を知らねえかい？」

「『イコク農家』ですか？　知らないです」

「そりゃ当たり前だ。何てったって戦後間もないころに流行《はや》った歌でげす。あちしの兄《あに》さんはね、戦争が終わった後で、ソ連に抑留されやしてね」

「ヨクリュウですか？」

「はい、日本は戦争に負けやしたね。で、負け戦で捕虜になった者をソ連は自分とこに連れ帰って働かせたわけでげすよ。ろくに食い物も与えないでねえ。まあ、ここのSMクラブ科みてえなひでえ仕打ちで。おっといけねえ、このゼミにもSMクラブ科の子はいたんでしたっけね。ごめんなさいよ。それこそ怒んないでおくんなさい。その抑留中に、うちの兄さんは死んじまいました。可哀そうにねえ。で、『異国の丘』ってのはその抑留中にみんなして励まし合ってた歌でげす。こんな歌」

桜亭ぴん介先生は、膝を手で打って調子をとりながら歌い始めた。

「今日も暮れゆく　異国の丘に
友よ辛《つら》かろ　切なかろ
我慢だ待ってろ　嵐が過ぎりゃ
帰る日も来る　春が来る」

ここで一旦歌うのを止めたぴん介先生は、

「これが一番。あちしが聞いてもらいたいのはこっから先の二番でしてね」

そう言い終わると、再び膝を打ち始めた。

「今日も更けゆく　異国の丘に
　夢も寒かろ　冷たかろ
　泣いて笑《わろ》うて　歌って耐えりゃ
　望む日が来る　朝が来る」
　歌い終わったぴん介先生に、峰明が拍手して他の生徒もそれに続いた。
「拍手は止めておくんなさいな。照れ臭くってかなわねえやね。でね、あちしが聞いてもらいたかったのは、『泣いて笑うて歌って耐えりゃ』ってとこなんでやすよ。ねえ、泣いて、笑うて、歌って、耐える。怒ってないざんしょ？　御国《おくに》のためだと兵隊に取られて、負け戦だからって国に帰してもらえねえ、とんだ理不尽だ。そんな理不尽にあっても怒っちゃだめだ、ってわかっていたのが日本人てもんですよ。日本人はね、怒りってえ感情がロクな結果に繋がらねえことを昔っから知ってたんでげす。泣くことは同情を呼びますな。一緒に笑えば共感を得られます。怒りは対立しか残しませんな。日本人はこんなことを知ってたんで怒らねえんで。あちしの兄さんはねえ、そりゃあ優しいいい兄さんでした。そんな兄さんも怒らずに死んでいったと思いねえ、あちしが怒れますか？　怒りを持たずに命を落とした人のことを思えば、小さな不満で怒れやせん。そうでやしょう？」
「はい」

何か言いくるめられているような気がする。

「怒ってみせる人てえのは、結局てめえを大きく見せたいだけだと思うんでげすよ。『どうだ、怒ってるぞ、おいらは正しいから怒ってるんだ。恐れ入ったか。見くびるんじゃねえぞ』ってね。みっともないったらありゃしない。アハハ」

言っていることはわかるが、どうも釈然としない。

「え？　答えになってねえですかね？　お冨さん、構やしやせん。今はわからなくても構やしねえって。ただね、あの爺《じじい》はあんなこと言ってたなあ、って覚えておいておくんなさい。いつか、どこかで、あ、これだな、って思う経験があるかもしれねえから。ま、ここは理屈で考えるなってことですかね。いや、つまらねえおしゃべりをしちまいました」

下校の途中、一学期の打ち上げにゼミの一年生全員でハンバーガーショップに寄った。

「冨原君の質問よかったね」

そう言ってくれたのは山本樹里だった。

「そうかな？」

淳史は問い返しながら峰明の表情を見た。峰明は淳史の視線に言葉で返してくれた。

「僕もそう思ったよ。ぴん介先生の答えもよかったし、わかりやすかった」

峰明に怒りを表してほしくて、あえてした質問だったのに、効果はなかったみたいだ。

「よかったよ、冨原君の質問はわたしのしたい質問だったから、助かった」

樹里は自分を納得させるように小刻みに頷いている。

「山本さんも怒ってはいけない理由が知りたかった？」

「うん、そう。わたし、よく怒ってるし、怒らせてるから」

「そうかな？　怒ってるかどうかわからないけど、怒らせてはいないと思うよ。誰を怒らせてると思ってるの？」

「うーん、たとえば今なら小田先生や伊東先生」

「どうして？」

「わたしが陸上部に入ろうとしないから」

「それはないよ。僕は担任が伊東先生だし、小田先生もよく知ってるけど、そんなことで怒るような先生じゃないよ」

「そうなの？」

「そうだよ。きっと山本さんの才能を見込んでくれているんだよ。むしろ僕も、どうして君が陸上部に入らないか、そっちが不思議なんだけど、なんで？」

淳史の疑問は他のみんなの胸にもあったものらしく、答える樹里に視線が集中した。

「理由は二つあるかな、単純なのと複雑な奴と」

「まず単純なのは？」

「わたしは保育園のころからかけっこで負けたことない。中学校まで運動会はいつでも一番でリレーの選手。当たり前過ぎて面白くない」

「それすごく反発食いそうな発言だね。炎上だよ、炎上」

「そうかもね。でも仕方ないよ、本当にそうなんだもの。で、陸上部で練習する意味がわからないっていうか、練習するならもっとテクニックの必要なものがいいかな」

「どういうことかな？　ボールを使ったり道具を使うスポーツってこと？」

「そうそう、自分より足の速い人に練習で勝てるようになるのかな？」

「なるんじゃないの？」

「でも相手も同じ練習したら？」

「わかんないや」

「まあそうね、やってみないとわかんないね。やらないうちからこんなこと言ってちゃダメかもしれない。でも、本音はそう」

「なら、他のスポーツで誘われたらもしかすると始める可能性あるわけだ？」

「どうかわからないけど、中学のときから陸上部しか誘われなかった」

他の競技でも俊足の選手は必要とされるはずだが、樹里の場合は陸上部以外が遠慮するほどその足の速さが際立っていたのだろう。

「じゃあ、複雑な方は？」

これにはちょっと不意を突かれて、淳史はすぐに言葉を返せなかった。

「わたしが足の速いことを肌の色と結びつける人がいること」

「でも、でも、足の速いことはいいことだよ。僕は羨ましいな。運動会はいつもビリだったもの」

そう言う峰明の口調は何かの言い訳をするときのものだった。その気持ちを察してくれたのか、樹里は小さく笑みを浮かべて肩をすくめた。

「いいことかもしれないし、羨ましがられることかもしれない。けど、やっぱり偏見だよ。わたしは日本で生まれて育って、日本語しかできない。国籍だって日本だよ。でも、日本人らしくない、って言われる。おかしいよ。まったくみんなと同じなのに。学校で習ったことも、家で観るアニメも同じなのに。うちのお父さんはガボンの出身だけど、日本に来て上野動物園で初めてライオンを見たんだって。『アフリカ生まれだけどライオンを飼ってるわけじゃないです』って冗談言うの。結構ウケるらしいよ。アフリカ生まれだと、野生動物と身近に接してたと思われるみたい。偏見だね。わたしの肌の色を見て、足が速いだろうというのもそんな偏見の一つでしかないよ」

樹里がこんなにしゃべるのは初めてだ。常に胸の奥に抱えていたことなのかもしれない。

「つまりね、わたしは陸上を勧められるたびにイラッとしてたわけ。これまではね。怒ってたの。でも、それは止めにしないとね。ぴん介先生の話を聞いていてそう思った」

「じゃあ、また陸上誘われたら？」

「いやだ」

そう言って樹里が笑い、みんなも笑った。

「山本さんの話を聞いてて思い出したことがある。『らしく』というのは水商の天敵だ、みたいな話」

淳史は海老原先輩との会話を反芻《はんすう》していた。

「何それ？」

「つまりさ、『男らしく』『女らしく』『高校生らしく』なんていう『らしく』というのは水商の天敵。山本さんも日本人なのに『日本人らしくない』って、どういうことよ。本人は日本人と自覚しているのに、それを見ている第三者が決めるのはおかしいよね？」

「そ、そう、それよ。わたしが言いたいのは、それ。誰がそんなことを言ってたの？

先生？」

「違うよ。ラグビー部キャプテンの海老原先輩」

「ゲイバー科の人だっけ？」

「そうだよ」

「へえ、海老原先輩すごいね。その通りだと思うな、わたし」

樹里の目が輝いていた。淳史にも覚えがある。心にストンと落ちる「言葉」に出会ったときの反応だ。自分の思いを誰か他の人に言葉にしてもらってモヤモヤが晴れる感じ。それは一つの感動と呼べるものかもしれない。

「あのさ、女子に尋ねたいことがあるんだけど」

会話が一度途切れたところで、淳史に代わって峰明が切り出した。

「これから夏休みに入ると、他校との交流会なんかで生徒会が忙しいんだって。それでトミーが生徒会幹部を手伝っているから、今度僕もお手伝いするんだけど、一年生女子でも誰か手伝えそうな人知らないかな？　部活が忙しい人には難しいし、面倒見のいい人が候補になると思うんだけど」

女生徒同士で話し合いが始まった。

「森田木《もりたこ》の実《み》ちゃんがいいと思う」

話し合いの結果出てきた名前は、淳史には覚えのあるものだった。

「F組の委員長だよね？」

スポーツ交流会の観戦種目を伝えたときに会っている。綺麗な子だった。

「どうして森田さんがいいと思うの？」

女生徒たちに推薦の理由を聞いてみると、入学して早々からかなり評判のいい人らしい。

「とにかく彼女のことを悪く言う人はいないと思うよ。すごく気づかいのある人」

女生徒が口を揃える。

「わかった。明日さっそく話しに行くよ」

とは言ったものの、F組は敷居が高い。

フーゾク科はホステス科と比べると生徒数は少ないが、水商創立時から何かと注目を浴びてきた。都立水商の名物と言えば「手こすり千回」だ。テクニックとそれに必要な筋力を鍛えるためにこけしを千回こするらしい。淳史もまだ目にしたことはないが、毎朝、

「1、2、3……」

というF組の女生徒のかけ声がA組までうっすら聞こえてくる。

最初のオリエンテーションで亮太が気にしたように、彼女らの実習の練習台になることはちょっと恐い。

翌日の昼休み、淳史は峰明を伴ってF組の教室に行った。

「あの、森田さんいますか？」

声をかけると、

「はい」

すぐに明るい声で返事があり、当人が淳史たちの方に来てくれた。

「生徒会をお手伝いする件ですよね？　聞いてます。わたしはＯＫですけど、お役に立てるかどうか」

話が早い。

「では、僕の方から松岡会長に話しておくので、よろしくお願いします」

放課後、生徒会室に行くと小田先生がいた。松岡会長と何やら打ち合わせ中だ。淳史は挨拶したあとは黙って邪魔しないようにした。

「冨原君、夏休みは忙しいわよ」

打ち合わせが終わって、小田先生の方から話しかけてきた。

「はい、先輩に色々聞いてます。準備が大変みたいで」

「そうね、準備は大事よ」

「先生、ちょっと聞いていいですか？」

「何？」

「山本樹里さんのことなんですけど」

「彼女がどうかした？」

「先生、彼女に対して怒っていないですよね？」

「どうして？　そうよ、何も怒ってないけど。彼女が陸上部に入ってくれないからってこと？　それはないわね。勿体《もったい》ないとは思ってるけど、怒ることじゃないでしょう？」

「そうですよね？　いえ、僕もそう思って彼女にそう言ったんですけど、先生に確かめようと思って」

「彼女とは親しいの？」

「芸者幇間ゼミで一緒です」

「そう。本人次第だけど、私が彼女に何かスポーツをしてほしいと願ってるのは確かよ。才能を生かしてほしいからね」

「……ラグビーならやるかも」

「ラグビー？」

意外だったのだろう、小田先生と松岡会長は顔を見合わせた。

淳史はラグビー部の海老原キャプテンの持論と、それを聞いたときの樹里の反応を伝えた。

「先生、ラグビーはいいと思いますよ」

松岡会長が進言した。

「そうね、走る場面の多いスポーツだから彼女の走力が生きるし、ラグビーの練習を続けていればその走力が衰えずにすむわね」

「それに七人制ラグビーというのがあって、女子の部もあるオリンピック種目ですよね」

松岡会長が妙に詳しい。

「よく知ってるわね？」

「海老原君とは同じクラスですから。あいつ聞いてもいないのによくしゃべるし」

松岡会長が笑った。電車の中で一度だけ見せた少女の笑いだ。

「冨原君、山本さんを海老原君に引き合わせてくれないかな？」

「はい。どちらも知らない仲ではありませんから、タイミングを見てやってみます」

「無理に勧める必要はないけど、彼女に向いたスポーツとの出会いがあれば、大きな可能性のある人なのよ」

それから淳史は、峰明と森田木の実のことを松岡会長に報告した。

「冨原君がいいなら、それで問題ないわよ。冨原君がやりやすいのが一番なんだからね。明日にでもここに来てもらって。明後日はもう終業式だから」

「ただ、中村君はちょっと問題を抱えてまして」

「何？」

「彼は学習障害があって字が読めないいんです」

「意味わかんないわね」

「は？」

「それの何が問題なのかがよ。冨原君の選んだ人なら大歓迎」

松岡会長はニコリともしないで言った。

夏休み

一学期が終わった。淳史の成績はクラスで一番。学年では二番で、学年一番はＧ組の城之内さくらだった。

ただ、進学する生徒の少ない水商では、ペーパーテストの価値は中学時代ほど重みがなく、

「ま、赤点がなければよしかな」

という空気ではある。淳史自身もそんなに試験にやる気を出した覚えはない。ふだんの予習復習の成果が上がったという感じだ。クラスメイトの反応も、

「トミーが一番？　やっぱりな」

などと一目置いてくれてはいるが、それぞれマイペースを貫く雰囲気だ。何が何でもいい成績を取ろうという生徒はいない。学校の特性上、みんな実習の方を重要視しているのだ。ただ、木島龍平の、

「一番たって、水商じゃあな」

とくさすような言い方には淳史も違和感を覚えた。別に怒ったわけではない。この発言を耳にしたクラスメイトは一様に白けた表情で、渡など、

「ジマ、それは自分が一番取ったときに言うセリフだろう？　この中じゃトミーしかそれを言う資格がないと思うがな」

そう釘を刺していた。

淳史には木島がまだコンプレックスを拭い切れていないとしか思えなかった。

夏休み初日、淳史たちは花石農業に向かう二年生たちを見送りに東京駅に行った。東北新幹線のプラットホームでも、やはり野崎先輩は目立っていた。予想通り楓光学園の出羽君の姿があったが、流石に見送りだけで岩手にまで行く勇気はない様子だ。

「よお、出羽ちゃん、元気にしてた？」

出羽君は妙に水商男子に好かれている。本来秀才と呼ばれる人は苦手な水商生も、野崎先輩に付き従う出羽君には親しみを覚えるのだろう。

そんな出羽君を完全に無視して、野崎先輩は「はやぶさ」に乗り込み、岩手県に向けて旅立っていった。

淳史はそのまま学校に戻り、他校の歓迎方法について相談と準備だ。

女生徒たちに推薦してもらったのは大正解だった。森田木の実は最初からよく動いてくれた。雑用も嫌な顔一つ見せずに実に効率的にこなしてくれる。

「彼女いいわね」

松岡会長のお眼鏡にも適《かな》い、連れてきた淳史まで株が上がった。

淳史の見たところ、木の実は頭の回転が早い。体もよく動かすが、動き出す一瞬前に自分の頭で考えて無駄を省いていく。ときには木の実がリーダーになって淳史と峰明が従う関係にもなるのだが、その方がお互いやりやすい気もする。

すぐに歓迎の準備も形が見えてきて、週の後半は余裕もでてきた。

「こんな状況は珍しいと思うわよ。わたしの一年のときなんてギリギリまでドタバタしてたもの。そう思わない？」

松岡会長が話を振ると、

「そうだなあ、他校の訪問まで三日を残して、ここまでゆったりした気持ちになれるとは思わなかったよ」

山崎副会長も感心している。

淳史たちに無理して動いた実感はない。夕方五時には学校を出て、明るいうちに帰宅している。つまり実に計画的に行動していて、その計画は木の実の提案をほぼ受け入れたものだった。

その手順の周到さと手際の良さに、松岡会長が本人に確かめた。

「森田さんは中学のときは生徒会長だったの？」

「いいえ、そんなことはありません。松岡会長は中学でも生徒会長だったんですか？」

「そんなわけないじゃない。わたしなんて劣等生の最たるものだったわよ」

「わたしもそうでした。この学校に来てクラス委員長にされて驚いたぐらいです」

同じだ。

「僕もそうです」

「トミーも？」

木の実が首を傾げた。

「僕はいじめられっ子だったし」

「そういう話だったわね」

松岡会長は淳史の中学のときの話を詳細に聞いてくれている。

「それに何をやらしてもダメな奴でした。クラス委員長なんてあり得ない話です。だから、入学式の日に驚いたんですよ。いきなり委員長に指名されたんで」

「わたしもそう。最初はすごく嫌だった。わたしにそんな能力はないと思って」

木の実の発言は淳史には意外だった。出会ったころから彼女の態度は堂々としていて、前向きな印象を受けていたのだ。

「それはわたしにも言えるわ。自分はリーダーになる器とは思えなかった。でもね、『働きアリの法則』って知ってる?」

松岡会長に聞かれたものの、

「いえ、何ですか? それ」

淳史の頭の中には手がかりすら思い浮かばない言葉だ。淳史と目の合った峰明は無言で首を横に振り、

「わたしも知りません」

木の実もそう答えた。

「教えてあげてよ」

松岡会長は山崎副会長に振った。

「うん。『二八の法則』とも言われることがあるけど、働きアリはね、観察している

と二割が一所懸命働いていて、八割はサボりながら働く感じなんだ。でもその働く二割を集団から取り除くと、残りの八割の中の二割が一所懸命働き始める」

「へえ」

「逆に働く二割だけにするとその中の八割がサボり始める。十割が働く集団もなければ、同じく十割がサボる集団もないわけだ」

「面白い」

木の実が無邪気な反応を示した。山崎副会長の説明を松岡会長が引き取る。

「つまりね、人間でも同じ。二人とも中学までは八割の中の一員だったけれども、この学校に来てからはそうも言ってられなくなったわけよ」

「でも自分でそうしようと思ったわけではないですけど」

「一年生のクラス委員は成績順で決まるから否応もなかったわよね。でも今、あなたたちはしっかりやってるじゃない？」

そう言われると面映《おもは》ゆい。確かに受け身でいた自分が少し積極的になった気はする。

「嫌な言い方になるけど、この学校のレベルが決して高くないという話になるわね。でも一度その二割の側に入ったら、これから先はどこに行ってもそうやって生きる気概を持つべきよ。わたしはそう思ってる。楽をする気になったら負け。いい？」

松岡会長の目つきと口調には力が籠っていた。

「中村君もそうよ。あなた芸者幇間ゼミの優等生だそうじゃない？」

「そんなことないです」

「そう聞いてるわよ。わたしの耳にそう入ってくるということは、そんな風にあなたを評価する人がいるということよ。頑張り甲斐があるでしょう？」

「はい」

峰明は嬉しそうだ。この数日で峰明は松岡会長にすっかり心酔している。木の実もそうだと思う。

淳史自身はずっと以前からそうだ。自分と年齢の近い人をここまで尊敬したことはこれまでなかった。その松岡尚美が、こんなに正面切って意見してくれる場面は初めてだ。だからこそ重く受け止めている。常に二割の側にいよう、どうすればそうなれるか今はわからないが、その気概だけは持たないといけない。

生徒会長の松岡尚美さんから励まされた。峰明にとって嬉しいのは、松岡会長が自分のことをちゃんと見ていてくれたことだ。彼女は自分など眼中にないだろうと思っていた。それに誰か知らないが、自分のことを褒めた人から話を聞いたらしい。「優等生」なんて呼ばれたのは初めてだ。

（頑張らないと）

こんなにモチベーションが内側から湧き上がってくる感触も初めてだ。

トミーと一緒に学校を出て、猛暑の中を新宿駅まで歩いた。山手線を原宿で地下鉄千代田線に乗り換え、自宅のある乃木坂《のぎざか》で降りる。

帰宅した峰明はマンションの自室で浴衣に着替えた。

(夏休みの間ずっと稽古しとかないと忘れてしまうかも)

かっぽれの練習だ。

「かっぽれ、かっぽれ、甘茶でかっぽれ、ヨイトナ」

音楽に合わせて歌いながら踊る。メモで控えることができないから、歌詞も振り付けも丸暗記だ。何度も繰り返して踊る。

「もう体が自然に動くようになりやすからね」

ぴん介先生はそう言っていた。頭で考えないで体に覚え込ませる。それが芸というものだ。

部屋のエアコンは効いているはずなのに、やがて全身に汗が滲《にじ》んでくる。

突然部屋のドアが開いて、母と妹の真紀《まき》が立っていた。真紀は六つ違いの小学四年生だ。彼女はバイオリンとバレエと水泳を習っている。そのどれかの練習を終えて母と一緒に帰宅したようだ。

「峰明、あなた何してるの?」

冷ややかに問いかける母に、ハアハアと荒い息の中から、

「かっぽれの練習をしてたんだ」

そう答えると、母は蔑んだ目で息子を見た。

「みっともない」

吐き捨てるようなセリフの直後に、部屋のドアはバタンと閉められた。

（でもいいや、気にしない）

今峰明は母のために頑張っているわけではない。期待してくれている誰かのために頑張る。

再びドアが開き、今度は真紀だけが立っていた。

真紀は勉強もできて、有名私立小学校に通っている。バイオリンもバレエも上手だ。水泳だって、今はもう兄よりも速くなっていそうだ。

峰明はこの妹に勉強を教えるどころか、ときには本を読んで聞かせてもらうこともあり、兄妹《きょうだい》の立場はずいぶん以前に逆転している。たまに家族四人での食事になると、母は父に真紀のことばかり報告して、峰明のことに触れることはない。

だが、峰明はこの妹が可愛いと思い、真紀もこの不出来な兄を慕ってくれている。

「お兄ちゃん、かっぽれ教えて」

「かっぽれだよ」

「お兄ちゃん、泣いてるの？」

「これは汗だよ」

峰明は手ぬぐいで頬を拭き、ついでに額の汗も拭った。

「それ、何て書いてあるの？」

真紀が峰明の手ぬぐいを気にした。

「これかい？」

峰明は手ぬぐいを広げて妹に示した。

「さくら、てい？　ぴんすけ？」

「そう桜亭ぴん介」

「変なの」

「先生の名前だよ」

「先生の？　ぴん介って名前の先生？」

「そうだよ、これは先生からいただいたんだ」

「その先生がかっぱれ教えてくれるの？」

「そう。かっぽれね」

「かっぽれか。かっぽれ教えて」

「いいよ」

夕食までの時間、兄妹でかっぽれの練習をした。商社マンの父は今日も遅くまで帰れないだろう。

窓に広がる夕暮れの街に灯《あか》りが点《とも》り始める。間近に見える六本木は艶《あで》やかだ。沢山の水商の先輩方が今夜も活躍しているのだ。

岩手県立花石農業高校を訪問した二年生が帰ってきた。花農の二年生も一緒だ。

「ただいま」

元気よく生徒会室に入ってきた野崎先輩は、少し日焼けしているように見えた。

「どうでしたか？　牛や豚の世話」

「面白かったわよ。人間のブタと違って、本物の豚って本当に可愛いの」

「鞭打ち実習とどっちが面白いですか？」

「うーんそれは、鞭打ち、かな」

よかった、野崎先輩はやはりSMクラブ科が似合う。

かつて夏休みを花農で過ごした先輩の中には、卒業後花石市内のお店に就職した人もいたという。花石での生活が性に合ったのだ。

野崎先輩は、

「楽しかった」

とは言うものの、

「一週間で十分ね」

とも言っているから、都会の空気から抜けられない人なのだろう。

「どう？　今回は問題を起こしそうな花農の生徒はいる？」

松岡会長はまずそれを警戒している。

「いい子たちばかりですけど、一人菊池《きくち》創《はじめ》君という子が危ないかもしれません」

野崎先輩の報告には、山崎副会長が反応した。

「どんなタイプだ。このまま東京に残りたいと言い出しそうか？　それとも、東京たって大したことない、って言い張りそうなタイプか？」

「後者でしょうね」

「はあん、俺たち田舎者じゃねえぞ、って奴か？」

「そういう奴です。ほんと、そのセリフ言い出しそう」

どうやら無闇に突っ張らかった奴らしい。

「なんか面倒臭そうですね」

淳史はそうしたタイプが苦手だ。会わなくてもわかる。コンプレックスの裏返しの自己アピールにはつき合いたくない。

「トミーは心配しなくて大丈夫よ」

峰明が生徒会室に出入りするようになってから、淳史のこの呼び名は先輩たちにも浸透している。松岡会長もトミーと呼ぶことを気に入っているようだ。

「そういうタイプには女生徒が対応するわ。男子が付きっきりになると、下手すると殴り合いの喧嘩になるしね。このタイプには誰に対応してもらうか、木の実ちゃん、決めてるのよね？」

「はい」

「誰？」

「一年G組の城之内さくらさんです」

菊池創君は、山崎副会長と野崎先輩の予想通り、

「俺は田舎者じゃないかんな。舐めんなよ。東京がなんぼのもんかっつうの」

との発言を実際にしたという。日ごろ無口でおとなしい城之内さくらも、この類の発言を次々に繰り出されて、少しイラついたらしい。彼女は水商校内を案内中に柔道場で、喧嘩自慢の菊池君と、「軽く手合わせ」したという。それもさくらは制服のままだったらしい。目撃した真太郎によると、

「いやあ、さくらの関節技はきついから」

菊池君はさくらにヒイヒイ言わされたうえに、

「なんだオカマか？」

と馬鹿にした真太郎がもっと強いと聞かされ、最後は涙目で、

「東京は恐ろしい」

最初の発言とは逆の感想を漏らした。

それをきっかけに認識を改めてくれた菊池君はその後トラブルも起こさず、野崎先輩の鞭打ちと、城之内さくらによる歌舞伎町での放置プレイの洗礼を受け、最後には、

「来年、待ってっから。は、いやお待ちしてます」

の挨拶をさくらに残して、花石に帰って行った。

一番の問題児がこの調子で、他の花農生は素直に水商を楽しんでくれたように思う。花農生に聞いたところでは、野崎彩先輩は花石では女王様の片鱗《へんりん》も見せず、素直な態度で、指導される通りに家畜の世話に勤《いそ》しんだらしい。だから、SMクラブ実習室で菊池君を鞭打つ姿を見せられて、花農生一同驚愕し、野崎先輩のカッコよさに圧倒されていた。

すべての歓迎行事は計画通りうまく進行した。

もう一つ予想以上にうまくいったことがある。

岩手県にはかつて日本一を誇った新日鉄釜石があるから、花石市もラグビーが盛んで花農ラグビー部は全国レベルの強豪だ。その花農ラグビー部の二年生が水商ラグビ

ー部の練習に参加したとき、淳史は山本樹里をグラウンドに誘った。練習中は花農生のお世話をしてもらい、練習後に海老原キャプテンに引き合わせたのだ。

樹里の方はすでに海老原先輩をリスペクトしていて、少し緊張気味の「面接」状態になった。

「あら、樹里ちゃんて、あなた足の速い子よね。聞いてるわ。いいわよ、足の速いの。男に手の早いよりずっといいわよ。あたしはそっちの方だけど、アハハ」

などと海老原キャプテンが冗談ばかり言うのに、樹里は「はい」「はい」と硬い表情のまま答えていた。

「ところで、入学して最初の体育の授業で50メートル走の記録取ったわよね？　あなたどうだったの？」

「えっと、6秒2でした」

樹里の答えを聞いた途端、今度は海老原キャプテンが表情を硬くして黙った。

「……本当？」

「はい、でもあまり正確じゃないかもしれないし。計り方がよくないし」

「それ、今のうちのウィングより速いわ。彼は6秒8だもの。ラグビーのウィングとしては速い方ではないかもしれないけど、でも一般的にはすごく速い記録よ。たとえば楓光学園のウィングの子は6秒を切る記録を持っているかもしれない。でもそれ以外の選手であなたより速い選手はあのチームにしたってそんなにいないと思うわよ。それにしても女子で6秒2って、もう日本記録を狙える世界じゃないの？」

淳史はここで話を進めようと思った。

「じゃあ、海老原先輩は山本さんがラグビー部に入れば通用すると思いますか？」

「思うわよ。当然よ。ボールの扱いやタックルなんて練習で覚えるものだけど、天性のスピードだけは指導してどうにかなるものじゃないもの」

いい感触の回答を得て、これから何回か質問を重ねれば、樹里をその気にさせられると思ったとき、

「わたし、ラグビーをやってみたいです」

本人が言い出した。

「あら、いいじゃない。大歓迎よ。その代わり、これまでうちの部では、女子だからって特別扱いしたことないからね。なぜだかわかる？」

「えっと、『女らしく』がわが校の天敵だからですか？」

「違うわよ、これまで女子部員がいなかったの」

海老原先輩は愉快そうに笑い、樹里も自然な笑顔を浮かべた。

樹里は翌日からグラウンドに通い、夏合宿にも参加する約束をその場でした。

その後の中洲水商とススキノ水商との交流もうまくいった。

三年生は、「昨年はお世話になりました」とお返しの気持ちを籠め、一年生は、「来年はよろしくお願いします」の気持ちで歓迎できた。

ただ淳史たち一年生にとっては、気を使うことばかり多くて、楽しそうにしている二年生が羨ましかった。つまりはこの他校交流は二年生が主役で、一年生にとっては勉強の場ということだ。訪問者に気持ちよく過ごしてもらおうという姿勢は、水商売に従事する人間に一番必要なものだろう。

九月

二学期が始まった。水商では十月の「水商祭」に向けて全校が活気づいていた。

伊東はこの時期の生徒たちを見ているのが好きだ。猛暑も去って過ごしやすくなる中、最後の水商祭に燃える三年生、昨年以上の成果を目指して張り切る二年生、そんな先輩たちに従って懸命に動く一年生。そんな生徒の成長ぶりを見ているのは楽しい。

だが、中には稀に成長の跡が見られないというか、むしろ退行していて、教師に頭を抱えさせる生徒もいる。

三年生の岸本学《まなぶ》がそれだ。

新学期早々、職員室の伊東の元に、三年C組担任の江向徳彦《えむかいのりひこ》が冴えない表情でやってきた。

「伊東先生、ちょっといいですか?」

江向は水商に転任してきて二年目の若い教師だ。前任校は都立の中では歴史もある進学校で、本人は水商転任を左遷だと感じていたらしい。しかし、水商の活気ある校風に触れて、すぐにやる気を見せてくれた数学教師である。

「何かあった?」

「いえ、うちのクラスの岸本のことなんですけど、急に進学希望と言い出しまして」

「何だそりゃ?」

岸本は一年生のときには野球部だった。典型的な目立ちたがり屋で、目立てないと何ごとも続かないタイプだ。入部して一か月ももたなかった。その後、バスケット部、テニス部と入部しては退部を繰り返した。バスケットもテニスも、試合になれば野球よりハードなスポーツだ。案の定、どちらも入部して二週間ほどで音を上げた。

この学校の面白いところでもあるが、生徒の人生に対する思いに驚くほど差がある。自分から進んで水商を選んだ生徒の中には、若いのに大変な苦労をしている者がいる。「とにかく生活力を身につけたいんです。親の二の舞はごめんですから」と言った生徒を、伊東は男女とも何人か知っている。そういう生徒は一年生のときから実技の成績はいつも上位で、就職に際しては、実習で世話になった数軒の店から、「ぜひうちに来てほしい」と声がかかったものだ。どの子も今も立派に勤めるか、自分の店を持っている。在学中からしっかりしたおとなの印象があった教え子たちだ。

そうかと思うと、どこまでいってもなーんにも考えていない生徒もいる。とはいえ、その軽い感じのままで性格は良くて、それでホステスやホストとしては人気のある生徒もいるから、一律に説教することはしない。

岸本学もそんなタイプだ。このところ、生徒会長の松岡尚美にシメられていると聞いて安心していたのに、進路の問題で煩わされるとは油断していた。

「本人はどう言ってるのかな？」

「とにかく大学に行きたいそうです」

「就職先は決まってたっけ？」

「まだですけど、どこかの店には潜り込める感じではあるんですよ、実技はそんなに悪い成績じゃないですから」

伊東は進学担当教諭だ。進学する生徒の少ない学校だから、ふだんは楽させてもらっているが、これはまた面倒なことになりそうだ。

「とにかく話を聞きましょうかね」

放課後、岸本を相談室に呼んだ。こちらは江向と二人で対面する。

「江向先生に聞いたんだが、進学したいそうだな？」

「はい」

「そう簡単に言うが、進学を希望する者は夏休みには予備校か塾に通って受験勉強するものだけど、そういう努力はしてた？」

「いえ、そういうのはちょっと」

「やってないわけね？」

「はい」

「岸本は実技以外の一般科目の成績はそんなに芳しいものじゃないな。どうしてまた大学に行きたくなったんだ？」

「いや、何ていうかですね……えっと、このまま就職してホストになるのかと思ったら、なんか虚しいというか……」

「だけど、入学するときにはそれを目標にしてたわけだよね？」

「それはそうすけど、中学出るときに親父にどこでもいいから高校に行け、と言われてですね」

「お前、それを今さら言うか？」

「いや、まあそうすけど」

「まあいい、とにかく大学に行きたくなった、と」

「はあ」

「学部は？」

「は？」

「学部はどういうところを希望してるんだ？」

「そういうのあるんすね？」

「うわ、今ちょっとめまいした。あのな、大学行くからにはどんな学問を修めるか、が大きな問題でだな」

「どういうのがあるんすかね？」

「学部か？　だから、たとえば医者になるなら医学部だろう？」

「医者かあ、医者ってのもなあ」

「大丈夫、入れないから」

「他には」

「法学部とか」

「法学部って何になる人が行くんすか？」

「弁護士になる人は法学部だよ」

「俺、弁護士ってタイプじゃないすよね？」

「それはわかってるわけね。あと経済学部とか文学部、技術者になりたければ理系の工学部、教師になりたければ教育学部」

「教師ってのもどうかと思いません？」

「教師の俺にそれを言う？」

「そういう意味じゃないんすけど。あの、ほら、高校でも普通高校ってあるじゃないですか？　融通利くというか、どこにでも行けるとこ」

「どこにでも行ける？　まあそう、実業高校に比べると間口は広いかな」

「そういう感じで普通学部ってないですか？」

「ありません」

「弱ったな」

「弱ったのはこっちだ！」

と大声を上げたのは、それまで黙って聞いていた江向だ。完全に頭に血が上っている様子で、白目が充血している。

「だいたいだな岸本、お前は受験するにしろ動機が薄弱だ！」

「ハクジャク、すか？」

「そうだ！　お前の頭の中身と一緒。薄い！　弱い！」

「今俺、ひどいこと言われてます？」

「ああ、言ってる！」

どうも教師と生徒といえども、年齢が近いと喧嘩腰になっていけない。

「まあまあ、江向先生、もう少し岸本の進学希望の動機について話しましょう」

「こいつなんかにまともな動機なんてありませんよ！」

流石に担任だ。生徒の性格をわかっている。

「なんすか、それ差別じゃないすか」

「何が差別だ？」

「だって、松岡は進学希望っていうじゃないすか。生徒会長だけ贔屓《ひいき》するんすか？」

これは進学指導担当の立場としては聞き捨てならない。

「贔屓なんかしないけどだな、どうしてお前が、松岡が進学することを知ってるんだ？」

「本人が言ってました」

「松岡本人がお前に話したのか？」

「いえ、生徒会室で二年の野崎と話しているのを聞いたんすけど」

「だろうな」

岸本の勢いが少し弱まった。盗み聞きしていたように思われるのが、きまり悪いとみえる。

「ここだけの話だがな、松岡には深い事情があるんだ。それで真剣に考えた末の結論だ」

「俺だって深いっす」

これは言っている本人も自信なさそうに目が泳いでいる。そこに江向がツッコむ。

「何言ってやがる。お前ぐらい浅い奴がいるか？　水平線まで浅瀬だ。行っても行っても浅瀬」

「……面白いすね」

「面白くない！」

ここは一旦収拾をつけるしかない。

「とにかくだな、岸本、まずは大学というものを研究してみろ。やりたい勉強、行きたい学部を探すんだ。話はそこからだな」

そう告げると岸本は不承不承といった面持ちで軽く頷き、江向はそれを苦々しい表情で睨みつけていた。

二学期になってすぐクラス委員長の選挙があった。その結果、淳史は委員長を続けることになった。

「適任だよ、適任」

亮太はそんなことを言った。

以前の淳史なら戸惑う場面だが、今は違う。一学期は成績順で自動的に選ばれた。今回はちゃんと選挙という手順を踏んだうえでの委員長だ。責任を感じる。そんな風に考えることも、以前の淳史にはなかったことだ。

やはり松岡尚美の影響は無視できない。働きアリの法則でいう二割の側にいること、その心がけを貫くにはここで腰が引けてはいけないだろう。それに一学期よりも二学期の方が委員長の仕事は増える。生徒会室で先輩方にそう聞いた。水商祭、体育祭といった行事もあるし、初めての校外店舗実習にも出る。

生徒会の手伝いは、これまで通りに続ける。まずは十月の連休に開催される水商祭だ。主催である生徒会の幹部がすべての責任を負う。

生徒会長の任期は二学期末まで。その前に次期会長の選挙があり、年明けから新会長が就任する。

松岡会長の評価はこの水商祭の出来に懸かっている。いつも通りの静かな佇《たたず》まいの中に、気合が入っているのがわかる。

「今日は出演者の代表との打ち合わせね。柳川《やながわ》先生がいらっしゃるから、舞台監督の三人はいよいよこれからが大変よ。よろしくね」

伝統の水商祭は歌舞伎町カーニバルとも呼ばれる。開校二年目から開催され、今年で二十七回目を迎える。学校の性質上、プロ並みのクオリティを誇るショーと多彩な模擬店に世間の関心は高い。テレビ局の中継カメラも入るほどだ。

水商生にとっては勉強の場でもあるから、照明、音響、舞台監督とプロを招き、それぞれ生徒がついて指導を受ける形をとる。

舞台監督は毎年柳川氏にお願いしていて、各学年から一人ずつ指導を受ける。本番では生徒がインカムをつけて、キュー出しを任されるのだ。

今年の一年生の舞監は森田木の実が指名された。フーゾク科の女生徒が舞監を務めるのは、水商祭の歴史において初の出来事だそうだ。

淳史自身は校内を駆け回っての連絡係だ。急ぐときにはエレベーターを待っているより階段を使った方が早い。放課後はほぼ階段を駆け下りたり駆け上ったりの毎日になった。

生徒会室は八階にあるから、最終的に松岡会長に報告に行くために、階段を駆け上って汗びっしょりになってしまう。

今日もリハーサル時間帯を各部と相談して生徒会室に戻ると、松岡会長が一人でいた。

「リハーサルの希望時間を聞いてきました」

「ご苦労様」

「他の皆さんはどうしたんですか？」

「山崎君は模擬店で出すメニューの確認。彩ちゃんは自分でも出演するからその衣装合わせ。木の実ちゃんは舞監としてスタッフ打ち合わせ。ミネ君も本番で手伝ってもらうことがある、ということで木の実ちゃんと一緒に行ってもらった」

「岸本さんは？」

松岡会長に目立つな、ときつく言われているようだが、いつも妙なオーラを発して存在感を示している岸本先輩がいない。

「あいつは相談室に呼ばれてる」

「また何かやらかしたんですか？」

「また？」

「いや、またってこともないですけど」

「あいつも馬鹿だけど、そうしょっちゅうは先生に尻尾つかまれる間抜けはしないと思うよ」

「そうですね」

松岡会長は立ち上がると、自分のバッグを開けてタオルを取り出し、

「はい、汗を拭けば？」

淳史に手渡してくれた。

「すみません」

猛暑は去ったとはいえ、まだ三十度近い気温の中だ。一階から駆け上ってくるとかなり汗をかく。気づくと髪の先で汗が玉になっていた。慌てて頭から顔、首筋の汗を拭う。

「明日洗って返します」

「いいよ」

そう言って、松岡会長は淳史の手からタオルを取った。

「リハーサルの件は、みんなが帰ってきてから決めるから、今は座って休んでて」

「はい」

言われるままに座ったものの、どうも居心地が悪い。こうして部屋に二人きりになるのは初めてだ。そんな淳史の気持ちを察したのか、松岡会長の方から話しかけてくれた。

「トミーは淳史君だったよね?」

「はい」

岸本先輩のように放置されるかと思っていたから少し安心する。

「誰かにあっちゃんて呼ばれることある?」

「はあ、お母さんだけそう呼びます」

「あっちゃんって？」

「はい」

「そうなんだ？」

そのとき松岡会長は不思議な表情を見せた。淳史には口元は嬉しそうなのに、目は何か悲しそうに見えた。

「あっちゃん、いいね、あっちゃん」

意味がわからないが、松岡会長はその呼び方が気に入ったらしい。

淳史のことを「あっちゃん」と呼んだ人は、小学校に入るまではもっといたように思う。岩手にいる母方の祖父母は今もそう呼ぶかもしれない。成長するにつれ、父と兄、それに友だちは自然に「淳史」と呼び捨てか「淳史君」と呼ぶようになった。今は「トミー」が定着して、友だちがあえて下の名前で呼ぶことはない。

「あっちゃん」

呼ばれたと思ったら、松岡会長は口の中で呟いただけだった。妙な間が出来て淳史を戸惑わせた。

十月

水商祭まで残り一週間を切った。生徒会室はピリピリした緊張感に包まれている。

しかし、淳史にはこの緊張感を楽しむ気分があった。

事件は自分から歩いて生徒会室にやってきた。

突然ドアが開くと、顔色を失った英会話部の川戸《かわと》部長が、

「ア、アントニーがモーチョー」

と意味不明の言葉を発した。

「どういうことですか？」

舞監を務める木の実が対応する。

「いや、あの、だからね、佐々木《さ さ き》君が虫垂炎で入院した」

「まあ、大変！」

木の実一人が事態を飲み込めただけで、他の者にはわけがわからない。

「木の実ちゃん、どういうこと？」

松岡会長が説明を求める。

「はい、英会話部は今回英語劇『ジュリアス・シーザー』をやる予定です。シェークスピアですね。部長の川戸さんはブルータス、同じく三年生の佐々木さんがアントニー役だったんですけど、その佐々木さんが虫垂炎で入院ということらしいです。川戸さん、アントニーの代役用意してなかったんですか？」

「い、いない」

英会話部にとっては一大事だ。今日を入れて本番まで四日しかない。

「とにかく善後策を練りましょう」

松岡会長は落ち着いている。

「座ってください」

木の実に促されて、川戸はすぐ近くの椅子にへなへなと腰かけた。

話を聞くと、英会話部は女子部員の人数が多いにもかかわらず、川戸部長のゴリ押しで男ばかりが出てくる「ジュリアス・シーザー」を演目に決めた。女子部員のブーイングの嵐をものともしなかったのは、川戸自身がどうしてもブルータスをやりたかったからだ。

「ほんとあんた、目立ちたがりよね」

その事情を聞いた松岡会長のコメントであるが、これを受けた川戸先輩は頬を赤らめただけで言い返さなかった。

シェークスピアを頭から全部やるのは時間を取り過ぎるから、上演するのはシーザーを暗殺してからのブルータスの演説、その後のアントニーの演説のくだりだ。

「留学生に頼むのはどうでしょう？」

木の実の提案だ。日本人に頼むよりは現実的だと思える。

「でもさ、うちで英語が母国語の男子留学生は、オーストラリアからの奴ばっかりじゃん。あいつらの英語は訛《なま》ってるし……」

川戸先輩はこの期に及んで上から目線だ。この発言に対して松岡会長はギロリと一《いち》瞥《べつ》くれた。

「川戸、あんたわかってるんだろうね？　もうプログラムは発表してるし、当日のパンフレットも印刷済みだよ。これまで水商祭でプログラム変更はなかったんだからね。盛り上がって飛び入りということはあっても、プログラムに載った演目がなくなるなんてことはあり得ないんだよ。ましてやわたしが生徒会長であるうちはね」

ナオミ女王様の貫禄だった。川戸先輩は打ち首寸前の百姓一揆《いっき》首謀者の顔になって震えている。

あらためて留学生の件を検討してみると、彼らも他の部活の出し物や模擬店に関わっていて、とても英会話部に協力する余裕はないことが判明した。それにいくら英語が母国語の者でも、シェークスピアの長台詞《ながぜりふ》を短期間で覚えるのは難しい。

「留学生代役案は却下ですね。そうなると日本人の生徒ですけど、これはさらに難しいでしょう」

木の実は暗い結論をさらりと言った。

生徒会室を沈黙が支配する。

そのとき淳史の頭に一つのアイデアが浮かんだ。

「あの、その芝居の参考になるような映像資料はありますか？」

川戸先輩に確かめる。

「あるよ。古い映画のDVDだけど」

「今英会話部にあるわけですか？」

「うん」

「それは貸し出すことも可能ですか？」

「構わないけど、どうして？」

不審そうな川戸先輩に答えず、

「ミネ、出番かも」

淳史は峰明を呼んだ。

「え？」

峰明だけでなく、そこにいた全員が不審な表情を浮かべた。

「川戸さん、この中村峰明君はディスレクシアといって、字が読めない学習障害があります。ですが、字が読めない分、聞いて覚えることに長けているんです。彼なら英語の長い台詞も覚えられます」

「そうよ！　そうですよ、川戸さん、中村君なら大丈夫です」

淳史の提案に強く賛同してくれたのは、木の実だった。彼女はこのところ峰明と一緒に行動する場面が多く、彼の持つ能力に気づいてくれたのかもしれない。それに、舞監として英会話部の稽古にもつき合っているから、台詞の分量や芝居の動きも知っていて、峰明がこなせるものかどうかも判断がつくのだろう。

「彼が……」

川戸先輩はじっと峰明を見た。

「君、身長は？」

「160センチです」

「ああ、佐々木は180センチなんだよね。ちょっとイメージが……」

「何言ってるの！」

松岡会長に怒鳴りつけられて、川戸先輩はピクッと首をすくめた状態で固まった。

「本番ギリギリのこの段階で、イメージもダメージもないわよ！　何ならわたしがあんたにダメージ与えてやろうか？　それも特注の奴」

「ひええ」

「いいから、すぐこの中村君を稽古場に連れて行って、その映像資料を見せなさい！」

松岡会長がそう言い渡すと、川戸先輩はペコリと一つ卑屈なお辞儀をしてから峰明の手を取り、ダッシュで消えた。

そのまま峰明は生徒会室に戻ってこなかった。

自分で提案したものの、結果については見当がつかない淳史だ。窮余の策に過ぎない。英語を聞いたまま丸暗記する能力が峰明にはある。ただ、どこまで演劇的に表現できるかは未知数だ。入学直後、演劇部を見学したとき、早々に「パス」を宣言したのは峰明だった。

（ミネに無理言っちゃったかなあ）

淳史の心は揺れていた。それを察したのか、帰り際に松岡会長は、

「あっちゃん、中村君大丈夫かな？　本人に確かめてもらえる？」

他に聞こえぬ小さな声で淳史に言った。

「わかりました」

返事した後で、淳史は「あっちゃん」と呼ばれたことに気づいた。

翌朝教室で峰明に確かめた。

「英会話部どうだった？」

「うん、部員のみんなに頼まれたから頑張るよ。トミーの推薦だしね」

峰明はいつになく真剣な目で決意を示した。

英語劇のクオリティを問題にするのは当事者である英会話部であって、無責任なことを言うようだが、生徒会の立場ではプログラム通りに進行すれば文句はない。

そんな事情だから淳史は英会話部にだけ関わるわけにはいかず、結局、英語劇の稽古を見に行けないまま水商祭当日となった。

淳史は舞台に出演しない一年生に入場券のモギリを頼んでいた。体育館玄関で彼らの後ろにいて入場者の列を見守る。

ものすごい数だ。最初のうちは入場を待つ列の最後尾が見えなかった。まるで新宿駅から列が続いているような勢いだ。

（これが水商祭か）

一年生の大半がそう思いを新たにしたはずだ。淳史は家族にチケットを渡してあった。両親と兄が入場するのが見えたが、とても話しかけられる状況ではない。

客席は埋まった。これで淳史の役目はほぼ終わった。あとは客席で舞台の進行を見守るだけだ。

ラインダンサーによる派手なオープニングで幕が開き、そこからはテンポよく演目が続く。ふだんのキャバクラやショーパブの実習の成果を示す大掛かりなバラエティショー。セットや照明も本格的で高額の入場料を取れるレベルだ。

同級生や先輩たちの別の顔が見られて楽しい。ちょっと強面《こわもて》の先輩がコントで笑わせていたり、おとなしそうな一年生の女子がロックバンドでシャウトしていたり、と

それだけでも意外なのに、その出来の良さにさらに驚かされる。

ミスター水商コンテストでは二組の吉野兄弟が四人とも出場し、同じ顔をしているにもかかわらず吉野友邦が優勝した。今一つ基準が不明だ。

ミス水商コンテストは女子の部と男子の部があり、男子の「ミス水商」は花野真太郎に決まった。これは順当だろう。

すべてのコントより笑いもとって、そのうえ観客をどよめかせたのは野崎彩先輩のパフォーマンスだ。

出演者は彼女一人だった。

「SM風新体操」

と題されたものである。野崎先輩は昨年、ゴスロリと呼ばれるファッションで人形を演じて大好評だった、と聞いている。淳史にはゴスロリがわからなかった。「ゴシック・アンド・ロリータの略」と言われても尚更《なおさら》意味不明だ。昨年の水商祭の画像を見せられてようやくどんなものかわかった。

一年生のときのまったく動かない演目の逆で、今年の野崎先輩は舞台狭しと動き回った。衣装はレザーの黒いレオタードに目元を隠すマスク。まさにSMの女王様そのものだ。リボンの代わりに鞭、フープの代わりにでっかい手錠、ロープは緊縛用ロープ、棍棒《こんぼう》の代わりに浣腸器、そして人の顔(よく見るとそれは楓光学園の出羽君の写真だった)のプリントされたボールを使う。ボールは人の生首を表すものと見られた。プログラムには「サロメをイメージした」と説明されている。「サロメ」も淳史にとっては初耳だ。山崎副会長が、

「男の生首を褒美にくれ、ってなこと言ったおっそろしい女」

との解説をしてくれた。

野崎先輩の新体操は素人とは思えない迫力だった。柔軟な体が宙に舞い、クルリと綺麗に回転する。パロディのレベルではない。ふだん親しくさせてもらっている淳史でさえ、スターのオーラを感じ、圧倒されてしまった。

彼女の出番が終わり、舞台転換のインターバルで一旦明るくなっても、しばらく感嘆の余韻が場内を覆っていた。

そのとき、何か客席でザワザワしたかと思うと、一人担架で運び出されるのが見えた。万一観客にアクシデントがあったときに備え、壁際に担架と担送要員を配備していたのだ。

「あ！」

運ばれているのは出羽君だ。

淳史は松岡会長に命じられて、何が起きたのか確かめにいった。客席で暴力沙汰が起きたことなど水商祭の歴史にはない。もしそんなことであれば深刻な事態だ。

「どうしました？」

担架に追いつくと、出羽君は意識があるようには見えなかった。近くにいた人の証言では、野崎彩のパフォーマンスを熱心に見ていた出羽君は、完全にイッたらしい。イッた、という意味が今一つ不明だが、突然「ウッ」と言って倒れたという。

「ほら、最後に彼女がボールにキスしただろう？　あれが効いたんじゃないか？」

この目撃談を松岡会長に告げると、

「あ、そう。ならいいわ」

それ以上出羽君の心配はしなかった。

次の演目はいよいよ英会話部の「ジュリアス・シーザー」だ。

淳史は胃の痛くなる思いがした。松岡会長はじめ生徒会役員たちは、プログラムが恙《つつが》なく進行することで満足だろう。しかし、淳史には峰明を送り込んだ責任がある。峰明のせいで英語劇がグダグダになってしまったら、夏休み中稽古に励んできた部員たちに顔向けできない。

幕が上がった。

「ブルータスお前もか」の名台詞から始まり、川戸部長演じるブルータスの演説があった。流石に部長だ。朗々と語る英語の発音がいい。

いよいよ峰明の出番だ。

サイズの合わない衣装を着せられた峰明は布の塊に見え、まずそれが場内の笑いを誘った。周囲の笑い声に包まれ、淳史の背中に冷たい汗が一筋走る。

ところが、峰明演じるアントニーは堂々としている。顔つきもふだん教室で見る彼のものではない。峰明が第一声を発した途端、笑い声が消えた。

川戸部長よりもいい声だ。英語の発音も完璧で、洋画を観ている気分になる。英語の意味がわからなくても、感情が伝わってくる。ふだんの峰明からは決して感じられない、悪意までその表情に宿っていた。まさにアントニーそのものだ。

アントニーの演説に舞台上の民衆が動かされたとき、観客も一緒に揺さぶられているのがわかった。

満場の拍手に包まれて幕は下りた。

「こんなにウケてる英語劇は初めてだ」

山崎副会長が拍手に負けないように声を張って言った。松岡会長も頷き、

「あっちゃん、ミネ君を推薦してくれたあなたのおかげよ。ありがとう」

淳史の耳元に口を近づけて言ってくれた。

淳史の目から涙が溢れた。淳史自身その涙の意味に戸惑う。いろんな感動が胸の中に浮かんでしばらく整理がつかない。

まずホッとしたことがある。峰明を推したことで多くの人に喜んでもらえた。そして松岡会長に褒められた。

しかし、冷静にこの涙の意味を探ってみると、淳史は自分より峰明の立場で感動していることに思い当たった。急に無理な仕事を押し付けたが、それは峰明に実力を発揮してほしかったからだ。中学までいじめられ見下されていた彼が、これまで隠れていた能力で多くの人を救ったのだ。

淳史はこの学校で出来た親友が、周囲から一目置かれることを望んだ。そしてそれは成功した。

（やったな、ミネ！）

淳史は心の中で何度も叫んだ。

第二十七回水商祭は大盛況のうちに幕を閉じた。

終了後はキャバクラ実習室と大広間を使い、全体の打ち上げがあった。人数が多いのでとても一部屋には収まり切れない。

松岡会長はそれぞれの場所で挨拶し、それからはみんな和気あいあい互いに慰労し合う。仲間内で反省会モードのところもあれば、

「去年より面白かった」

「そっちもだよ」

と他の部に感想を告げ合ったりもしている。

英会話部はキャバクラ実習室の一角を占めていた。峰明はその中心でソファに座り、握手を求める人々に応じていた。

「ミネ、お疲れ様」

「トミー!」

淳史が声をかけると、峰明はホッとしたような笑みで応じてくれた。知らない人だらけの英会話部に放り込まれた上に、英語の芝居をやらされたのだ。きっと緊張の連続だっただろう。

「ミネ、すごくいい演技だったよ。みんな感心してた」

「ありがとう。でも、あれはモノマネなんだ」

「モノマネ? 誰の?」

「マーロン・ブランドって人らしい。アメリカの名優だってさ」

「へえ」

「DVDで見た通りにやったんだ」

「それにしてもすごかったよ」

「トミーのおかげだよ。トミーに推薦してもらったからだ」

そこまで話したところで、また峰明を讃える人が現れ、淳史は遠慮してその場から離れた。

「いやあ、冨原君、トミー、助かったよ」

川戸部長が上機嫌で話しかけてきた。

「もうね、中村君は佐々木より良かった。ぶっちゃけ、そう。俺より目立ったのはシャクだけどさ。出来がいい、って先生やOBにも褒められたよ。ほんとトミーのおかげだ。トニー賞ならぬトミー賞だな」

松岡会長の前でビビッていたのが嘘のように饒舌《じょうぜつ》だ。

その後も、一年A組のクラスメイトや芸者幇間ゼミの連中が峰明のところに挨拶に来て盛り上がった。自身はどの演目にも関わらず、一観客に徹していた内山渡が、

「ミネ、今からでも遅くないから演劇部に入れば？　プロ目指せるよ」

などと真剣に言っている。

実は淳史も同じことを考えていた。マーロン・ブランドという俳優がどんな人か知らないが、その名優を完璧にコピーしたなら、峰明自身も「名優」ということになり

はしないだろうか。

しかし、当の峰明の方は照れ笑いを浮かべて首を横に振り、

「僕なんかダメだよ。それより芸者幇間ゼミの演目でかっぽれも頑張ったんだけど、誰もそっちは褒めてくれないんだ」

冗談とも本気ともつかない不満を口にするのだった。

水商祭が終わるとすぐに中間試験のテスト週間に入った。

これまで伊東先生にたびたび言われたことがある。

「水商祭が終わると一年生は本物の水商生になる」

というものだ。もう口癖かというほど何度も聞かされたが、本当だった。教室の雰囲気はぐっと落ち着いたものになってきた。ショーや模擬店に参加したクラスメイトが、それぞれに自信を持っているのがわかる。

入学当初は、学校を聞かれて、

「都立水商です」

と答えるのに気恥ずかしさもあったのが、今は胸を張って言える。そんな感じだ。

淳史自身、入学当初から居心地のいい学校とは思っていたものの、世間の見方はまた違うと感じていた。それが今は、峰明の愛校精神を当然のものとする気持ちが芽生

えている。

中間試験が終わって一週間後に体育祭が開催された。

水商祭ほど華やかなものではないが、これも当然生徒会主催であり、淳史はまた忙しい思いをした。西武新宿線を使って行く専用グラウンドでの開催だ。淳史はこの体育祭で初めて山本樹里の走りを見た。

驚いた。

聞いていただけでは、ここまで他を圧倒する速さをイメージできなかった。

「あれでもまだ手を抜いているな。いや、抜いてるのは足か？」

毎日樹里と一緒に練習している亮太は、自分の手柄のように誇らしげだ。ラグビー部としては来年には樹里以外に六人以上の女子部員を確保して、女子七人制ラグビーに活路を見出したいそうだ。

「樹里をウィングにすれば、まず全国大会出場は軽いな。いや、全国制覇も夢じゃない、と海老原主将が言ってたよ。海老原先輩は来年新宿二丁目に勤めてコーチとしてラグビーを続けたい、とも言ってたし」

流石、男を愛する男であり、ラグビーを愛する男、エビちゃんだ。

アメリカでメジャーリーグ中継の解説をしている吉野邦明から電話が入った。

『猛が引退です』

水商野球部栄光の歴史を担ったエース徳永猛が、プロ入り二十二シーズン目を終えマウンドに別れを告げる。伊東は衛星放送のメジャーリーグ中継で徳永の投球を目にしていた。今年になって登板機会が減っていたものの、卓越した投球術は健在だと感じていた。しかし、本人にしかわからない衰えが、彼に来季への挑戦を断念させたのだろう。

「仕方ないな」

『仕方ないです。よく頑張りましたよ。メジャーに二十二年ですよ。しかも投手で。本人が言うには、伊東先生には直接報告に行く、ということです』

「律儀だな。俺に気を使うことないのに」

『そういう奴です。先生も知ってるでしょう?』

「それはそうだけど」

『で、これから正式発表するんですけど、その前に俺の方から先生に伝えてくれと言われました』

鼻の奥がツンとした。自分より遥かに大きくなった教え子が、そこまで配慮してくれる。伊東は若き日の自分の決断が正しかったことを確信した。

大学卒業を控えた伊東の元には古豪の実業団チームからの誘いがあったし、何よりドラフトでも指名を受けて、野球を続けるにしても複数の選択肢があった。しかし、それをすべて断って教職の道を選んだ。

都立水商が甲子園初出場で初優勝を果たしたときにも、

(教師の道を選んでよかった)

と思ったが、今日のこの電話でさらにその思いが強くなる。

『それと猛が伊東先生にお願いしたいことがあるそうです』

「なんだ?」

『息子のことですよ』

徳永猛はメジャー入りして四年後に結婚した。お相手はWNBAでプレイしていた日本人バスケットボール選手具志堅里夢《ぐしけんりむ》だ。当時は一流アスリート同士の結婚ということで話題になった。

その二年後に長男英雄《ひでお》が生まれた。夫婦の尊敬する野茂《のも》英雄にあやかって名付けたと聞いている。

「英雄は大きくなったろうな?」

徳永は186センチで妻の里夢も182センチの長身だ。たまに会う英雄はアメリカの学校でも見劣りしないだろうと思われるサイズで育っていた。

『ええ、親父を超えたどころじゃありません。もうすぐ2メートルです』

「そんなに大きいのか⁉」

十五歳で190センチを超える子は流石にアメリカでも珍しいだろう。

『猛は一家で帰国するつもりです。そして英雄を水商に入れて、伊東先生の指導を受けさせたいそうです』

伊東の中で旋風が起こった。喜びと期待、そして少しの不安。

『……先生、聞こえてますか？』

「……ああ、聞いてる」

『あとは本人から詳しく聞いてください』

その後は吉野が次に解説するワールドシリーズの話になったが、

『先生、聞いてますか？』

と上の空なのを見透かされて笑われた。電話を切ってからも伊東の中の旋風は収まらなかった。

十一月

森田木の実が怪我をした。

下校途中に女子高校生のグループに襲われたという。

すぐに学校中にニュースが駆け巡った。夏休み以降生徒会の世話役として活躍していた木の実は、誰もが知っていて、その働きを高く評価していた。心配されたものの、ひどい打撲だが骨折はないということで、一日だけ休んで木の実は登校してきた。

放課後、彼女は生徒会室に顔を出した。

その顔が問題だった。本人は大丈夫と言うが、顔の腫れとあざが目立つ。腕の湿布も痛々しい。生徒会室にいたメンバーは一様にショックを受けて黙り込んでしまった。何を言えばいいか判断がつかず、自然と松岡会長に全員の視線が集中する。

「何があったの？」

松岡会長は労《いた》わりつつも、加害者への憤りを含んだ口調で尋ねた。

「殴られました」

「誰に？」

「同じ中学だった子たちなんですけど」

「知ってる子だったのね？　どうしてまた」

「仕方ないんです」

「何が仕方ないの？」

「わたしがあの子たちの彼氏たちと寝たから、怒ってるんです」

彼女が入ってきたときとは別の意味の沈黙が部屋を覆った。

淳史は自分の耳を疑っていた。「あの子たちの彼氏たち」？　たち、ってどういうことだ？

木の実は多くの水商生から信頼されている。中には、「小田真理先生以来のフーゾク科の星」などと呼ぶ声もある。その木の実に裏の顔があったということだろうか？

木の実が笑顔になった。本人は空気を和ませるつもりかもしれないが、それで目元の青あざが強調され痛々しさが増す。

「中学のときに、わたし誰とでも寝る子で有名だったんです。『サセ子』とか『ヤリマン』て呼ばれて。誘われたら誰とでもセックスしてました。それで女子には恨まれてたんですよ」

笑い話にするのは無理だ。沈黙は深まった。

野崎先輩がもどかしそうにして松岡会長を見た。きっと自分から直接木の実に問いかけるにも、言葉が見つからないのだろう。

「何があったの？」

松岡会長は冷静だった。

「いえ、だから新宿駅に向かっていて偶然出会って」

「そうじゃなくて。木の実ちゃん、誘われれば誰とでも寝てたのよね？　何があってそんな風になったの？」

「え？」

木の実にとっては意外な質問だったようだ。それまでの作り笑顔が消えた。四度目の沈黙が一番長かった。ただ、木の実が躊躇《ためら》いながらも何かを言おうと足掻いている様子なので、みんなは黙って待つことができた。

「……何があったかというと、まあ、レイプですね」

語る木の実に何も感情らしきものは見えなかった。淳史の視界の片隅で、野崎彩の美しい顔が歪《ゆが》んだ。

「中学二年のときです。それでわたし、妊娠しました」

誰かが荒く息を吐いた。

松岡会長は表情を変えずに頷いている。

「それからわたしは、何か大きな渦の中に放り込まれたみたいで、病院に行ったり、警察に行ったり。なぜだか、周りからわたしが悪いみたいに言われるし。油断してたかもしれないけど、相手の大学生をお兄さんみたいに思ってたから信用してたのに」

木の実は一点を見つめたまま早口に喋り始めた。

「それで、それから、周りの男の子の目が変わってきて。みんな優しかったんです。そう、レイプから比べればみんな優しい。続けて複数の人とセックスしました。カウンセラーに言われたのは、わたしは自分の悲惨な経験が大したことじゃない、と思い込もうとしてるって。苦しみから逃れようとして、それで沢山セックスしてるんだって。わたしのやってることは他人の手による自傷行為だとも。そうかもしれないし、わかりません。わたしにはわかりません。でも、もうふつうじゃないんだ、って思いました。わたしはふつうじゃない。ふつうに生きていけない。ふつうに結婚して子どもを産むのは無理。ふつうのお母さんになれるわけない。だから、だからわたしこの学校を選んだんです。それもフーゾク科を。……ごめんなさい」

頭を下げた木の実の手に涙の粒が落ちた。木の実は誰に何を謝っているのだろう？

「謝らなくていいのよ」

松岡会長は皆の気持ちを代弁してくれた。

木の実はそのまま声を出さずに泣き続けた。

「あっちゃん、小田先生を呼んできて」

松岡会長は初めて他の人にも聞こえる声で「あっちゃん」と呼んだ。誰もそれを奇妙に思わないようだった。

「はい」

淳史は小さな声で答えてそっと廊下に出た。二階まで階段を一気に駆け下りる。

小田先生は淳史の拙い説明でも、すべて悟った様子で職員室での仕事を中断してくれた。八階の生徒会室に向かうのに、小田先生はエレベーターを使わなかった。淳史は先生に従って階段を上ることになった。

松岡会長が木の実の語った内容を小田先生に伝えた。木の実は無言で泣き続けている。

淳史は自分がここにいていいものか迷った。悲しそうな目をした峰明もそれを考えている様子で、二人して山崎副会長を見た。その視線に気づいた山崎先輩は、黙って頷くと腰を上げようとした。その場にいた男子生徒は全員それに倣った。そのとき、小田先生が言った。

「あなたたちもここにいていいのよ。いなさい」

無言のまま男子生徒は指示に従った。

「森田さん、よく話せたわね。えらいわ。でももう頑張らなくていいのよ。この学校はあなたのような子のためにも存在するのだからね。実はこの学校が設立されたとき、今のフーゾク科、その頃のソープ科やヘルス科は世間の非難を浴びたの。だけど、どうしても必要だとこの学校の発案者は考えた。なぜかといえば、事情によってはこの科を志望してきた生徒に、別の道に進むようにアドバイスするためによ。仕事については否定する気はないわ。実際世の中に存在する職業だし、その道で生きていく意味を考えて志望する生徒もいる。私の同級生の中には、ソープランドで頑張って三十代でビルを持った人がいてね。彼女は立派だった。一人で生きていく選択をして、そのための手段を考えてこの学校を選んだ人だった。ちゃんとした人生設計があったわけ。でも、そうでない人もいる。すべてに自信をなくして、自分を否定的に見てしまっている子とかね。私の恩師の吉岡あかね先生はこんな言葉を教えてくれた。『売春とは、永遠の冬を生きるようなものだ』。誰か外国の、フランスだったかな、女流作家の言葉らしいんだけど、誰だか覚えてない私は不肖の教え子ね。でもいいの、私にとっては吉岡先生の言葉だからね。吉岡先生も大変なご苦労をされた方だった。だから生徒にテクニックを身につけさせて、マッサージと同じようにサービスさせたい。心に傷を負わせないために、と考えておられた。つまりこの学校は二つの方法での指導を考えている。一つは人生を生き抜く手段を教える。もう一つは別の生き方を考える時間を与える。そう、あなたには時間が必要だったのよ。考える時間はここで三年間ある。別の学校に入り直すことを選んでもいいのよ。ただ、この学校とクラスメイトが好きなら三年間ここで過ごして、卒業のときに道を選ぶこともOK。私はこの学校で救われた。今でもこの母校が大好き」

「わたしもです」

そう言って顔を上げた木の実はもう涙を流していなかった。

「わたしもこの学校が大好きです。先生、フーゾク科も好きです。みんないい子たちばかりです」

「そうね。わかるわ」

小田先生は自分の言葉が木の実に通じたことを喜んでいるようだった。

続いて意外な人物が口を開いた。峰明だ。

「あの、みんなも森田さんのことを好きだと思います。僕とトミーはゼミの女子たちから森田さんを推薦してもらったんです。みんな『森田さんのことを悪く言う人はいない』と言ってました。本当にそうです。誰も悪く言いません」

気持ちが先行するのか、ポツポツと途切れがちな言い方だった。しかし、これは事実だ。木の実を悪く言う人はいない。一瞬、木の実には人に見せていない裏の顔があるのでは、と疑った淳史だったが、事情を聞けば彼女に落ち度があったとは思えない。この学校で目にする木の実の姿こそ、本来の彼女の素顔だろう。それが一人の卑劣な男によって歪められたのだ。

だが、彼女のその後の選択にも疑問が残った。沢山の男と関係を持った挙句のフーゾク科では、

「やっぱり、元々そういう子だったのよ」

そんな風に嫌な世間がほくそ笑むような気がする。批判する口実を与えるだけだ。

淳史の思考はそこで停滞した。

（難しい）

十六歳の身には打開する手がかりは思い浮かばない。

あの日以降、峰明が木の実のボディガードを買って出た。毎日木の実に合わせて下校する。

「ダメだよ、ミネちゃんじゃ、弱っちいもの」

真太郎も柔道部の練習が終わると、サッと着替えてなるべく二人と一緒に帰るようにしてくれた。ちょっと意外だったのは、城之内さくらもそれにつき合ってくれたことだ。淳史の知らないうちに、真太郎とさくらの関係は少し変化したらしい。

事情を知った同級生は木の実を守ろうと努めた。守るというのは多くの意味でだ。単純に身を守るだけでなく、木の実には一度見失ったプライドや、将来の夢を取り戻す必要がある。それについては水商ならではの強みがあった。

淳史は先生方の口からたびたび聞かされた、

「わが校ならではの価値観がある」

という意味が、この機会によく理解できた。

木の実が暴行を受けたいきさつが知れると、それと同時に彼女の中学時代の行状が晒《さら》されることになる。世間では過激な不純異性交遊と呼ばれるはずだが、ここでは、

「それがどうした？」

という反応が大勢だ。特にフーゾク科の強面の先輩など、

「それはねえ、寝取られた女の逆恨みだよ。悔しかったらテクニック磨けっつうの。テクニックだよ、テクニック。ちょっと見が可愛いぐらいで手え抜いてると男だって飽きるだろうが。当たり前の話だろう？」

と断言して、木の実には「よくやった！」の空気で接してくれる。そうかと思うと、

「で、木の実さ、結局何人とヤッたんだよ、何人と？　中学時代にヤッた数じゃあ、あたしも負けないよ」

本気のトーンで張り合う恐い先輩もいた。そんな先輩にはじめは当惑した様子で接していた木の実だったが、

「あの先輩、本当に優しいんだよ。なんかぶっきら棒だけど、本当はすごく優しいの」

目に涙を浮かべて、淳史と峰明にそっと打ち明けてくれた。

校外店舗実習が始まった。この期間は登校が午後一時。お店の営業は夜だから当然だ。課外活動を先に済ませて、実習の準備にかかる。

実習中、一年生は一時間ずつ交代で店に出る。その間の動きは採点の対象になるの

で緊張の一時間となり、結構長く感じるし疲れる。

一年A組は五人ずつの八班に分かれている。オオバコと呼ばれるキャバクラなどの大型店舗では、一班が一時間ごとで交代しての実習を果たすわけだが、小さな店は一班のみでおもむき一人ずつの実習となる。

各店舗にはたいてい水商OBがいて、仕事を教えてくれると同時に不備な点を指摘もしてくるから気が抜けない。そんな厳しい先輩は同時に温かい目も向けてくれて、この実習を通じて卒業後の進路が決まることもある。複数の店の先輩が指名してくる生徒の場合は、ドラフト状態となり、学校の方で上手く調整してくれるそうだ。これが日本初の水商売専門高校である都立水商の強みだ。

淳史たち一年生は初めての校外店舗実習に最初は戸惑う場面もあったが、慣れてくると仕事の面白さもわかってきて生き生きとしてきた。

ソツなく仕事をこなしていた亮太が、客に対して素っ気ない態度をとり怒られたことがある。

「すみません。でもあの客、親父なんですよ」

亮太の言い訳を聞いてみれば、何のことはない、心配した父親が実習先に様子を見に来ていたのだ。

「なんだ、そういうことか」

これには講師の先生とお店の水商OBも苦笑し、亮太は頬を赤らめていた。

「わかった、今回の件は評価に影響なし。ただし、筒井、親といえどもお客様だ。言われただろう？　すべての人を見下さない。それは家族も含まれるんだぞ。仕事として接すればお父さんも筒井を見直して、これからは実習先に顔を見せることもなくなるだろう？」

過去にもこういう事例があったらしく、先生の説教も巧みだった。

実習の日程も半ばにさしかかったころだった。

「冨原、三年の松岡尚美がこの近くの店で実習中なんだが、お前に来てほしいそうだ。店のオーナーから連絡してきた。一年生に対する実習の指名というのは珍しいけれども、これまでもなかった話じゃない。それだけ冨原の力が認められているということだ。ありがたく受けたらどうだ？」

突然のことで今一つ事態が呑み込めないものの、他でもない松岡会長のご指名だ。

「わかりました。お店の場所を教えてください」

淳史は素直に渡辺先生の指示に従った。

今回淳史たちが実習しているのは、六本木のキャバクラだ。オオバコで、一年A組が丸ごとお世話になっている。松岡尚美が実習中の店「SM男爵」も六本木にあるSMバーということだ。

「お店の前まで僕も一緒に行くよ」

淳史と同じ班で実習を終えた峰明がついてきた。乃木坂にある峰明の家は、六本木からなら歩いて帰れる距離で、「SM男爵」は帰り道の途中に位置する。SMバーと聞いて興味を持ったのだろう。

今日も松岡先輩の勇姿が拝めるかもしれない。それにしても彼女が淳史を指名してきた意味は何だろう。

淳史は期待半分に疑問半分といった気持ちで夜の六本木を峰明と並んで歩いた。今日の二人のいでたちは第二制服と呼ばれる黒のスーツに蝶ネクタイで、首から、「都立水商実習生」

の札を吊るしている。これがあれば、夜の街を歩いていても補導されたり職質されたりはしない。それに、

「あら、あなたたち頑張るのよ」

と同伴出勤の先輩ホステスたちが声をかけてくれる。母校の後輩の初々しい姿を見ると、懐かしくて応援したくなるものらしい。

「ここだね」

六本木通りの一本裏の筋を行ったところのビルで、「SM男爵」の看板を見つけた。店はそのビルの五階だ。

「中を見ていっていいかな？」

峰明は少し遠慮がちに聞いてきた。

「大丈夫じゃないかな。とにかく一緒に入ってみよう」

水商生である以上、峰明が遊び半分でないことはわかってもらえるはずだ。

エレベーターで五階に上がる。扉が開くとそのまま店の中だった。白を基調にした明るい店だ。

「あら、来たわね。ミネ君も一緒？　ちょっといらっしゃい」

高級そうなスーツに身を包んだ松岡先輩が迎えてくれた。店の大部分を楕円形の大きなカウンターが占めている。カウンターの中には松岡先輩と同じくシックなスーツの美人が二人。男性バーテンダーが一人。

松岡先輩のあとに続き店の奥に進む。カウンターには一番端に一人の中年男性が座っているだけだ。松岡先輩がその男性に声をかけた。

「オーナー、こちらが先ほどお話しした冨原、それと中村です」

「お、二人来たんかい。そらええな」

オーナーと呼ばれた男性は淳史の父よりも年長と思われた。

「こちらがこの店のオーナーの佐渡田《さどた》さん」

「そや、名刺渡しとくわな。ほれ、よろしゅう」

受け取った名刺には「佐渡田魔造《まぞう》」とある。本名でないのは明らかだが、それにしてもベタなネーミングだ。

「このナオミ女王様がやな、優秀な後輩がいてる言うんで、来てもろうたわけや」

佐渡田オーナーは松岡先輩に大きな信頼を寄せている様子だ。

「わたしとしては君たちに実習を手伝ってもらいたいわけ。どう？」

いつものことながら、松岡先輩の態度は堂々としている。

「勉強ですから、こちらからもお願いします」

淳史は峰明と一緒に頭を下げた。

「それで、どういうことをすればいいんですか？」

「まずは他の店と同じようにウェイター的に動いて。それからわたしに指名があったときには、プレイ用の道具のセッティングなんかもお願いしたいの。これまではいくつかの道具をわたしが持ってプレイルームに入ってたんだけど、それだとなんか女王様らしくなくてね。鞭だけ持っている分にはいいけど、色々ゴチャゴチャ持ってると、所帯じみて見えるというか、カッコ悪いでしょう？　そう思わない？」

「そうですね。僕らを使っていただいた方がいいと思います」

「でしょう？　それも事務的に淡々とこなしてほしい。飲み物や食べ物をセットするのと同じ感覚でね」

「わかりました」

最後は峰明と二人で声を揃えた。

「でも、僕はトミーのおまけなんですけど、よかったですか？　トミーについてお店の様子を見学したかっただけなんです」

峰明が遠慮がちに尋ねる。

「いいのよ、アルバイトじゃなくて実習なんだからお店に金銭的な迷惑をかけないし、ミネ君ならこちらからお願いしたいぐらいよ。オーナー、この二人は本当に優秀ですから」

「他でもない、ナオミ女王様のご推薦や、そら間違いないやろ」

そう言い終えると佐渡田オーナーは店の奥のドアに消えた。

「SMクラブの発祥は関西だというのが確かめられたね」

峰明が小さな声で言った。授業では日本の最初のSMクラブは関西、それも神戸のものだと教わった。佐渡田オーナーの関西弁はその証に思えた。

「SM男爵」は会員制の高級店で、猥雑《わいざつ》な空気は一切ない。女性のコスチュームだけでなく、調度品などもすべてがスマートだ。

ただ、会員が姿を現すと少し様子が変わってきた。会員は皆中年以上の男性だ。実際の客単価は知らないが、若いサラリーマンには敷居の高いレベルなのだろう。店に入ってきた会員たちは、一様に上半身裸になる。これがこの店のルールだという。年齢からいって綺麗な裸なわけもなく、上品な店の造りからするとアンバランスな光景となった。客の脱いだジャケットやシャツを預かって、ハンガーに掛けるのも淳史たちの仕事だ。

営業内容からして、この店のプライムタイムは午後十時を回ってからだ。夜も更けてくると、徐々にカウンターの席が埋まってきた。けれどもすぐに奇抜なプレイが始まるわけではない。それにプレイルームとなるのは四階にある別室だ。ここでは上半身裸の紳士たちが静かに飲み物を頼み、カウンター内の女性との会話を楽しむ。

仕事しながら観察していると、松岡尚美が客にも他の従業員にも、一目置かれる存在なのがわかってきた。

「ナオミ女王様」

と呼ぶときには、どの人の表情にも彼女への好意と敬意の両方が浮かぶ。それが淳史には誇らしかった。それは峰明も同じらしく、他の従業員と松岡先輩の会話を聞いていたとき、目の合った彼は嬉しそうに微笑んだ。

その会話の内容で、松岡先輩が頼りにされている理由が知れた。水商出身ではなく、ちょっとした好奇心からこの世界に足を踏み入れた若いＳＭ嬢にすれば、松岡先輩の知識と技術は勉強になることばかりなのだ。何しろ水商ＳＭクラブ科では、ＳＭの歴

史や心理学的知識も学ぶと聞く。松岡先輩の話はときに学術的で、傍《そば》で聞いていたお客さんからも、

「ほう」

と感嘆の声が上がるほどだ。

淳史は水商が真のプロを養成する学校であることを再確認できた。

「二人でプレイルームの掃除をお願い」

松岡先輩の指示で峰明と一階下のプレイルームに向かう。ここの非常階段はビルの外になり吹き曝《さら》しだ。少しばかり寒い思いをして下りる。

ドアを開けると真っ黒な壁と赤い遊具が目に飛び込んできた。水商の実習室はここを模したに違いない。壁や天井の色使いから家具や遊具のレイアウトまでそっくりだ。ただ、革製の手錠や足枷《かせ》は独特の光沢を発している。実習室のものと違い、長い期間使い込まれている感じだ。

協力してソファなどをどけながら掃除機を使う。妙に二人とも無口になってしまった。本物の迫力に気圧されてしまうのだ。ＳＭクラブ科の精鋭たちは、ここでどんなプレイに挑むのだろう。学校の実習室で見たときには今一つ意味不明だった器具が急に生々しく目に入ってくる。ここは「教室」ではなく「現場」なのだ。

掃除を終えて五階に戻ると、

「ナオミ女王様、お願いします」

という声が聞こえて、すぐに松岡先輩の返事も聞こえた。

「あっちゃん、これ置いてきて」

松岡先輩にプレイで使う道具を渡された。再び四階のプレイルームに向かう。掃除したばかりの暗い部屋を見渡した途端、淳史の鼓動が高まった。

（何だ？）

指示通りの場所に道具を置いて、階段を駆け上がる。

店に戻ると、ボンデージファッションに着替えた松岡先輩がエレベーター前に立っていた。そのレザーのレオタードに包まれたお尻の辺りを目にした瞬間、

（わ!!　何だこれ！）

胸のドキドキがさらに高まった。

エレベーターのドアが開き、乗り込んで振り返った松岡先輩と目が合った。視線の合ったままドアが閉まる。

淳史は混乱していた。今気づいたのだ。自分は松岡先輩が好きだ。入学式の翌日、三年G組で彼女に手を引かれた瞬間から恋している。

（どうして今気づいたんだろう？）

わからない。ただ、毎日生徒会室で顔を合わせるだけで幸せだったことに思い当た

る。毎日彼女のために頑張った。彼女に褒めてもらいたかった。

「どうした？　トミー」

峰明が心配してくれた。淳史の動揺は顔色に出ているのだろう。

それからの一時間は地獄だった。

（プレイって、今何をしてるんだろう？）

それればかりが気になる。客の男性と個室に二人きりで、松岡尚美は何をしているのか、されているのか。

エレベーターのドアは淳史にとっての地獄の門だった。そこからプレイを終えた松岡先輩の姿が現れると、淳史は苦しみから少しだけ解放された。

更衣室でスーツに着替えてきた松岡先輩は、

「あっちゃん、これ綺麗にしておいて。今のお客さんの唾液がついてるから、次の奴隷が舐めさせられたら可哀そうでしょ」

そう言って、淳史に向かってブーツを突き出した。

「まあ、ナオミ女王様は優しいのね。わたしはそんなの気にしないわ」

カウンターの中から古株と思われる女性がからかうように声をかけ、松岡先輩が「少女の笑み」を浮かべた。それがまた淳史のハートを射抜く。

淳史は非常階段に出て、ブーツを磨いた。風が吹いてきて寒いはずなのに、そうは感じなかった。淳史の体の中では、もっと激しく熱風が吹いていた。こんな経験は初めてだ。気持ちの整理がつかない。自分がコントロールできそうになかった。

眼下に広がる六本木の街。車の行きかう音だけが耳を覆い、様々な色の光が目に飛び込んでくる。それが涙で滲みだす中、淳史は必死に松岡尚美のブーツを磨いた。

翌日、他の班の生徒が体調を崩してキャバクラでの実習を欠席した。そのため淳史は自分の班の実習が終わっても店に残らなければならず、「SM男爵」には峰明だけ先に行ってもらった。

委員長の責任として志願して残ったのだが、「SM男爵」の方が気になる。淳史が松岡尚美を慕う自分の気持ちに気づき、昨夜は眠れないまま悶々《もんもん》としてしまった。遅れる事情は峰明に伝えてもらうとしても、松岡先輩の顔を早く見たい。

松岡先輩は自分のことをどう思っているのだろう。可愛い後輩とは思ってもらえていそうだ。だが、先輩としてではなく、恋愛の対象として想いを寄せていることを知れば、彼女は逆に怒り出すのではないか。そんなことをずっと考えていたのだ。

峰明より一時間遅れてキャバクラを出た。「SM男爵」に急ぐ。六本木の人混みがもどかしい。

（なんでこんなに人がいるんだ）

ふだんは浮かばない理不尽な怒りが湧き上がる。「SM男爵」の入ったビルに近づくころには、ほとんど走りださんばかりの勢いになって息が荒くなっていた。

エレベーターのドアが開き店内に入る。まだ会員の姿はなかった。松岡先輩を探して視線を走らせる。

(?)

松岡先輩を含めた店のメンバーがカウンターの片隅に集まっているのが見えた。その中心には椅子に座っている峰明の姿がある。

「おはようございます。……ミネ?」

峰明の前にはケーキとコーヒーが置かれ、取り囲んだSM嬢の中にはミネの頭を撫《な》でている人もいる。ちょっと考えられない好待遇だ。甘い物に目のない峰明はフォークを口にして幸せそうな表情を浮かべている。

「誕生日でしたっけ?」

淳史はとりあえず考えられる理由を言葉にしてみた。

「違うのよ。ミネ君には特別な仕事をしてもらったの」

答える松岡先輩は上機嫌だ。

「特別な仕事……ですか?」

続けて問いかける淳史に、メンバー全員が頷いた。

「ほんとありがとうね、ミネ君」

そう言ってまたミネの頭を撫でたのは、入店してまだ日が浅いというジャスミンさんだ。

「今日はね、特別にナオミ女王様に鞭打ちを教わったの」

「はあ」

彼女はM嬢のはずだが、Sの方の学習をしたということらしい。

「それで？」

「ミネ君に練習台になってもらったわけ」

そう答えたジャスミンさんは夢中でケーキを食べている峰明に頬ずりした。

「わたしも」

他にも二人鞭打ちを習ったらしい。

「ナオミ女王様の教え方もよかったけど、ミネ君の打たれ方も最高だったのよ」

松岡先輩は「いえいえ、わたしなんか」と謙遜しながら峰明の肩に両手をかけた。

「ミネ君が盛り上げてくれたのよ」

その説明によると、峰明は鞭打たれるたびに、

「あ、お上手、お上手です！」

「わ、効いた、今のは効いた、これはたまりません！」

そう絶賛し続けたらしい。何しろ絶対怒らず、ヨイショを命とする教育を受けている。ここでも桜亭ぴん介先生の教えを胸に峰明は頑張ったのだ。

「おかげでわたしたちSの方でもいけそうなの。ね？」

ジャスミンさんの言葉に、他の二人の女性も大きく頷いたあと、峰明の頭を撫で、中の一人は「ありがと」と頬にキスした。

一歩離れたところから、

「中村君には他の実習店も回ってもらおうかしらね。お世話になっているお店に、こういう形で貢献するのはいいお返しだわ」

そう言ったのはSMクラブ科講師の鈴木麗華《すずきれいか》先生だ。宝塚《たからづか》の男役みたいにカッコいい先生で、声も低くて発言に重みを感じる。渡辺三千彦先生の話だと、この「SM男爵」での実習は成績には反映されないということだったが、峰明に関しては大幅に加点されるかもしれない。

淳史は一瞬羨ましく思ったものの、かつて目撃した岸本先輩の情けない姿を思い出し、（いやいや、あれは無理）と冷静になった。

峰明がご褒美のケーキを食べ終わり、タイミングを合わせたかのように続けてお客さんが入ってきた。

「今夜は金曜日だから忙しくなるわよ」

松岡先輩に気合を入れられる。

それから一時間ほど経ち、満席に近い盛況を迎えたとき、

（あ！）

エレベーターから出てきた客の顔を見て、淳史は激しく動揺した。

「松岡さん、すみません」

こんなときにも頼りになるのは先生より松岡先輩だ。

「どうしたの？」

「知っている人がいらしてます。どうしましょう？」

「あっちゃんの知り合いがいるわけね。向こうは気づいてる？」

「いえ、たぶん気づいてません」

「なら知らん顔してればいいのよ。万一気づかれたときにも知らないと言い張りなさい。どの人？」

「今、絵の前の席です」

カウンターの後ろの壁には、一つだけ大きな額で緊縛画が飾られている。

「右？　左？」

「左です」

「眼鏡の人ね？」

「はい」

「あの人はあっちゃんのお父さんの同僚？　それとも近所の人？」

「中学校のときの校長先生です」

「！」

間違いない。脱いだ上着とシャツを峰明に預け、上半身裸でカウンターについた男性は、桜新町中学校の香月校長だ。

「あっちゃんのカンニング事件の真相を聞かされても『もう遅い』ってそのままにした校長よね？」

松岡先輩は淳史の報告を細かいところまで覚えてくれている。淳史はそれだけで嬉しくなった。だが、香月校長に向けた松岡先輩の目が恐い。お仕置きのときの女王様の目だ。

松岡先輩はカウンターの中に入り、何やらバーテンの三村《みむら》さんに耳打ちしている。三村さんも水商ＯＢだ。淳史と峰明にもよくしてくれるが、松岡先輩のことは、

「開校以来三本の指に入る女王様だろうね」

と高く評価している。三村さんは松岡先輩の耳打ちに三度頷いていた。

それからどう話が進んだかはわからない。いつのまにか香月校長の横には松岡先輩が座っていた。十五分ほど話しただろうか、松岡先輩は立ち上がり、ロッカールーム

に向かう途中で、淳史を呼んだ。

「いつもの道具をプレイルームにセットして」

「はい」

「それから、あっちゃんはそのままプレイルームに残って、パンツ一枚で檻の中に入ってなさい」

「え？」

「いいから」

「でも」

淳史はあくまでマネージャー科の生徒だ。そこまで関わるいわれはない。峰明が鞭打ち練習台になった件も、本来ならルール違反を問われておかしくないのだ。

「いいから。カンニング事件の真相を有耶無耶《うやむや》にされたのよね？」

「はい」

「だったら、別の形で落とし前つけようじゃないの」

恐い。ナオミ女王様恐い。でも好き。

淳史は言われた通りに道具をセットし、服を脱いで、中で立っていられる大きさの鉄製の檻に収まった。

だが、すぐには誰もやってこない。手持ち無沙汰というか、何か間抜けな気がする。

暖房が効いているからパンツ一枚でも寒くはないものの、何とも頼りない。あらためて檻の中から部屋を見回す。

真っ黒な壁に掛けられたおどろおどろしい手錠や足枷。人を磔状態にして座らせる特殊な椅子や、三角木馬とこの檻は真っ赤だ。

（やっぱり変態の趣味だな）

佐渡田オーナーが言っていた。

「SMいうのはやな、早い話、変態や」

それで終わりですか？　と肩透かしを食わされたような説明だった。

（とりあえず、高校生のいる場所ではないな）

それはいつも思う。実習のキャバクラでも、目撃するのはおとなたちの情けなさというか、底の浅さや薄っぺらさだ。最近はそれにも少し慣れた。

だからというわけでもないが、香月校長に対して憤りはそんなにない。おとなといえども人間なんてそもそも薄っぺらで事なかれ主義、面倒臭い生徒の気持ちを慮《おもんぱか》れと言うのも酷かもしれないのだ。だから、別に松岡先輩に「落とし前」をつけてもらう必要も感じない。

エレベーターのドアが開いて、女王様コスチュームになった松岡先輩が姿を現した。右手に鞭、左手でリードを引いている。そのリードの先には犬の首輪をつけられた香月校長だ。淳史と同じくパンツ一丁で目隠しをされている。

生でナオミ女王様のプレイが見られる。ワクワクドキドキが高まった。

「お舐め」

女王様に命じられて奴隷の香月校長はブーツのつま先を舐めた。

（こんな風に舐めるのか）

淳史は自分の仕事の重要性を確認した。

プレイの進行を静かに見守っているうちにわかったのは、淳史が嫉妬するような場面はない、ということだ。奴隷は女王様に触れることは許されない。命じられて舐める行為も、好きなところを舐めていいわけではない。女王様が差し出す部分をありがたく舐めさせていただくのだ。

「何してるの！」

突然ナオミ女王様がキレた。何が起こったのか不明だ。とにかく逆鱗《げきりん》に触れたようで、松岡先輩は得意の鞭で床を打った。部屋中に響き渡るピシーッという音に奴隷は縮み上がっているが、淳史も檻の中で身をすくめた。

奴隷がいくら謝ってもナオミ女王様は許さない。

「何を怒っているのか、わかってるの？」

聞かれてもモゴモゴと言い淀《よど》む。それはそうだろう、そもそも言われるままに従っていただけだ。どこに落ち度があったやら、見ていた淳史にもわからない。

「お前のような奴は体で覚えさせないとダメだね」

ナオミ女王様は若いだけあって、動きがきびきびしている。アッという間に奴隷の足首を床の大きな輪っかに固定し、両手をチェーンの先の革手錠に通すとカラカラとチェーンを巻き始めた。かつて岸本先輩がされたように万歳のポーズで磔状態だ。

ナオミ女王様は香月校長の背後に仁王立ちになると、大きく鞭を振った。

「このブタが！」

ピシーッ！

「ギャア」

「お前のようなクズは仕置きしてもらえるだけありがたいと思いな」

ピシーッ！

「ギャ、あ、はいぃ」

「お前なんか生きている価値もない」

ピシーッ！

「ギャア、はい、生きている価値もありません」

「ほう、わかってるのかい？」

ピシーッ！

「ギャア」

「ウソだろう？　本当はわかっていないんだろう？」

ピシーッ！

「ギャア」

松岡先輩はカンニング事件で淳史にだけ罪を問うた件の落とし前と言ったが、落とし前になっていない。明らかに香月校長は喜んでいる。その体は歓喜の兆候を示していた。

「あんたはわたしのあっちゃんを傷つけた」

ピシーッ！

「ギャア」

え？　淳史は自分の耳を疑った。

「あっちゃんの気持ちを知りなさい！」

ピシーッ！

「ギャア」

淳史の目から感激の涙が溢れた。松岡先輩が「わたしのあっちゃん」と言った。淳史のために鞭打ってくれている。

おそらく香月校長は何のことやらわかっていないだろう。というか、何も耳に入っていない。女王様に責められて興奮の渦に巻き込まれているだけだ。

「あっちゃんに謝れ！」

ピシーッ！

「ギャア、ご、ごめんなさい、すみません」

ピシーッ！

「ごめんなさい、許してくださいぃぃ」

それから何度目かの鞭打ちで、香月校長は絶頂に達したらしくヒクヒクしだした。

気持ち悪い。が、見ていただけの淳史もクタクタになってしまった。

ナオミ女王様だけ意気軒昂《けんこう》だ。

「だらしないわね」

息も切らさずにそう言って、香月校長の拘束を解き、二人してエレベーターの中に消えた。

淳史は檻を出て服を着ると、プレイルームを片づけてから五階に戻った。

香月校長の姿はなかった。

「お疲れ様でした」

スーツに着替えた松岡先輩に声をかけた。無言で頷いたナオミ女王様は、何事もなかったかのように涼しげだ。

タイミングを見計らって話しかけてみた。

「あの、香月校長は喜んでましたよね？」

「そうよ、また指名するって言って帰ったわ」

「ということは仕返しとか、落とし前とかってわけでもなかったですね？」

「いいのよ。三方良しってことで」

「サンポウヨシ、ですか？」

「そう。嫌な奴でもお客さんだからね。喜ばせてあげて、また来たいって言うんだから、来てもらいましょう。またシバキ上げるけどね。わたしもあっちゃんもスカッとして、それで本人が喜んでるんだから、誰も損しないわ。それにあっちゃんだってもう仕返しする気ないでしょう？」

「はあ、実はそうです」

「それでいいの。あっちゃんは水商に入ってよかったと思ってる？」

「はい」

「なら、あいつもいいことをしたってことよ。あの香月校長がいたからこその水商進学なんだから。そうなんでしょう？」

確かにそうだ。本人が意図したわけではないが、結果として淳史を水商に送り込んだのはあの香月校長と言える。おかげで充実した高校生活を送っている。友人に恵まれ、勉強も生徒会活動もやりがいがある。

そして何より松岡先輩に出会えた。

校外店舗実習中は運動部の練習は午前中からになる。野球部もそうだ。練習後登校して夜の実習に備える。

そんなある日の練習中、部員全員が、

「おはようございます」

グラウンドに現れた誰かに挨拶する声がしたかと思うと、妙に動揺している空気を感じ、伊東は部員たちの視線の先に目を向けた。

「徳永！」

姿を現したのは、メジャーリーガー徳永猛だった。

「ご無沙汰してます」

元々大柄な男が、メジャー入りしてから年ごとに一回りずつ大きくなっていったような印象がある。

「久しぶりだな。いつまでこっちだ」

「明後日一度向こうに戻ります。今日は引退のご挨拶に伺いました」

「吉野から聞いたけど、電話でよかったのに」

「そうはいきません。先生にはこうして直接お会いしてご報告しないと」

この言葉だけで、伊東は涙ぐみそうになり、徳永から視線を逸《そ》らした。律儀な男なのだ。伊東は教え子の中で一番有名になったこの男を、誰よりも尊敬している。

「引退は残念だな」

「仕方がありません。潮時です。野球を好きなままで引退できるほど幸せなことはないと思っています」

メジャーで二十二年に亘って戦ってきた男だ。確かに野球人として思い残すことはないだろう。

「じゃあ、おめでとう、ってことだな」

「そうですね。ありがとうございます。すべて伊東先生のおかげです」

駄目だった。視線を逸らしているのも無駄だった。大粒の涙が溢れてしまう。

「よく頑張った。よく頑張ったな」

「それも伊東先生のおかげです。高校時代に頑張ることを教えていただきました」

「そうだな、俺も若かったし、できると思ったことはすべて要求した。他のみんなもよくついてきてくれたよ」

「そうですね。その点でもいいチームでした。全員が三年間ちゃんと頑張りましたから。お、見た顔がいますね」

徳永はグラウンドに目を向けて練習中の部員の顔を確認していた。

「そうだ、紹介しよう」

伊東は部員を集合させた。

「紹介する。うちのOBの徳永さんだ」

経歴はあらためて説明するまでもない。部員たちは緊張した面持ちではあっても、目は興奮でキラキラと輝いている。

内山渡や二組の吉野兄弟からすれば、物心ついたころから再々顔を見せる父親の友人「猛おじさん」だろうが、ここはけじめをつけて誰も馴《な》れ馴《な》れしい表情を見せない。これもそれぞれの父親から厳しく言い渡されているのだろう。

「水商で野球をやっている間はうちの子は伊東先生にお任せします。特別扱いは必要ありませんから」

そう言っている父親たちだ。高い目標を設定するためにもここで馴れ合うわけにはいかない。徳永もそれはわきまえている。しかし、彼はかつてのチームメイトの息子たちと距離を置くよりも、部員全員との距離を縮める方を選んだ。

「徳永です。長年アメリカで暮らしていましたが、今回帰国することを決めました。これからはみんなの試合を応援する機会が増えそうです。よろしく。試合でのいい結果を期待してますが、そのためにはこのグラウンドでの練習が大切です。頑張ってください」

「はい！」

ごくありふれた訓示でも説得力が違う。何しろ日本人で初めて、メジャーリーグでの二百勝を果たした大投手だ。生きている伝説である。

部員の表情を見ていると、この瞬間でチーム力がワンランクアップした気になる。

部員は練習に戻った。

「今日はもう一つ、先生にお願いがあってきました。吉野からお聞きになっていると思いますが」

「英雄君のことか？」

「はい。息子をお願いします。日本の高校野球を経験させてやりたいんです」

「それは意外だな」

徳永はアメリカに行ってから、日本の高校野球のあり方に疑問を覚えていたはずだ。何度もそういう類の話をした。炎天下での連日の試合に酷使される投手の肩、シーズン制もなく、年がら年中練習に明け暮れる姿勢などをだ。

「それがですね、このところ日本式高校野球で鍛えられる部分が貴重だという考えに変わりました。選手が小さくまとまったり、目の前の勝負にこだわって怪我に繋がったり、と短所ばかり目についていたんですが、ちゃんと大谷翔平《おおたにしょうへい》君のようなスケールの大きな選手も育っていますから。うちの英雄はまだ伸びしろがあると思ってます。親馬鹿を差し引いても、体はまだ大きくなりそうですし、アメリカで夏は野球、秋からはアメリカンフットボールとバスケットでもレギュラーでした」

「野球はずっとピッチャーだったのか？」

「はい。それも野球だけに集中していなかった分、これから覚えることは多いですし、球速もまだ伸びると思ってます」

「背が高いらしいな？」

「今201センチとか言ってましたね」

「十五歳でそのサイズはすごいな」

「ええ、母親も女性としてはかなり大柄な方ですから大きくなるとは予想していたんですが、ここまでになるとは思っていませんでした。母親の影響もあって、NBAを目指す気もあったようです。ただ、私の引退を聞いて野球への意欲が湧いてきた様子で。今は入試の準備をさせています。合格すれば来年春からお願いします」

「これは責任重大だな」

それはこの徳永猛と出会ったときにも感じたことだった。この滅多にない才能を潰すようなことがあれば、それは野球界全体の損失だ。勝手に自分で責任を背負い込んで緊張していたものだ。

この父親の場合と違い、息子の方は最初から世間の注目を浴びるだろう。一流アスリートのDNAを継ぐ者として期待は初めから大きい。

徳永猛、内山修、吉野兄弟から託された息子たちは、同時に日本の野球界から預かった宝物だ。この原石を立派に磨き上げなければ。それが自分の指導者としての最後の大仕事になる。

伊東は決意を新たにした。

十二月

師走に入り街全体が活気づいてきた。クリスマス商戦のデパートは艶《あで》やかに飾られ、水商売の世界でも忘年会から流れてくる客で多忙を極める。この時期には流石に営業の邪魔になるということで、水商の実習は控えられる。

しかしマネージャー科の優秀な生徒は、店の方からリクエストがかかる。ホステス科の優等生は店の売り上げが伸びない時期に必要とされ、マネージャー科の優等生は繁忙期に需要があるというのは、実にわかりやすい構図だ。

学校としては平等な教育が建て前であるから、この要望に応えるわけにはいかない。

しかし、声のかかった生徒の評価は自《おの》ずと上がることになる。

伊東が担任する一年A組では冨原淳史にそんな声がかかった。こうして一年生のうちから店側に認められる生徒は珍しい。

伊東には冨原が買われる事情は理解できた。本来頭がいい生徒だし、リーダーシップもある。その上に悪目立ちしない奥床しさを備えている。十代の男子にはなかなか求め難い性質だ。現場において出るところと控えるところ、その匙《さじ》加減を一年生で会得したのだから大したものだ。テレビ局の現場でADを務めさせてもすぐに重宝がられるだろう。

残念なのはここにきて、伊東のクラスから初めての退学者を出したことだ。

木島龍平だ。

退学する生徒には二つのタイプがある。この学校と合わなくて別の学校でやり直したい生徒と、どこに行っても成果を残せそうにない、そもそも高校進学すべきだったのか疑問符のつくタイプだ。

伊東の見立てでは、木島は後者だ。おとなしく目立たない生徒はいるが、木島の場合はやる気の無さで悪目立ちしていた。

夏休み前から欠席が目立ち、二学期は数日しか登校せず、そのまま退学を希望してきたから引き留めても無駄だろう。ただ、伊東が気になるのは、退学した後、木島が次に何かに打ち込む気配がないことだ。

何か自分向きの仕事を見つけることや、家庭を持って家族の幸せのために奮起する、というきっかけを摑《つか》むにも、それに必要な気力を木島からは感じられなかった。教師として味わう、この虚しさだけはベテランとなっても慣れることはない。

一年A組では期末試験を控えて少しばかり動揺が走った。

「ジマが退学するって」

やっぱり、という感じではあるが、どうしても重い空気になる。かなり以前から本人はやめたがっていた。みんなで引き留めようとしたことも無駄に終わったわけだ。

腹立たしかったのは、

「だって、ここにいたって字の読めない奴と一緒にされるんだぜ」

との暴言を木島が吐いたことだった。これには正義感の強い渡など殴りかからんばかりに腹を立てたが、

「ごめんね。でもジマ、やめるなんて言わないで一緒に頑張ろうよ」

当の峰明は木島に真剣に謝っていた。予想されたことではある。峰明は絶対に怒らない。

「ジマの野郎、こんないい奴を傷つけやがって」

他の生徒の気持ちはこの亮太の一言が代弁している。

淳史なりの反省はある。クラス委員長として早めに気づけることはなかったのか。木島は楓光学園とのスポーツ交流会もサボったし、他校交流も水商祭も経験していない。つまり水商生の醍醐味《だいごみ》を味わっていないのだ。

伊東先生には、

「ここは委員長の立場でも、やれることはない。木島のことは気にするな。あいつもここで退学してよかったかもしれんよ。冨原はこの学校が楽しく感じるかもしれないけど、そうでない生徒もいるわけだ。そういう生徒はこの先この学校のやり方についていくのは辛いかもしれない。人間は辛い場所にはいない方がいい場合もあるんだ。辛さから逃げてばかりではダメだけどな」

そんな風に言われた。

十二月十七日に生徒会長選挙が行われた。

新生徒会長はマネージャー科二年の水野博美《みずのひろみ》先輩だ。野崎彩先輩は立候補するかと思ったのに、水野先輩の応援に回り、副会長になった。

新生徒会長が決まった日は、下校の途中でよく行くハンバーガーショップに寄った。メンバーは木の実の護衛の峰明に真太郎、さくら、それに淳史を入れての五人だ。

このところ一緒に下校することが続いている。

「野崎先輩は立候補すれば当選確実だったのに、どうして立候補しなかったんだろう？」

峰明が不思議に思うのも無理はない。現在の二年生の中で野崎彩の存在感は突出している。何しろ二年続けて水商祭のスターだ。

「忙しいからじゃないかな？　だって水商祭の演目の稽古も大変だよ。それで副会長に回ったんだと思う」

木の実の分析には、みんな黙って頷いた。

「わたしはこれでよかったとも思ってる。だって、松岡先輩の存在が大きかったもの、ここで続けてSMクラブ科から会長出すより、マネージャー科の水野先輩に任せた方がいいと思った」

確かにそうだ。松岡会長の放つカリスマ性は強烈だ。同じSMクラブ科の野崎先輩では、比較されて気の毒な結果になる可能性もある。

「あの、トミーは知ってるのかな？　松岡先輩のこと」

ふだん口数の少ないさくらが発言したので、一瞬驚きの間ができた。

「え？　いや、何も聞いてないけど、何？」

淳史はドキリとしていた。さくらは無口だが、頭がいいのはわかっている。今も、松岡尚美への恋心を見透かされているように感じた。

「松岡先輩、卒業後はアメリカかもしれないって」

「えー!」

周りの客が振り返る大声を上げてしまった。

「いやいや、そんなの初耳だし」

「じゃあ、わたしたちSMクラブ科だけ聞いているのかな」

SMクラブ科は少数精鋭だ。実習先でさくらが耳にしたことで、他の科の生徒に知られていないこともあるだろう。

「どう聞いてるの?」

「わたしが聞いているのは……」

あまり聞く機会のないさくらの声は聞き取りやすかった。低くていい声だ。発音もはっきりしている。

「松岡先輩はこれまでの校外店舗実習でとても評価が高くて、先生の評価はもちろんだけど、お店の方からもすごい高評価で。それを聞いて実際に松岡先輩を見に来たアメリカのSMクラブから声がかかったんだって」

淳史は峰明と目を合わせた。「SM男爵」で目撃した光景を思えば頷ける話だ。

「そのクラブは全米の大きな都市に展開していて、ニューヨーク、マイアミ、ラスベガス、LAなんかで流行っているらしい。どれも『誰それの館』って女王様の名前がついているんだって。今度そのワシントンDCのクラブが『ナオミの館』になるって話。どこもライブのプレイと、チャットでの調教で営業して、すごい売り上げなんだって。松岡先輩も契約金百万ドルを提示されてるって聞いた」

「百万ドル？　一億円以上じゃん」

いつもは冷静な真太郎が、目を大きく見開いて言った。

「わたしが聞いたのはそれだけ」

賢いさくらは自分の憶測をまじえない。つまりこれ以上の情報はないのだ。

「行くのかな？　松岡先輩」

木の実が言い、

「行くでしょ、ふつう」

真太郎が答えた。

「わからないよ、本人に聞かないと」

さくらは冷静だ。

「でも一億円だよ。一億円。高校卒業と同時に一億円なんて、プロ野球選手以外に考えられる？」

いつになく真太郎の語り口が熱い。

「トミーが松岡先輩に聞いてみればいいんだよ。トミーになら本当のことを答えてくれるよ」

「そうかな？」

峰明が言うので、疑問で返した。

「トミーになら答えるよ」

「むしろトミーにしか聞けない」

真太郎と木の実に断言された。

周りからそんな風に思われているのは少し嬉しいものの、実際にどう問いかけていいものか判断がつきかねる。

「SMクラブ科の人が見ても松岡先輩はすごいの？」

木の実がさくらに尋ねた。

「すごいよ。群を抜いてる。技術とか知識とかもあるけど、わたしはあの人の雰囲気が真似できないと思う。どうしても芝居がかって見える女王様はいるんだよね。あの人は違う。言い方が難しいけど、『本物』って思わせてくれる感じかな」

「一億円の価値ある？」

今度は真太郎が尋ねた。目が真剣だ。

「それはわからないけど、あの人しかいない、と思えば出せる人は出すでしょう。アスリートと同じじゃないかな？」

淳史はプロスポーツマンの高額な報酬を思い起こした。あれは「代わりの人がいない」という存在感が、使いきれないほどの額まで高騰させるわけだ。松岡先輩もそんな存在感を有しているというのか。

話題は尽きないが店を出た。新宿駅まではみんな一緒だ。山手線に乗り、原宿で峰明が降りてから淳史は一人になった。渋谷で田園都市線に乗り換える。

「トミー」

田園都市線のホームで野崎先輩から声をかけられた。

「あれ、野崎さん、どうして？」

野崎先輩の家は田園調布のはずだ。路線が違う。

「これから母と二子玉《にこたま》で待ち合わせ。ほら、クリスマスも近いでしょう？　買い物につきあうの。わたしの服も買ってもらうつもりだけどね。トミーは桜新町だっけ？」

「そうです」

「じゃ、わたしも各駅で行こう」

二子玉川《ふたこたまがわ》駅なら急行に乗れば早いが、桜新町は急行の通過駅だ。野崎先輩は淳史につき合ってくれるらしい。

（しかし目立つなあ）

野崎彩の美少女ぶりは渋谷でもかなり目を惹《ひ》く。通り過ぎる男性は必ず振り返る。急行を一本見送り、次にやってきた「中央林間行き普通」に乗り込む。一人分の座席が空いていたので野崎先輩に座ってもらい、淳史はその前に立った。

「野崎さん、ちょっと聞いていいですか？」

「トミーの質問なら何でも答えるわよ」

松岡先輩の場合はちょっと緊張するが、野崎先輩は同じ姐御肌《あねごはだ》でもサバサバして話しやすい。

「あの、松岡先輩のこと知ってますよね？　アメリカ行きのこと」

城之内さくらが知っていたのだから、同じSMクラブ科の野崎先輩が知らないはずはない。

「ああ、聞いたわ。百万ドルね」

「やっぱり？　その額も確かなんですか？」

「お金の話？　確かみたいよ。ほら、アメリカンドリームっていうじゃない。何でも極端な国だから、大金持ちの変態が多いってことじゃないの？　貧乏な変態もチャットで調教したりされたりでさ。日本じゃ想像できない額のお金が動くのよ」

究極の美少女が放つ際どい話題に、周囲が聞き耳を立てているのがわかる。

「じゃあ、松岡先輩は卒業後アメリカですね？」

「どうだろう？　そうなのかなあ。前に聞いたときには大学進学って言ってたけどね。でも一億円だからねえ。大学は逃げないけど、百万ドルは次があるかはわからないし。わたしならアメリカだね」

「ですよね？」

「っていうかさ、トミーが直接聞いてみれば？　トミーになら本当のことを答えてくれるよ」

峰明と同じようなことを言われた。

「いや、むしろ野崎さんになら本当のことを答えてくれるんじゃないですか？」

「そうかもしれないけど、トミーの方が確実だって。松岡さんはトミーが可愛いんだから」

嬉しい。どうしたことか、みんな淳史を喜ばせるワードを口にしてくれる。

確かに香月校長を鞭打ったとき、

「わたしのあっちゃん」

と何度も言ってくれた松岡先輩だ。憎からず思ってくれていることはわかる。だが、先輩後輩の越えてはならない線をきっちり守っていてこその話ではないか。あまり馴れ馴れしい態度をとると嫌われるかもしれない。

この卒業後の進路の件も、松岡先輩の方から口にしてくれるのを待つべきではないか。

　あまり考え込んで黙っているのも変に思われる。淳史は話題を変えた。

「今日はみんなで野崎さんの噂をしました」

「何よ、いやだな、悪い噂？」

「そんなわけないですよ。どうして生徒会長に立候補しなかったのか、ってことです。一年生はみんな、野崎さんが立候補すれば当選確実だったと思ってます」

「そんなことないでしょ」

「そんなことありますって。どうして立候補しなかったんですか？」

「それはまあ、個人的理由」

「何ですか？」

「わたしは選挙ってものが好きじゃないんだ。子どものころから見てるから。うちの祖父《じい》ちゃんは衆議院議員でさ」

「……すごいすね」

「すごくないよ。お父さんは都議会議員」

「ほ……そんなお宅なんですか」

「そんな家よ。だから水商選んだんだけどね」

「それはまたどうして？」

「もう着くよ」

言われて気づいた。電車は桜新町駅のホームに滑り込むところだ。

「とにかく、松岡さんの件はトミーが聞いてよ。わたしも聞きたいことだし。二学期が終わるとあんまり会えないからね、松岡さん」

そうだ。年が明けて三学期になれば二年生の生徒会幹部が生徒会室を占める。松岡先輩は顔を出さないだろう。

ホームに降りた淳史は、動き出した電車を見送った。目の前を過ぎる電車の窓に手を振る野崎先輩が見えた。

野崎彩の自宅が田園調布にあると聞いて、「お嬢様なんですね」などと冗談を言ったこともあったが、どうやら正真正銘のご令嬢らしい。その本物のお嬢様がどうして水商を選んだのだろう。

その日の冨原家の夕飯は、珍しく家族全員が顔を揃えた。楓光学園とのスポーツ交流会ぐらいから、家族も淳史に変な気の使い方をしなくなった。都立水商に対する認識を改めてくれたのだ。淳史も学校のことをよく話す。それも「二割の側」にいるためには必要なことだと思う。家族に引け目を感じているようでは学友たちにいい影響を与えられないだろう。

鍋を囲んで息子たちの近況報告になった。兄の常生は冬休みに入ると山形の温泉旅館でアルバイトしながらスノーボードだという。

「昔はスキー場で指導員のアルバイトなんかがモテたもんだ。あれはどういうのかな、不細工な男でもモテたもんな」

父は自分の若いころの話をした。

「そういう目的じゃないから」

常生は冷ややかに答える。

「なんだつまらんなあ、彼女の一人でも連れて帰れよ」

「まあ、出会いがあればそういうこともあるかもしれん」

「あれだぞ、わが家では息子の彼女についてはハードル高いからな。まず真太郎君より可愛くないと話にならん。あいつは男だからな」

父はくだらない冗談が好きだ。

「真太郎君どうしてるの？」

母は真太郎のファンだ。たまに遊びに来るのを楽しみにしている。水商祭で真太郎が「ミス水商コンテスト男子の部」で優勝したときも派手に手を打って喜んだらしい。

「今日も帰り一緒だったよ」

「また連れておいで。あの子は可愛くていいわ」

「可愛い、たって男だぞ」

父が水を差す。

「男の子だっていいじゃない。あんな可愛い女の子は滅多にいないし、見てるだけでこちらが元気になるわ」

「水商ならいくらでも可愛い女子はいるだろう。あの子、ほれ何ていったかな生徒会長の」

「松岡尚美さんだよ」

淳史が答えると同時に、母が水商祭のプログラムを父に差し出した。表紙を開いたところに松岡会長の挨拶文と写真が載っている。

「そうそうこの子だ。あの最後の生徒会長挨拶のときも輝いてたぞ」

「ちょっと大人の雰囲気だったわね」

「確かにな」

両親ともに松岡先輩を高く評価している。冨原家はＤＮＡ的にあの手の女性に弱いのかもしれない。

「松岡先輩、卒業後はアメリカに行くかも」

「アメリカ？」

ここは兄が素早く反応した。

「何でアメリカ？」

「アメリカのクラブに誘われてるらしいよ。契約金百万ドルで」

「ほー」

家族三人の箸が同時に止まった。

「それはすごい。まあまあ、あれぐらい綺麗だとそういうこともあるのかな」

「綺麗なだけじゃないよ」

淳史はその先の説明を躊躇した。だが、両親も兄も箸を止めたまま次の言葉を待っている。

「ま、聞いた話だけどね。松岡先輩は優等生で、その、技術がすごいらしい」

「彼女は何科だ?」

「SMクラブ科」

シンと静まり返る間ができた。

「つまり技術というのは、SMのテクニックだな。……それで百万ドル、一億一千万円ぐらいか……真面目に働くのが嫌になるな」

この父の言葉は看過できない。

「松岡先輩は真面目だよ。SMの世界は奥が深い……らしいし」

「ま、ま、そう、そうだろうな」

父も自分の浅はかな発言を撤回した。

「あのさ、国会議員で野崎って人いる？」

「野崎？　ああ、いるなあ、野崎辰之助《たつのすけ》だ」

「その議員の息子は都議会議員？」

「そうだ。何だ？　淳史も政治に興味を持つようになったか？」

「いや、そういうわけじゃないけどさ。水商祭でSM風の新体操みたいなことをやった人いるでしょう？」

「え？　あ、あれか、あれはすごかったな。あの子も相当な美人だったぞ。あの子がどうした？」

「あの人がその議員の家の子らしい。野崎彩さんていうんだ」

「ふうん、すごい子がいるんだな。野崎辰之助といえば結構大物だ。内山修の息子が同じクラスだし、吉野兄弟の息子もいるし」

「この前野球部のグラウンドに徳永猛が来たらしいよ。伊東先生に引退の挨拶に来たんだってさ」

「……都立水商、すごいな」

「俺がすごいわけじゃないけどね。まあ、すごいと思うことはあるよ」

「お前は俺の子だしな。ふつうだ」

父の発言に母と兄も「ふつうね」「チョーふつう」と合いの手を打った。

「確かに」

淳史が答えて、再び家族全員の鍋をつつく手が忙しくなった。

冬休み前には生徒会主催行事が二つある。クラスマッチとクリスマスパーティだ。

特にクリスマスパーティは他校に見られない行事で、水商ならではの設備が生きる。キャバクラ実習室と大広間だ。

三年生の生徒会幹部にとっては最後の仕事になる。だから、クリスマスパーティと忘年会と生徒会の打ち上げを合わせたイベントとも言えた。

開催されるのは終業式の後。気分的には開放的になるものの、先生方も招待されているから、無礼講とはいいながらも最低限の礼節はわきまえられることになる。

ただ、ダンスでいえば高校生定番のフォークダンスはなく、ここではディスコやクラブの雰囲気だ。チークタイムもある。カラオケタイムとビンゴゲームもあり、このときとばかりに隠し芸に情熱を燃やす生徒もいる。

淳史の立場はパーティを楽しむよりも、主催者側で色々と気を回さねばならない。これでは校外店舗実習と変わらないな、と思いながら忙しく動いた。

お開き近くになりみんな疲れてきた。若いから際限なく騒ぐと思われるが逆だ。おとなと違ってアルコールが入らない分、テンションが上がるにも限界がある。

世間では誤解する向きもあるが、水商では法令は順守される。高校生の飲酒は絶対にダメだ。これで苦労するのがホステス科やホスト科よりもバーテン科で、自分の作ったカクテルの味見ができない。作り方を教わって、先生に味を見てもらう。それで熱心な生徒は自宅でこっそり味見をすることはある。それも黙認というより、自宅のことだからチェック不能というだけだ。

この日もそれは徹底されていて、生徒はソフトドリンクしか飲んでいない。むしろ生徒に飲まされて酔いの回った先生方の方がグッと回転数を上げている。

「ひゃあ、大野先生はターボついてるなあ」

マイクを握って放さない柔道部顧問は人気者だ。

「名残り惜しくはありますが、そろそろ中締めとさせていただきます」

司会を務める玉井徹先輩の声が響く。入学を祝う会と水商祭でも司会をしていた人で、プロのアナウンサー並みの滑舌だ。

新生徒会長に当選した水野先輩の三本締めでお開きとなった。

水商のいいところの一つで、こんなときにも全員でキビキビと動いて後始末が早い。片付けが終わって一息ついても、まだ誰も帰る気配はなかった。

時刻は午後四時。いつもならまだ部活の練習真っ盛りだ。キャバクラ実習室の一角に新旧生徒会幹部がなんとなく集まり、

「一年間お疲れ様でした」

松岡会長に労《ねぎら》いの声がかかる。

「素晴らしい生徒会長だったわね。水野君も負けられないわよ」

小田先生は、新会長に発破をかけることも忘れない。

松岡会長は肩の荷を下ろした風情で、ソファに身を沈めてまったりとしている。これまで見かけたことのないリラックスした表情だ。

そのとき野崎先輩が淳史にアイコンタクトしてきた。気づくと野崎先輩だけではなく、周囲の目が自分に注がれていることに気づき、淳史は動揺した。松岡会長を取り囲んでいるのは生徒会幹部だけではない。数にすれば数十名と目が合う。どの目も、

(聞きなさいよ)

(代表して聞いてくれよ)

と訴えてくる。みんな松岡先輩の去就に興味津々なのだ。

淳史は意を決した。

「あの、松岡さん」

周囲は声を発した淳史ではなく、松岡先輩の反応に注目している。

「なーに?」

「卒業後のことなんですけど、松岡さんはアメリカに行かれるというのは本当です

か?」

「行かないわよ」

無言のどよめきが実習室に満ちた。淳史が次に何を言おうか迷った隙に、

「どうしてですか? 百万ドルですよね?」

野崎先輩が二の矢を放ってくれた。

「彩ちゃんには言ってたでしょ? わたしは進学」

「聞いてましたけど、百万ドルは気が変わるのには十分な額ですよ」

「わたしにそんな価値ないし」

「ありますよ。先方がそう言ってるわけですから」

「ないわ。わたしはSの女王様になりたいわけじゃないし。この学校を選んだ動機も不純だし」

「不純? どんな動機なんですか?」

「わたしの場合は、そうね、森田木の実ちゃんと一緒ね」

その場にいた木の実がハッと顔を上げた。木の実の事情は学校中に知れ渡っている。

「木の実ちゃんと同じ経験したんだけど、正反対の選択をしたってこと」

その先は野崎先輩も黙ってしまった。木の実と同じ体験といえばレイプになってしまう。誰も何も聞けない。松岡先輩はソファにもたれていた姿勢から身を起こした。

「わたしは七歳のとき、一緒に暮らしてた母の男にいたずらされてたの。日常的にね。母が知ってたかどうかわからない。たぶん気づいていたはずよ。その男と母が児童虐待で逮捕されるまでそんな生活だった。父は母と離婚したあとに亡くなっていて、結局わたしは父方の祖父母に育てられたわけ。もっと聞きたい?」

松岡先輩が誰にともなく尋ねた。

「聞かせてください」

木の実が頼んだ。

「わたしと正反対の選択というのを知りたいです」

「そうね。わたしと木の実ちゃんが違うのは、わたしは絶対に男に体を触らせないと誓ったこと」

「確かにわたしと逆ですね」

木の実が一つ頷いて言った。その目が悲しい。

「でしょう? わたしは女の体をオモチャにする男は嫌いだし、男がいないと生きていけない母のような女になりたくない。男に支配される人生なんて真っ平よ。だから、この学校で男との関係を学んだ。女王様と奴隷という関係ね。それで男も満足するなら、わたしは安全だと思ったの。わたしの高校三年間はそれを学ぶためにあったと言って差し支えない。人類の半分は男だからね。この先人間の半分を憎んで生きていくわけにはいかないでしょう？　目的は達成したわ。今のわたしは男に触れさせずに関係を持てる。まあ、実際にはそんな関係も持つ気はないけど。わたしは大学で学んで栄養士の資格を取りたい。そして、できれば児童福祉施設のようなところで仕事したい。わたしも祖父母に引き取られる前には施設にいたから。不幸な子どもたちのために働きたいわ。アメリカの変態のためでなく、ね」

最後は冗談のつもりだったのか、松岡先輩は薄く笑った。聞いている者は誰も笑わなかった。

「わたしは一人で生きていく。結婚もしないし、ましてや子どもを産む気もない。虐待の連鎖ってあるらしいから、ここで断ち切るわ。わたしは母にはなっちゃいけないの。母性本能とか母性愛とか嘘だから。ダメな女が子どもを産むと子どもの方で迷惑する」

こんな話になるはずではなかった。淳史は責任を感じた。元々はみんなの素朴な疑問に答えてもらおうと思っただけだ。

「松岡さんはダメな女じゃありません。強い人です」

ようやくそれだけ言えた。その場の全員が頷いてくれたように感じた。

「君に何がわかってるの？」

冷たい反応だった。これまでの松岡先輩は、厳しいことを言うときにも、どこか温かさを感じさせてくれた。今は氷に触れたように心が冷える。

「わたしは強くなんかない。誰も救えない。弟がいたの。わたしは七歳、弟は五歳だった。わたしは性的虐待だったけど、弟は暴力とネグレクトで衰弱して死んだ。五歳だよ、五歳。『おねえちゃん、おねえちゃん』てあんなに慕ってくれてたのに、わたしはあの子を救えなかった」

松岡先輩の表情は歪んでいないのに、その大きな瞳から涙が一筋スーッと流れた。そのまま涙を拭おうともせずに彼女は淳史を真《ま》っ直《す》ぐ見た。周りに他の誰もいないかのように、真っ直ぐ見た。

「……弟、敦樹《あつき》っていうの」

あっちゃん、だ。

意外な謎が明かされた瞬間、淳史は自分が強風の吹く崖っぷちに立っているように感じた。

「みんな気が済んだ？　というわけだから、わたしはアメリカには行きません」

最後にそう言って松岡先輩は立ち上がり、一人実習室を出ていった。他の誰もその場を動けなかった。

「さあ、三学期にまた会いましょう」

後ろの方から小田先生が声をかけてくれて、ようやくみんながザワザワと動き始めた。

新年まで六日となった。冬休みに入ってからずっと淳史が部屋に籠っていることを心配して、五人の同級生がやってきた。真太郎とさくらと峰明と木の実、それに内山渡も一緒だ。

淳史は家の玄関で母と一緒にみんなを迎えた。

「あら、真太郎君、峰明君、元気だった？」

この二人は母も顔見知り、かつお気に入りだ。渡を紹介すると、

「お父さんによく似てらっしゃるのねえ」

有名人の息子の来訪を素直に喜んでくれた。さくらを紹介したときには、

「ようこそ。この家によそのお嬢さんが来てくださるのは初めてなの」

とはしゃいだ母も、木の実の番になると無言で手を握り涙ぐんでしまった。

（余計なこと教えちゃったかな）

かつて木の実の身に起こったことを話しておいたのはまずかったかもしれない。

「ごめんね」

二階の部屋にみんなを案内して、まず木の実に謝った。

「謝ることないよ。トミーのお母さん優しいね。わたし、嬉しかったよ」

木の実の表情が明るくて淳史は救われた。

高校生が六人入るには、淳史の部屋は狭い。真太郎とさくらと木の実はベッドの上、渡と峰明は床に座り、淳史は机の前の椅子に座った。

「冬休みになってずっと家を出てないみたいだけど、外が寒いからじゃないよね？」

峰明の言い方は冗談のように聞こえるが、本人はいたって真剣な表情だ。

「松岡先輩のことがショックだったの？」

木の実は容赦なくいきなり核心を突いてきた。ここにいる全員あの場の目撃者だから、いきさつを説明する必要はない。

「まあ、そういうことだけどさ……」

とてもこの先、松岡先輩に合わせる顔がない。みんなから背中を押されたような格好とはいえ、余計な質問をして、松岡先輩のトラウマを暴いてしまった。

「松岡さんはトミーのことを怒ってないと思うがなあ」

渡は淳史にではなく他のみんなに視線を巡らせながら言った。みんなも頷く。

「気にしないでさ、三学期に会ったらふつうに挨拶すればいいじゃん」

真太郎は軽く言うがそれは可能とは思えない。松岡先輩がどうこうではなく、淳史の方の事情がそうはさせない。「SM男爵」で自分の恋心に気づいて以来、松岡尚美の存在は淳史の心の中でどんどん大きくなった。いつも頭のどこかで彼女のことを考えている。毎日彼女の顔を見ていたのが、急に会えなくなった喪失感プラス、みんなの前であの質問を「やっちゃった」感で、このところ淳史の気持ちはズーンと落ち込んでいる。今日訪問してくれた同級生の顔を見て幾分蘇った気分ではあるが。

「松岡先輩は強いし頭のいい人だから、トミーの方で考えすぎるのはよくないよ」

さくらのアドバイスは的確に思えた。流石に賢い。

「トミーは松岡先輩に恋してるの？」

続けたさくらの言葉がグサリと刺さる。ここは賢さ過剰だ。きっちり見逃してくれない。

淳史が答えに窮しているのを見て、

「あ、そういうことか」

峰明と渡が驚いている。やっぱり、こいつらはさくらよりボーッと生きてるよな、淳史は悔し紛れにそう思った。

「男と女のことだからねえ」

真太郎がしみじみと言うのを、

「え？　わかるの？」

渡が鋭く指摘する。確かに淳史も真太郎にだけは言われたくない。

「真ちゃんは男に恋するの？」

峰明の素朴な質問だ。

「わたしホモじゃないし」

「じゃあ、女の子好き？」

「わたしレズじゃないし」

「何だよ、それ」

みんなと一緒に笑う。それが淳史には随分久しぶりのことのように思えた。

「なんかこうして並んでると『女』にグラデーションがかかってるな」

渡はベッドの上の三人を指差して面白いことを言った。淳史に近い方から真太郎、さくら、木の実の順だ。

「どういう意味？」

峰明が渡の脇を指先でつついて尋ねるのを、

「だからさ、女の子に見える男の真太郎だろ、次が男以上に強い女のさくら、それで最後が木の実じゃん」

淳史が代わりに答えた。

「徐々にふつうの女になってるってこと？　ほんとだね」

峰明が納得したところで、

「今、わたしたち失礼なこと言われたのかな？」

木の実がさくらと真太郎に問いかけてまた笑いが起こった。

「わたしはトミーが松岡先輩に恋するのは自然なことだと思う。あんな素敵な人とずっと身近に過ごしていたら好きになるよ」

さくらがとりなすように言ってくれた。淳史の気持ちを図星で言い当てたことを、申し訳なく思っているのかもしれない。

「松岡先輩可哀そうだよね。わたしと一緒って言ってたけど、七歳だよ、七歳。自分が何をされているのかもわかんなかったよ、きっと。わたしはまだ自分の責任の部分を言われても仕方ない年齢だったけど、松岡先輩には落ち度ないよ」

木の実の発言を全部肯定はできない。木の実の場合も本人に落ち度があったとは思えないからだ。

「わたしは松岡先輩の話を聞いて、自分がお母さんを知らないのは、実は幸せなのかもしれない、と思った」

真太郎がぽつりと言った。

「今まではお母さんのことが知りたくて、それにここの、トミーのお母さん見ても、いいなあ、って、わたしも自分のお母さんに会いたいなあって思ってたんだけど、知ったら不幸になることだって世の中にはあるよね？」

真太郎の言い方は誰かに答えを求めているものだった。

「それは誰にもわからないよ。今言えるのは、松岡さんが母親を憎んでいることと、それは当然だということだな。だけど、あの人はさくらの言うように強くて賢い人だから、一生一人で生きると決めるのは早まった考えに思えるよ」

渡がうまく答えてくれた。

「正月はどうするの？」

話題を切り替えるつもりで淳史は問いかけた。

「家にいると思うけど」

「俺も家だな」

「どこにもいかない」

どうやらみんな予定はないらしい。

「じゃあさ、初詣行こうか？」

家に引き籠っていた淳史からの提案に、みんな賛成してくれた。

「あと冬休み中に他の予定あるのは？」

そう問うと、真太郎がさくらと顔を見合わせた。

「わたしはさくらの家の道場の鏡開きに行く」

「鏡開き？」

「そう、さくらの家は古武術の宗家でさ」

「へえ」

さくらの家の事情を真太郎が説明し始めた。さくらは黙ったままだ。

それによると、さくらの家は戦国時代からの古武術、城之内合気柔術というものを伝承する家らしい。

「だから、わたしも来年から城之内合気柔術の修行をしようと思ってるんだ」

最初さくらに無関心だった真太郎も、柔道の稽古で互いの強さを認めて仲良くなり、そんな話になったようだ。

「でも、そのときは男の格好して行かないとダメなんだ。ね？」

真太郎が少し不満げな調子でさくらに言った。

「仕方ないの。そういう男尊女卑の家っていうか、跡を継ぐのは絶対男で、わたしがどんなに強くなっても認めてもらえない。だから、わたしの家に来るときだけは、真太郎は男になればいいと思うんだ」

さくらの言い方は不満げというより寂しげだった。あれだけの強さを誇りながら、女性ということだけで家族には認めてもらえないのだ。入学当初にあったさくらの人を遠ざけるような態度は、理不尽な葛藤を抱えてのことなのかもしれない。

誰にでも本音があることを淳史は学んだ。さくらの本音の一端が聞けたことが嬉しかった。

松岡先輩の本音も知った。野崎彩先輩の本音はまだ聞いてないが、何かありそうだ。みんなそれぞれに悩み、戦っている。

（ほんと、俺なんか何にもない。ふつうだな）

失恋で落ち込むことなど「ふつう」だ。レイプの被害者になったり、自分の親を知らないことでアイデンティティーに疑問を覚えたり、どんなに努力しても一番身近な家族に認めてもらえなかったり、とちょっと数えただけでもこんなに重大な悩みを抱えた仲間がいる。

中学までの自分の悩みなど、語るまでもないことだった。これから本物の悩みに立ち向かわねばならない。

「これからだもんな、俺たち」

淳史の胸の内を覗き見たかのような渡の言葉だ。

「だってあと二年あるんだぜ、水商での生活。まだ何も始まってないぐらいだよ。何もかも初めてで、お客さんみたいなものだったと思わないか？」

部活動、校外実習、スポーツ交流会、他校交流に水商祭、思えば中にいても先輩たちの指示に従うので精一杯だった。まさにお客さんだろう。あるいはお荷物か。

「そうだね、来年から頑張らないとね」

木の実が力強く賛同したとき、ノックの音がした。ドアが半分開いて母が顔を覗かせる。

「みんな下でケーキ食べない？　売れ残りのクリスマスケーキを買ってきたの」

「はい！」

一斉に答えてワイワイと階段を下りた。

一月

始業式の後、三年の岸本学と担任の江向が伊東の元に来た。相談室を使っての面談となる。保留になっていた進学の問題を早急に決めないといけない。何しろ受験するにしても時間がない。

「さてと、どうするか？」

まず伊東から問いかけた。漠然とした問いだ。そもそも岸本の頭の中は漠然としているから、これでいい。

「考えました」

岸本の答えに、伊東は、

「考えたか？」

と言い、江向は、

「やっと考えたか」

と言った。ひどい教師たちだと思われそうだが、岸本のこれまでの行状からすれば自業自得だろう。

「はい。俺は一年間予備校に通おうと思います」

「今年は受験しないということか？」

「はい」

なるほど考えたらしい。少し風向きが変わった思いで、教師二人で顔を見合わせた。

「家の人とも話したのか？」

「はい。親もそれでＯＫっす」

「つまり一年予備校に通っている間に志望を決めるということだな？」

「そうっす」

「それじゃあ、ここでの三年間は無駄ということになりはしないか？」

「そんなことないっす」

慌てたように岸本は顔の前で手を振った。

「よくわかったんです。松岡のこと、先生は深い事情って言ってたじゃないすか。あいう事情だったんすね」

「そうだ」

松岡尚美は入学以来ずっとSMクラブ科の優等生だ。将来その道での成功を望んでいるのかと思いきや、一年生のときから進学希望だと宣言していた。その事情を詳細に聞かされたとき、職員室は静まり返ったものだ。だがSMクラブ科の鈴木麗華講師が、

「あなたの実力を惜しむ気持ちもあるけど、その事情ならわたしは別の道に進むことを認めるわ」

そう助言したことで決着した。なんでも鈴木先生も似たような事情を持っているという話で、師弟はそのあと長い時間話し込んでいた。それ以来、教職員全員が特別な思いを持って松岡尚美を見守ってきた。

「松岡は考えた末にこの学校を選んで、自分の一番大きな問題に決着をつけて、それから次のステージに向かおうとしてるわけですよね？」

岸本の解釈は的を射ている。

「ああ、そうだな」

「それで、百万ドルの誘惑にも動じなかったわけですよね？」

「うん」

「あいつすごいですね」

「そうだな」

いつもなら茶化すところだが、今日の岸本はこれまでとは印象が違っている。

「それに比べて自分なんか全然考えてなかったです。先生の言う通りです。俺、なんで勉強できないんだろう、って考えてみたんです。先生、俺は頭悪いすけどね、本当はもう少しできるかもしれないんですよ」

「どうしてそう思う？」

「勉強できないことに対してカッコつけてたんです、ずっと。何もかも中途半端にカッコつけてたんすよ。勉強だって、本当はできるようになりたかったんす。褒めてもらいたかったんすよ。褒めてもらえないとわかったら、そこは背を向けてカッコつけてたんす。努力もしないで」

伊東はもう笑う気はなかった。岸本は見事に自己分析している。

「伊東先生には申し訳なかったすけど、野球でもそうっす。注目されないと踏ん張り切れないダメ人間でした」

「つまり、早めの見返りを必要としていたわけだな」

「まさにそうっす」

驚くほど正しい。しかし、この分析の内容は岸本に限ったことではない。それに一概に悪いこととも言えない。

スポーツにしろ音楽などの他の活動にしろ、男の子の最初のモチベーションは「女の子にモテたい」という部分が少なからずある。伊東は密《ひそ》かにこれを「モテベーション」と呼んで軽く馬鹿にしている。

その点は女子選手の方が競技に対して純粋だと思う。

しかし、

「女の子にモテたくてバンド始めました」

と言いつつ、立派な成果を挙げているミュージシャンも少なくない。だからきっかけはモテたい衝動であるにしろ、それで裾野が広がることはその競技にとってはマイナスではない。いずれ淘汰《とうた》されて実力者が残るのだ。

だから岸本の自己分析は正しい上にそれほど卑下することでもない、と伊東は思う。

「この学校でホスト業を学びましたけど、俺に限って言えば、それは引き算の選択だったように思います」

「つまりホストに『でも』なるか、ということか?」

「そうです。あるいはホストに『しか』なれない、ですね。松岡は違います。自分のやりたいことがちゃんとあって、それで大学進学なんです。俺同じ年なのに、そんなの何も考えてませんでした。だから、ここで先生方にお世話になって就職先を決めたり、これからすぐ志望校を決めて受験したりするのは違うと思うんです。それじゃあ俺自身の選択がどこにもない。何も自分で決めないままに進むわけにはいきません。ここはご迷惑かけずに卒業後は予備校に通って、受験勉強というものを始めます。それから何かを決めます」

「えらい‼」

と大声を上げたのは江向だった。立ち上がるなり、座っている岸本の背中をドーンと叩いた。

「プホッ」

そのあまりの勢いに岸本がむせる。

「よく考えたなあ岸本、元々中身の薄いその頭で」

続いて岸本の手を取り、大きく振りながら江向は泣き笑いの表情だ。

「先生、それ褒めてます？」

「褒めてる、褒めてる。いやあ、伊東先生、こいつも大した男になったと思いませんか？」

まだ若い江向は何事も直球だ。しかし、ここは同調すべきだろう。

「そうだなあ、確かにこの前の面談とは見違えた。自分の責任で将来を開く決意は貴重だよ。だがな、岸本、これでお前はスタートラインにつくことを決めただけに過ぎないんだぞ。大変なのはこれからだ」

「はい」

「予備校なら都内にいいところが沢山あると思うが、何か迷うことがあったらいつでも相談に乗る。卒業してからもだ。もう一年この学校の生徒のつもりでいつでも話しにこい」

「ありがとうございます」

三人で相談室を出ると、江向と岸本は肩を組んで去って行った。

松岡と岸本は、伊東の仕組んだ変な縁で繋がっていたが、結果松岡からいい影響を受けたのだ。

(あいつもこの学校に来た甲斐があったということだ)

一月第三週、二年生は修学旅行に出発し、校内は一年生と三年生だけになった。夏休みの他校交流の時期と似た状況だが、あのときよりずっと寂しい。

三学期になって、淳史は松岡先輩を見かけていない。目立つ人だから遠くからでも気づくはずだと思う。

(避けられてるのかな)などと一瞬ナーバスになった淳史も、そもそも向こうからすれば無視すればいいだけの一年坊だ、そこまで意識していないだろう、と思い直した。

体育館で行われる月曜日の全校朝礼では、一年A組は三年G組から一番離れた位置に並ぶ。中間の二年生がいない状態でも距離があって、探すことは諦めた。第一、自分が松岡先輩を探していると、誰かに見透かされるのは嫌だ。

放課後、峰明と一緒に大広間に行く。今日は芸者幇間ゼミのある日だ。着物に着替えてぴん介先生をはじめとする講師を待っているときに、突然山本樹里が話しかけてきた。

「トミー、松岡先輩だけどさ、三学期は登校してないみたいだよ」

「え？　どういうこと？」

「昨日ラグビー部の練習で海老原先輩に聞いたんだ。松岡先輩は受験に備えて今は学校に来てないんだって」

淳史は急に肩の荷を下ろしたように感じ、気分が晴れ晴れとしてきた。おかげでゼミの時間は憂いなくノビノビと楽しめた。ぴん介先生にも褒められたほどだ。このゼミでは盛んに、

「お冨さんはもっと馬鹿になんないと」

という注意を受けるのに、

「今日のお冨さんはいい感じざんすよ。そうそう、軽いのがいいやね。いつも眉間にしわ寄せて難しい顔してやってっけど、今日は陽気ですよ、ご陽気ご陽気」

そんな風に乗せられた。

ゼミの終わりでは、正座して講師の先生と向かい合い講評を受ける。ぴん介先生の口調は軽いままだ。

「今日の皆さんはようござんした。ま、幇間の芸なんてのは、そもそも真面目に勉強するもんじゃありやせんからね。肩の力抜いて楽しんでりゃいいんで。それでオアシをいただけるなんてねえ、こりゃあ美味《おい》しい商売だ。で、このゼミもあと五回でしたっけ？　六回？　ま、いいや、そんなもんだ。けど、このゼミだけは校外実習ってのがないのが残念だねえ。何かそういう機会がありゃあ面白いと思うんすがねえ。そうだ、皆さん方のおとっつあんか誰か、お座敷で遊びたいてえ人がいたら教えておくんなさい。ちょいとお安く遊べやすよ、ってね」

他の女性講師もしきりに頷いているから、先生方もゼミ生の実力を本番のお座敷で確かめてみたいのだろう。

淳史は父を思い浮かべた。

（まあ、無理だな）

とても粋な遊びができそうな父ではない。芸者衆にお酌されただけでしゃちほこ張ってしまいそうだ。

ゼミ終了後、これからラグビー部の練習だという樹里に松岡尚美情報の続きを聞いた。それによると松岡先輩はセンター試験を受けるらしい。

「じゃあ、国公立を目指してるのかな？」

「そうらしいよ。海老原先輩が言ってたけど、松岡先輩は一般科目の試験ではほぼ満点を取る人なんだって。一年生のときからそうだったらしいよ」

「へえ」

「特に数学なんて間違えたところ見たことないって言ってた。普通高校に行ってたら東大狙ってもおかしくない頭なんだって」

外見からして聡明な印象を与える人ではある。そのまま中身もチョー優秀な生徒ということだ。中学時代は劣等生だった、みたいなことを言っていたが、あれは淳史たち一年生を励ますための嘘だったのだ。

やっぱり優しい人なんだ、そう思って惚れ直してしまう。


二年生が修学旅行から帰ってきて、校内に活気が戻った。考えてみると水商の二年生は忙しい。一年間に長い旅行が最低二回はある。淳史たちにとってはその二年生の生活が目前に迫っている。ここは何かと現二年生に話を聞いて、心の準備をする必要がある。

「修学旅行はどうでした？」

生徒会室で野崎先輩に尋ねると、黙ってＶサインだ。満足したらしい。

「どんなコースでしたっけ？」

修学旅行先に海外を選ぶ高校もあるが、水商ではこのところ国内旅行が続いていて、今年は「西日本盛り場巡り」だったそうだ。

（真面目だなあ）

修学旅行でも勉強を忘れない水商生はすごい。

新幹線を利用して、初日は名古屋、翌日の昼は京都観光、夜は大阪キタ、ミナミ。続いて広島。ここでは昼間は宮島と平和公園で、夜は流川《ながれかわ》に薬研堀《やげんぼり》。そこから九州に入り、博多《はかた》、熊本、鹿児島を巡り、鹿児島から飛行機で帰京。

「強行軍でしたね？」

「全然平気だったよ。大阪は府立水商、博多で中洲水商の校外実習も見られたし、充実してた」

「よその実習はどんなでした？」

ここは野崎先輩より、同じマネージャー科の水野会長に答えてもらう。

「いやいや、侮れんぞ。大阪の連中は子どものころから商売人というものを見てきている印象があった。俺たちが入学してから学ぶことを子どものうちに身につけてる感じだよ。それに大阪以外でも、どこも地方としての強みがあってな。それは何だと思う？」

「いや、ちょっと今浮かびません。何ですか？」

「方言だ」

「方言？」

「そう、ホステス科やホスト科はもちろんだが、マネージャー科の立場から見ても、方言の威力はすごい。一発で相手の懐に飛び込む感じだ。優秀な生徒ほどその使い分けが見事だったな」

なるほど。すると都立水商はそこのところでハンデを背負うことになる。

「SMクラブ科はわたしらの圧勝だと思うわ」

野崎先輩が誇らしげに軽くアゴを上げて言った。

「SMクラブ発祥の地が関西とか言ってるけど、もはやテクニックはこっちが上よ。まあ、わたしたちの場合は松岡先輩の存在が大きいんだけどね」

突然忘れようとしていた名前が出てきてドキリとする。

「あら？」

顔色に出たらしい。野崎先輩は淳史の変化を見逃さなかった。

「何？　トミー」

「何でもないですけど」

「トミー、もしかしてクリスマスパーティでのこと気にしてるの？」

「いや、まあ」

「気にしなくていいのよ」

そりゃあんたはいいわな、と淳史は思った。そもそもあのときはこの野崎先輩のアイコンタクトから始まったのだ。

「松岡先輩は気にしてないわよ」

「どうしてわかるんですか？」

「だって、わたしはあれから話したもの」

「松岡先輩と？」

「そう。お宅まで会いに行ったの」

「松岡先輩のお宅ってどこなんですか？」

「西荻窪《にしおぎくぼ》」

地名を聞いただけで、淳史の胸は高鳴った。そこに行けば松岡先輩がいる。松岡尚美が育った街。そこに行ってみたい。

「何か会う用事があったんですか？」

「謝りにいったの」

なんだ、先輩だって気にしてたんじゃないですか、淳史は目でそう伝えた。

「わたしだって責任感じたわよ。でもね、松岡先輩が言うには、いずれ話すつもりだったって。あの話は松岡先輩が一年生のときから先生方は知ってたらしいのよ」

水商恐るべし。道理であのとき先生たちに動揺は見られなかった。

「それで松岡先輩は怒ってないと言ったんですか？」

「そう。気にしないでいいってさ。ああ、ちゃんと伝えたからね。あのときはわたしがトミーに言わせたんですって」

「松岡先輩は何と？」

「黙ってたけど」

「それダメだあ」

「何でよ？」

やっぱり怒ってるんだ、と淳史は直感した。そのときの黙っている松岡先輩の表情が見えるようだ。もう泣きたくなる。実際視界が涙でぼやけてきた。

「どうした？　トミー」

顔を逸らしたが遅かった。

「……あ、トミー、泣いてる？　もしかして、あなた松岡先輩に恋してるの？　そうだな、こいつ」

「な、何言ってるんですか」

淳史はその場を離れようとしたが、野崎先輩はついてくる。生徒会室を二人でウロウロしてしまった。

「正直に言いな！　好きなんでしょう？　恋してるんでしょう？」

「違いますよ」

「またまたあ、惚れてんでしょ？」

「違いますって」

そう言って逃げる淳史を追うのを一瞬止めて、野崎先輩はその場にいる一年生たちに目を向けた。

「どう？」

「やっぱり!?」

淳史の気持ちを知っている峰明と木の実は、嘘もつけずに愛想笑いを返す。

再び淳史を追いかけて、

「やっぱり恋してるんじゃないの。何？　やりたいの？　松岡先輩とやりたいの？」

野崎先輩はとんでもないことを言い出した。

「やめてください。野崎先輩、お嬢様じゃなかったんですか？」

「そうだよ、わたしはお嬢様ですぅ。でも今は立派な水商生。あのさ、松岡先輩は男に体を触らせないんだよ。いくら好きになってもやらせてもらえないよ。どうすんの？　ね、トミー、どうすんのさ」

迫ってくる野崎先輩はやっぱり美人だ。美人だけど今は目が恐い。

「何言ってるんですか。そんなこと思ってませんよ」

「ウソつくんじゃないの。やりたいくせに。正直に言いなよ」

「Sだ、あんたSだ」

「何を今さら」

「水野先輩、黙ってないで助けてくださいよー」

淳史は水野会長の座っている机まで逃げた。

「やめさせてください！」

「でもな、野崎はSMクラブ科の優等生だから、こういうのは仕方ないなあ」

水野会長は冷淡だ。

「でもひどくないですか？」

「いやあ、そういう学校だからなあ」

どういう学校？

もう誰も助けてくれる気配はない。淳史は生徒会室を飛び出した。

「ハアハア」

廊下の端まで来て振り返る。誰も追って来ない。ヘナヘナとその場に座り込んでしまった。他の部室に向かう女生徒が不審げに横目で見て通り過ぎていく。

ひどい目にあった。この学校では恋をするのも命懸けだ。

ドアの開く気配がしたので目を向けると、

「戻っておいでよ。さっきの冗談だからさ」

野崎先輩が手を上げて言った。

言われるままに生徒会室に戻る。野崎先輩はニコニコと話しかけてきた。どうやら、淳史がいない間に「あまりいじめるな」と忠告されたようだ。

「あのさ、何も悪いことしてるわけじゃないんだからね」

「誰がですか？」

「トミーがよ。恋するのは悪いことじゃない」

「まだその話ですか」

「一番よくないのは、松岡先輩が怒ってるとか、そんなこと気にしてさ、せっかく可愛がってもらってたのに遠ざかるってことが、わたしには悲しいわけ」

「全然悲しそうじゃないですけど」

「悲しいのよ、悲しいけど、ま、自分のことじゃないからね。泣きはしない」

「そりゃそうですね」

「これはさあ、一度わたしと一緒に松岡先輩に会いに行くのはどう？」

「え？」

「だからね、受験のケリがついたころというかひと段落ついた時点で、ちょっと陣中見舞い的に顔を出す、と。それでトミーも松岡先輩が怒ってないって納得いくんじゃないの？」

何かありがたいようなありがたくないような。なんでここまで出しゃばるかな、とも思うし、そうしてもらえれば嬉しい気もするし。

「よし、決まった。行こう。タイミングはわたしに任せて」

野崎先輩は自分の胸に手を置いて話を締めた。やっぱり美人だ。

二月

中村真《まこと》は悩んでいた。あと一つピースがはまれば仕事は完成だ。そのピースというのが目に見えず数値化できないものだから非常に難しい。

七光《しちこう》物産ではアメリカ合衆国のタワーITと、中華人民共和国の袁海《えんかい》電子との仲を取り持つプロジェクトを進めてきた。中村はその責任者だ。

タワーITが企画した製品を袁海電子が日本国内で生産する。つまり「メイドインジャパン」だ。それを主にアメリカ、中国、日本で販売する。販売に関しては七光物産が一手に仕切る。おそらく最終的には全世界が市場になる。まさに社運を賭けた事業であり、ここ数年、中村はこれだけに没頭してきた。順調にいけば年内に生産開始、来年半ばには販売開始だ。

ただここにきて不安材料が一つ浮上してきた。

タワーITのCEOミッキー・ドランボ、袁海電子社長シュウ・カンペイ。ともにやり手だ。やり手だけに扱いが難しい。

中村自身はそれぞれとうまくやっているつもりだ。ドランボとはゴルフ、シュウとは麻雀《マージャン》で何度も接待した。

ドランボは独特のヘアスタイルの金髪の大男だ。いつも真面目そうな日本人女性通訳を連れてくる。この通訳が融通の利かない女で、ドランボの発言を一々直訳してくる。その内容は品がなくて辟易《へきえき》するのだが、言いたい放題で裏はない。裏はない男だが気まぐれだ。始末に負えない面がある。

それに対してシュウはブラフが多い。自分をでかく見せるつもりかどうか、たまにへそを曲げてみせたり、しようもないことに激怒してみせたりする。

「ああ、ああ、そうですか」

とたまにこちらがキレたくなるが、それも可愛いところだと思って我慢している。問題はこの二人の仲だ。

目に見えず数値化できないピースとはこのことだ。

来週二人が来日する。七光物産ではゴルフ班と麻雀班が待機している。ところがドランボは、

「何だ、あのガチャガチャうるさい奴。そうそう、ファッキンマージャンだ。あんなもの子どもの遊びだ。やる奴の頭の中がシットだぜ」

と汚いワードで罵倒する。それをまた通訳が直訳するからこちらは苦笑するしかないのだが、

(子どもはあんただろう?)

と言いたくても言い返せない。

対してシュウは、

「ゴルフ? あれはいかん。あれはブルジョワの遊びだ」

そう言って、難しい顔を作って首を振る。

(そう言うあんたが桁違いの金持ちだろう? 一般的中国人の何万人分の年収だ? いや何千万人分か?)

そう突っ込みたくなるのを、一緒になって難しい顔でやり過ごすしかない。

つまり二人を取り持つ接点がないのだ。白けた公式セレモニーだけでは二人の強固な繋がりを期待できない。個人的な話のようで、会社同士の取引に直結する課題なの

だった。

そんな悩みを抱えたまま中村は久しぶりに早い時刻に帰宅した。珍しく家族で食卓を囲むのは、娘の真紀の誕生日ということで妻が強く希望したからだ。

中村にしても真紀は可愛い。勉強もできるし性格もいいと思う。妻の紀子《のりこ》が自慢するのはわかる。しかし、それに対して息子の峰明の扱いはどうかと思う。峰明の誕生日には父親に早く帰れという要請はなかった。

食卓でハイテンションになって学校や習い事の話をする真紀には、機嫌よく笑顔で口を添える紀子だが、中村が峰明に話しかけると途端に口を閉ざす。

峰明が難読症ということで一時期彼女が悩んだことは知っている。それがある時点で諦めたというか、彼女はこの長男に見切りをつけた。息子を見放した感じで、それも露骨過ぎるのが気になる。

真紀が兄のことを話し始めた。これに対する妻の態度は微妙だ。話題を変えさせようにも、ここで娘の気分を壊したくないとも考えるのか、笑顔で無言を通している。

「お兄ちゃんはかっぽれが上手なんだよ。かっぽれ、かっぱれじゃないよ。先生は桜亭ぴん介。ぴん介だよ、ぴん介、面白いでしょう、パパ。先生の名前だよ」

流石にこれは気になった。

「本当にそんな名前なのかい？」

峰明に尋ねる。息子は母親を少し気にしながら答えた。

「そう。僕は芸者幇間ゼミというのを学校で取ってるんだ。ぴん介先生は本物の幇間だよ」

「へえ、面白そうだな」

「面白いよ。そうだ、会社の人がお座敷遊びしたいときには言ってよ。ぴん介先生が僕らに実習させたがってるんだ」

そう目を輝かせた峰明は、

「よしなさい。そんな話」

母親の冷たく言い放った言葉の前に黙ってしまった。

気まずい思いをさせたのが申し訳なくて、何かを言いたかった中村だが、子どもたちの顔を交互に見ることしかできなかった。

ドランボとシュウが来日して、二日目に若い部下が目を回した。わがままに振り回されたのだ。特にドランボ。ダッサン自動車のマルコス・ドーンといい、欧米の経営者は階級社会の感覚が抜けないのか大幅に搾取しても平気だし、わがままぶりに際限がない。シュウの方がまだ大人ぶってカッコつけるから扱いやすい。

夕食に中華料理の高級店に連れて行こうとすれば、

「何だあの、グチャグチャして辛い奴。そう、ファッキンマーボードーフ。前に食べたけど、翌朝トイレでケツから火が出たぜ。やめだやめだ。どっかで美味《うま》いハンバーガー食おう」

それでは仕事の話が、と言っている間にドランボはどこかに消え、シュウは高級中華料理に、

「何か日本風だな」

とわからない感想を残してホテルに帰った。

「明日どうしましょう？　夕食はフレンチのつもりでいたんですけど」

これは頭が痛い。他の部下も会議室に集めて、対応策を協議する。

「フレンチもドランボの口に合うとは思えません。このまま毎晩ハンバーガーとか言い出しそうですよ、あの人」

「そしたら、またシュウさんだけフレンチ食べてそのままホテルで麻雀です」

これでは二人一度に来日してもらった意味がなくなる。そのとき中村の中で一つのアイデアが浮かんだ。

「もういい、ドランボにはハンバーガー食わせとけ」

「中村さん、キレないでください」

「キレてない！　せっかく日本に呼んだんだから和風だ。和風に接待しよう」

「あ。鮨《すし》はダメです。ドランボは生の魚食わすな、って言いました。一度鮨屋に連れて行って、ファッキンスシって言い出したんで、新しい回転ずしの店名かと思ったら、続けてファッキンジャップと激怒されました」

ドランボに振り回されてノイローゼ気味の部下が涙目で言えば、

「シュウさんも同じです。冷めたご飯に生魚載せた、こんなもののどこが料理か、と」

中国語の堪能な部下が報告する。

「だから食い物は好きなものでいいんだ。そのあとだ」

「そのあと?」

授業中とはわかっていたが、中村は息子に電話した。峰明は数分で折り返してきた。

『お父さん、どうかした?』

「いや、すまなかったな。今は平気なのか?」

『うん、今昼休み。これから食堂。お父さん、ジャイアンツにいた内山修選手知ってるでしょう?　その息子の渡君と一緒に昼ごはんなんだ』

「すごいな」

『すごいでしょう?』

「うん。それでこないだの話、お座敷遊びの話なんだけど」

『あ、遊びたい人いるの？』

「ああ、そうなんだ。ただ急な話でな」

それからはトントン拍子に話は進んだ。驚いたことに峰明は電話だけですべてを理解し、瞬く間に段取りをつけてくれた。

「よし、明日の夜だ。決戦のときだぞ」

中村は部下たちに告げた。

流石に都立水商だ。急な話だったのにもかかわらず、赤坂の料亭を手配してもらえた。

お座敷遊びなど中村自身があまり経験していない。若いころに先輩から、

「芸者遊びなんてものは、こちらも勉強しないと無理だぞ。中村も粋な遊びを覚えないとな」

とアドバイスされたことがある。現実には海外での仕事中心で学ぶ機会はほとんどなかった。だから中村自身が緊張している。

中村はまず息子の師匠である桜亭ぴん介に挨拶した。息子が世話になっていることを感謝し、正直に自分が不勉強であることも伝えた。それに対してぴん介師匠は、

「なーに、大丈夫でござんすよ。ミネさんは優秀ざんすから。『あんたの息子を信じ

なさい、ホレ信じなさい、ホレ信じなさい』」

最後は中村の知らない歌を歌って請け合ってくれた。

座敷を盛り上げてくれるのは本物の芸者ではなく、都立水商の芸者幇間ゼミの生徒たちだが、それは構わない。わけのわからないドランボとシュウは、芸者は若いほど価値があるくらいにしか思っていない。十代の芸者相手ならご機嫌だろう。

最初はおっかなびっくりで座布団に鎮座した二人だった。

中村がまず驚いたのは、息子の峰明の堂にいった挨拶だ。しかも英語だった。挨拶の後、横に侍《はべ》った芸者衆が酒を勧める中、まずドランボには峰明が文化祭で覚えたという「ジュリアス・シーザー」のセリフを披露した。マーロン・ブランドの真似とか言っていて確かに格調高そうだ。これには座は硬いままだった。

「峰明、シェークスピアはこいつには難しいぞ」

大声の日本語でそうアドバイスすると、今度は一夜漬けで覚えたエディ・マーフィをやってくれた。着物姿でやるエディの真似はウケた。

「そうそう、小学生にウケるぐらいの基準で大丈夫だ」

眼鏡の女性通訳はいないからもう言いたい放題だ、スカッとする。

徐々に乗ってきたドランボを英語の堪能な留学生がヨイショして、さらにテンションを上げていき、なんだかわからないが、三味線に合わせて、

「ファッキン！　ファッキン！　コーラでファッキン！　ヨイヨイヨイヨイ、シット、シット、シット」

歌って踊って盛り上がってきた。三味線と和太鼓の音が調子いい。

「ファッキン！　ファッキン！　ヨイヨイヨイヨイ！」

咎めるのは無粋というものだ。

「そうそう、小学生はさ、ウンコとかチンチンって言うだけで大喜びするでしょ？　そのレベルでちょうどいいの、こいつには」

シュウの方は中国人留学生のソウさんがお酌しながら中国語でヨイショしている。ソウさんはたまに七光物産の日本人社員にも気を使い、

「アイヤ、いい男ね。嘘じゃないよ、ハンサムよ。私の心、ほんとの心」

などと日本語でヨイショしてくるので、

「ソウさん、こっちはいいからシュウさんをお願い」

そう言って集中してもらった。

おかげで最後の方はドランボとシュウも一緒になって踊りまくり、盛会のうちにお開きとなった。そのまま次の店へ繰り込めそうだ。

「ありがとう、皆さん」

中村は息子の学友一人ひとりと握手した。部下たちも、大感激して高校生芸者衆を

労っていた。

翌日、中村は息子を食事に誘った。前の晩のお礼だ。乃木坂の自宅マンションの近くにも行きつけの店はある。その一つの小料理屋のカウンターに親子で並んで座った。

「急に無理なお願いして悪かったな」

峰明のグラスにウーロン茶を注ぐと、

「無理なんてことなかったよ。先生も喜んでた。おかげでゼミの成果を見られたって。僕はすごく褒められて、ぴん介先生から名前をいただいた」

「ほう、どんな名前だ」

「桜亭ぽん吉《きち》」

「いいじゃないか」

「うん、気に入ってるよ」

「しかし、峰明があんなに出来るとは思わなかったよ。きっとぴん介先生の教えがいいんだな」

「うん。とてもいい先生だよ。ねえ、お父さん、絶対怒っちゃダメなんだよ」

「そうなのか？」

「うん。ぴん介先生は最初、幇間は怒っちゃいけない、って言ったんだけど、結局、人間は怒っちゃダメだと思うんだ。怒ったら負けなんだよ」

「うーん、そうか、そうかもなあ」

峰明が父親のグラスにビールを注いでくれた。そのタイミングも的確だ。こんなところにも勉強の成果が感じられる。

「それで峰明は怒らなくなったのか？」

「うん。そうなったよ」

「それは立派だなあ」

「怒ったって、何も事態は好転しない。むしろ対立を呼ぶだけだもんね」

いつのまにこんなにおとなになったのだろう。中村は息子の顔をしみじみと見てしまった。

「どうしたの？　お父さん」

「いや、何でもない」

「お父さん、ちょっと聞いてみたいことがあるんだけど」

「何だ？」

「いや、大して意味はないと思うんだけど。真紀はさ、お父さんとお母さんの名前の両方の字が使われてるんだよね？　僕にはわからないけど」

「そうだ。真紀のまは『まこと』の真だし、きは『のりこ』の『のり』のところの紀って字を使ったんだ」

「それで、僕の峰明の方にはどちらも使われてないんだよね？　わざとそうしたのかな？」

そんなことを気にしてたのか。中村は息子の胸の内を知って一瞬息が詰まった。無言のまま息子の頭に手を置く。峰明はそれを嫌がらなかった。

「……確かに父さんと母さんの字は使っていない。でも、それには理由があるんだ」

峰明の頭から手を離し、ビールを一口飲む。

「大学に入ったときに、先輩に誘われてワンゲル部に入ったんだ。わかるかな？　ワンダーフォーゲル。登山部とも違う。自然の中に飛び込んで行くみたいな部だ。父さんもよくわかってなかったんだけど、入ってみたら結構体力的にも大変だったよ。でもほら、父さんは都会育ちだから、大自然への憧れもあったんだな。入部して初めての合宿が北アルプスだった。山で迎えた最初の夜明けだ。テントを出てみると、朝日に照らされた剣岳《つるぎだけ》が見えた。わかるかな？　高い山から先に太陽に照らされて明るくなるんだ。まだ自分の周りは薄暗いのに、峰だけ明るくて、舞台の照明を当てたみたいに映えているんだ。生まれてこんなに感動した風景はない、そう思ったよ。あの明るい峰の姿は一生消えない。今もね、こうして目を瞑《つぶ》ると蘇ってくるんだ」

中村は息子の前で目を閉じてみせた。

「へえ、今も見えてるの？」

「ああ、見えてるよ」

中村は目を開くと息子を見た。

「それが人生で心がいっぱいになるほど感動した最初だ。次に感動したのはいつだと思う？」

「え？　いつかなあ？　また山で？」

「いや、お前が生まれたときだ」

峰明の顔がパーッと明るくなり口角が上がった。中村は赤ん坊のころのこの子の笑みを思い出した。

「嬉しかった。俺は父親になったんだ、その感動で心がいっぱいになった。名前は色々候補があったんだ。でも決めた。あのときの剣岳のように雄々しく輝いてほしい。明るい峰で峰明だ。誰にも文句は言わせなかったよ」

「いい名前だね。ありがとう」

「うん、いい名前だ。桜亭ぽん吉もいい名前だ」

親子で笑った。こんな気分で息子と笑ったのはいつ以来だろう。

「峰明、もう一つ聞いてもらいたいことがあるんだ」

「何？」

「母さんのことだ」

「うん」

「母さんを許してやってくれ」

「僕、何も怒ってないよ」

「そうだったな。でも母さんはいつも怒っているみたいに見えないか？」

「……ま、そう、そうかな」

「これは初めて教えるけど、峰明は母さんのお祖父さんを覚えてるだろう？」

「うん、四年生のときにお葬式だった」

「お前のひいお祖父さんになるわけだけど、あの地方の名士で市会議員だったこともある立派な人だ」

「へえ、そうだったんだ」

「あの、ひいお祖父さんも字が読めなかった」

「そうなの？」

峰明はひどく驚いた様子で体の向きを変えた。

「ああ、難読症というか、ディス、ディス……」

「ディスレクシアだよ」

「そう、それだ、ディスレクシア。これは遺伝性の面もあるらしい。母さんはお前がディスレクシアと知ったとき動揺した」

「そうだね。お母さんは僕のことで恥ずかしい思いをしたと思うよ」

「いや、それだけじゃない。問題はもっと複雑だ。後になって、母さんは自分の祖父もディスレクシアだったと知ったんだ。ショックだったと思う。自分の持つDNAに原因があったわけだからな。その事実を知ってから、母さんはお前の障害を何とかしようという努力をやめた」

　峰明は真剣な表情で頷いた。

「でも、ひいお祖父さんは立派な人だったんでしょう？」

「そうだ。いずれ、母さんもそのことを思い出してくれると思う。峰明が立派になったときにな。今も随分立派になってきてるけど」

「そんなことないよ。そんなことないけど、でも、僕水商に行って本当によかったよ」

「そうだな」

「中学の先生には『ここしか入れるところはありません』って言われたんだけど、僕にはピッタリの学校なんだ」

「父さんもそう思うよ」

「でしょう？　僕、もっと頑張るよ」

「おお、頑張ってくれ。乾杯しよう」

親子でグラスを合わせたとき、戸の開く音がして新たな客が入ってきた。

「大将、雪になったよ」


三学期に中間試験はない。学年末試験が一回あるだけだ。二月中旬に試験が終わり、生徒会幹部は「卒業生を送る会」の準備に余念がない。

都立水商の数ある伝統の中で、「卒業生を送る会」はまた独特のものだ。学校主催の卒業式の直後に生徒会主催の会として行われ、教師は一切口を挟まない。むしろ教師の側も楽しみにしている。

その日、卒業生は三階の教室を出て、渡り廊下で卒業式会場の体育館に移動する。そこで厳かな卒業証書授与式、華やかな卒業生を送る会、と続き、そのまま体育館玄関から前庭に出て、もう教室に戻ることはない。

そのまま三年間の思い出を胸に巣立っていくのだ。

「最後の最後にミソつけるわけにはいかないからな。完璧な準備が必要だ」

水野会長は常に沈着冷静な人だが、内に秘めている熱が伝わってくる。三年生の最後の思い出を、楽しく美しいものとして送り出したい、その思いは淳史たちも共有している。

「卒業式の答辞は田中京先輩らしいな」

テニス部主将で「水商のお蝶夫人」の異名をとる田中先輩は、テニスの方の実力は見かけ倒しだったが、ホステス科の首席としての実力は大したものだった。

淳史も校外店舗実習でその凄さを目の当たりにした。あのオーラは何だろう？　一年生で噂し合ったものの、結論は出なかった。芸能人のそれとも違うし、政治家のものとも違う。田中先輩自身が一歩引いている印象さえあるのに、客はその魅力に取り込まれ、自ら素顔を晒していくのがわかる。

ある日のホームルームで伊東先生がこう語ったことがある。

「これまで長年に亘ってホステス科の優等生を見てきたけど、彼女らに共通するのは、何かのカウンセラーになれそうな聞き上手、あるいは刑事になれば容疑者をバンバン自白させそうな本音引き出し上手ということだな。たぶん田中京もカウンセラーでも刑事でも成功すると思う。みんなだってそう思うだろう？　田中には何でも相談できそうだとは思わないか？」

このとき、クラス全員一斉に大きく頷いた。

ホステス科はこの学校の中核だから、その首席である田中先輩が答辞を読むのは順当だ。それに対して生徒会主催の送る会では、やはり生徒会の中心人物だった松岡先輩に、最後のスピーチを依頼するのはこれまた順当だ。

「で、松岡先輩のお宅にそのご挨拶に伺います」

放課後の生徒会室。淳史の席の前まで来て野崎先輩が宣言した。

「はあ」

それがどうしたのかな、とぼんやり思っていると、

「あなたも一緒に行くのよ！」

野崎先輩はもどかしそうに付け加えた。

「え？　僕もですか？」

「そうよ」

「それはいつ？」

「今からよ」

うわ、心の準備が、と頭に浮かんだことを口に出していいものか迷い、淳史は水野会長を見た。

「行ってこい」

静かな一言でも逆らえない説得力を持つのがこの人だ。

午後の陽《ひ》がまだ高い歌舞伎町を、野崎先輩と二人で新宿駅に向かう。

「松岡先輩は入試が終わって、あとは合格発表を待つだけなんだって」

野崎先輩は機嫌がいい。

「合格するといいですね」

「何言ってるの、絶対よ、絶対第一志望に入れるわ」

新宿駅で中央線快速に乗る。

「トミーは西荻窪に行ったことある？」

「ないです。中央線に乗ったこともあまり記憶にありません」

都内で生まれ育っても、生活範囲は狭いものだ。淳史は中央線沿線に縁がなかった。

新宿から十三分で西荻窪駅だ。

「近いんですね」

「そうよ、新宿に通うには便利よね」

松岡先輩の家は駅から十五分ほど歩いた閑静な住宅街にあった。洋風の古い木造家屋だ。

「こういうの昭和の家っていうのかな」

お洒落《しゃれ》な出窓を指差して野崎先輩が小声で言い、そのままインターフォンのボタンを押す。

『はい』

松岡先輩の声だ。毎日聞いていた声だから間違いない。

「野崎彩他一名、伺いました」

野崎先輩はちょっとお茶目な言い方をした。

ドアが開いた。

「いらっしゃい」

そこに二か月ぶりに会う松岡先輩がいた。セーターにジーンズ姿は初めて見る。恋しかった姿を見て胸がキュンとした淳史は、

(あ、この匂い)

毎日会っているときには意識していなかった、松岡尚美の匂いを感じてさらに動悸《どうき》を高めた。

応接室に通される。珍しい六角形の部屋だ。表から見たお洒落な出窓はこの部屋のものだった。

松岡先輩は紅茶を出してくれた。

野崎先輩は用件の前に受験のことを話題にした。松岡先輩の話では、卒業式の前に合否はわかるとのことだ。

続けて「卒業生を送る会」の話になる。一部サプライズも含まれるので、すべては明かせないものの、スピーチのタイミングと時間を伝える。

「内容は自由ですから、好きなことを話してください」

野崎先輩の言葉に松岡先輩は淳史の大好きな「少女の笑み」を浮かべて頷いた。

「あ」

そのとき野崎先輩は自分のスマホの画面を見た。

「会長の水野がご挨拶したいらしくて、今駅に着いたみたいです」

え？　それなら最初から会長も一緒に来ればよかったのに。と淳史は不審に思った。

「水野は初めてですから、迎えに行ってきます」

「それなら僕が」

「いえ、トミーは残ってて」

「でも」

「いいから、残ってて」

急に女王様の恐い目になって野崎先輩は言い、そそくさと駅に向かった。

(謀られた)

気づいても遅い。残された淳史の全身に緊張が漲《みなぎ》る。手足すら自分のものでないようだ。

「あっちゃん、紅茶もう一杯いかが？」

「はい」

松岡会長がティーポットからカップに紅茶を注ぐ音が、自分の鼓動の音に重なる。

「あ、あの、すみませんでした」

やっと言えた。

「何が？」

「ですから、あの、クリスマスパーティの後余計な質問をして」

「いいのよ。あれは言わされたんでしょう？　みんなが聞きたかったことだから」

「いや、まあ、そう、そうでしょうか」

「わたしも言いたかったことだし」

「え？　言いたかったんですか？」

「そう。わたしは別に水商売も風俗も目指してたわけじゃないのに水商に進学したから、みんなと一緒にいることで騙《だま》しているような気がしててね」

「そんな風には誰も思いませんよ」

「わたしは申し訳ない気がしてた。でも水商に行ってよかったのよ、わたし。わたしは中学まで男子が苦手だった。怖かった。少しでも触られるのが嫌で、フォークダンスなんてさせられるとすぐに吐いてた」

「吐くんですか？」

「そう、気持ち悪くなってね。男の匂いもダメ。だから水商に入学してしばらくは自転車で通ったの。電車の中で男の人と接するのが嫌で、ましてや痴漢にでもあったらパニックになったと思う。それが水商だとクラスメイトの男子はみんなゲイバー科で、生まれて初めてオネエと接してすごく楽になった。勉強にも集中できたし。親しくなるとクラスメイトの海老原君は三鷹《みたか》、梶山君が国分寺《こくぶんじ》から通っていることがわかって、一緒の電車に乗って守ってくれるようになったの。それで電車にも慣れてきて、それに園山君というこの近所で中学も一緒だった子が柔道部に入ってくれた」

(知ってる!)

淳史はその名に聞き覚えがあった。入学早々見学した柔道場で、城之内さくらに締め落とされそうになった先輩だ。

「駅から家までの間に襲われないようにボディガードとか言ってさ。でも弱いままだったらしいわ」

「園山先輩、いい人なんですね」

「そうなの、いい奴なの。みんなね、みんないい奴。クラスメイトは一年生のころからわたしの男性恐怖症を知って力になってくれた。力になろうとしてくれた。先輩たちや後輩たちもそう。こんなわたしを生徒会長に選んでくれて、頼りにしてくれたけど、頼ってたのはわたし。水商でなければわたしはダメだった。だから最後はみんなにわたしの真実を伝えておきたかった。そういうわけだから、あっちゃんは何も気にしなくていいのよ」

あっちゃん、か。それもだ、それも謝らないと。

「あの、あっちゃんて呼んでいただいてありがとうございます。それにその、亡くなった弟さんの愛称だとも知らずにすみませんでした」

瞬間、松岡先輩の頰が赤らんだように見えた。

「それも謝らなくていいのに」

「いや、そう呼んでいただいて嬉しかったんですけど、それが弟さんの愛称だとは知らずにいたのが申し訳なくて」

「ちょっと待ってて」

そう言うと、松岡先輩は一度応接室から出ていった。一人になった淳史は少しだけ息をつけた。あれほど会いたい人だったのに、席を外された方が落ち着くとはどういうことだろう。

すぐに松岡先輩は戻ってきたが、それまで座っていた淳史の正面のソファでなく、淳史の隣に座った。松岡先輩の匂いが濃くなっただけでなく体温まで感じて、淳史の動悸はさらに早まった。

「ほら、これ」

松岡先輩は一枚の写真を手にしていた。

「四歳の私と二歳のあっちゃん。お祖母《ばあ》ちゃんが持っていたのはこの一枚だけ。このあと両親が離婚して一度この家とは縁が切れたから、七歳までのわたしの写真は残っていないんだ」
古い写真の中で、小さな弟の肩を後ろから抱く可愛らしい姉。二人とも笑顔だ。そ
れが悲しい。
「あっちゃんの最期の様子は覚えてない。悲し過ぎて忘れてるのかな。一番覚えてる
のはね、幼稚園からわたしが帰ってくるのを見て『おねえちゃん』って嬉しそうにか
けてきた弟。場所は家の近くの公園だったと思う。なぜだかわたしは逃げた。ちょっ
とからかうつもりだったのかな。逃げて止まって、弟が追いつきかけるとまた逃げて。
最初笑ってた弟が泣き出した。『ごめんね、あっちゃん』って謝っても泣いてた。ど
うしてあんなことしたんだろう。本当はすごく可愛く思ってたのに」
途中からモノローグになっていた。淳史の存在はそこにないかのようだ。淳史はそ
っと松岡先輩の目を覗き込んだ。そこにあるのは、今まで見たことのない優しい眼差《まなざ》
しだった。
「！」
ふいに松岡先輩が目を上げた。真正面から互いの視線がぶつかる。近い。息が触れ
る距離だ。数秒が数分に感じる。淳史はこのままじっとこの瞳を見ていたかった。
「ダメよ」
一瞬、松岡先輩の息の匂いでクラッとしかけたが、何を言われたか理解して、淳史

は我に返った。

「あ、すみません、すみません」

あわてて立ち上がる。

「あの、僕はその、変なことしようとか、そう思ったわけでなく、その、変なことというのはですね」

「いいの、いいの、あっちゃん座って」

言われるままに淳史はまた座った。今度は正面を向いて横にいる松岡先輩を見ないようにした。

「わたしもあっちゃんに謝りたかったんだ」

松岡先輩は言いながら、淳史が膝の上で固く握っている拳を手で包んだ。

「ダメだと言ったのは、キスはダメってこと」

「いや、ですからそんなことする気ではなくてですね」

「黙って聞きなさい！」

口調が女王様だ。淳史は反射的に背筋を伸ばして返事した。

「はい！」

松岡先輩の口調はすぐに和らいだ。

「わたしは男女問わず、他人の粘膜がダメ。体液もね」

それはたいていの人間がそうだと思うが、ここは黙って聞いた。

「だからわたしはセックスなんて想像したくもない。唇同士のキスもね。男に触るのは基本的にダメだけど、ほらあっちゃんなら平気だよ」

本当に淳史に怒っていないらしい。

「あっちゃんって呼ばせてくれてありがとう」

そう言った後、

（あ！）

松岡先輩は淳史の頬にキスしてくれた。

そのときチャイムが鳴った。水野会長の到着だ。

松岡先輩はスッと立ち上がって迎えに出た。

残された淳史の体はジワーッと温かくなって、力が抜けていった。

三月

生徒会室はこのところピリピリした空気に覆われている。水商祭の場合は満員の観衆を迎えるとはいえ、それぞれの出し物に関しては出演者に任せればよかった。だが

「卒業生を送る会」ではすべてトップダウンで決定しなければならない。ミスはすべてここにいるメンバーの責任だ。中でも生徒会長の身にはその責任が集中するわけで、水野先輩は、一睡もしてないのではないか、と思われるほど目を充血させている。

しかし、どんなに切迫しているように見えても、感情を爆発させる場面はない。この学校では、一年生から実習で「仕事」の現場を見てきている。どんな状況でも冷静に進めなければ仕事が完成しないことを水商生は知っている。淳史はそこに桜亭ぴん介先生の、

「絶対怒っちゃダメざんす」

と共通する意識を感じた。

「やったわよ！」

生徒会室の戸が開いたと思うと、野崎先輩が叫びながら飛び込んできた。

「松岡先輩、お茶の水女子大学に合格！」

ウワッ、と部屋のテンションが一気に上がった。みんなが自分のことのように喜ぶ。

「今、松岡先輩が職員室に報告に来てるの」

きっと職員室でも盛り上がっているだろう。

「また、すごいところ狙ってたんだなあ。女子大ではトップだろう？」

少し落ち着いたところで水野会長が言った。

「そう、松岡先輩はどうしても女子大に行く必要があったわけだけど、それにしても国立とはね」

野崎先輩だけは興奮のレベルがまだ落ちない。同じSMクラブ科の先輩の快挙だから当然だ。

松岡先輩の個人的事情はもはや全校に知れ渡っている。だから女子大に進学を希望することは誰にも容易に推測できた。しかし、こう言っては身も蓋もないが、水商に入った段階で合格可能性のある大学は限られたものになる。実習の多いこの学校では、他校に比べて一般科目の時間数は少ない。個人の努力だけでは乗り越えられない壁があると考えるのがふつうだ。

松岡先輩はその壁を乗り越えて見せ、後輩たちに自信と希望を与えて卒業していく。

「これは送る会でのスピーチが楽しみになってきたな」

水野会長はいつもの冷静な口調に戻って言った。その顔からは疲労の色が消えていた。

三月九日、卒業式の朝。都立水商は華やかな空気に包まれる。この日、卒業生は制服でなく、私服で登校する。地味目なのはマネージャー科とバーテン科がダークスーツでいるぐらいで、ホステス科をはじめとする女子はきらびやかなドレスや着物姿。

ホスト科は、ビジネスマンが着ないタイプのスーツ姿だ。さらにバラエティに富んでいるのがゲイバー科で、少人数ながらドラッグクイーンの面目躍如。ドレスも着物も女子の誰よりも派手であったり、奇抜であったりする。

「卒業証書授与式」「卒業生を送る会」の後、卒業生はそのまま校門から出て行くのだが、そこは新宿歌舞伎町。夜の装いであっても奇異に見られる心配はない。むしろ、

「あ、今日は都立水商の卒業式なのね」

とスマホのレンズを向けられるなどしてお祝いされるのが例年の光景である。

先輩たちのいる店は通常より早く開けて、卒業生を迎えてくれる。ゲイバー科のドラッグクイーンたちも新宿二丁目までパレードして先輩たちのいる店に繰り込み、朝まで大騒ぎだ。

最後のホームルーム。三年Ｇ組では担任の小田真理が生徒と向かい合った。

「あら、松岡さん」

真理はこの学校の一期生として、毎年の卒業式には特別の感慨を覚えるのだが、今年はまた格別のものとなった。華やかなドレスや着物姿の生徒の中に、一人松岡尚美だけが制服のままでいるのを目にしたのだ。

かつて卒業式に一人だけ制服で出席した卒業生がいた。それが第一回卒業式における小田真理である。

「わたしがこの制服でこの会に出席したのは、この制服が好きだから、この制服を着ていたいからです」

から始まるそのときの真理のスピーチは、代々名スピーチとして生徒の間に語り継がれてきた。だから、松岡尚美のこの姿を見ただけで、教師も生徒もその意味を理解する。それは同級生には、

「わたしはまだこの制服を着たままみんなと一緒に過ごしたい」

後輩たちには、

「この制服を着ていることに誇りを持ってほしい」

というメッセージなのだ。

「最後のホームルームを始めます。最後だからね、連絡事項は特になし。みんな卒業おめでとう。中には今夜から店に出る人もいると思うけど、存分に実力を発揮して後輩たちに道を開いてちょうだい。この学校の評価はみんなの活躍にかかってます」

「任せてよ、真理ちゃん」

今日はまたいつにも増してド派手にキメている海老原が、最後列の机から声をかけた。

「あら、頼もしいわね。お願いよ。これまで授業や実習の合間にみんなに伝えてきたことだけど、成功も失敗も、幸福も不幸も、それぞれ色んな顔を持って現れる。結婚

が幸福でない場合もあれば、離婚が不幸でない場合もある。とにかく拘《こだわ》らない、決めつけない。それと他人にどう見られてるかを気にしない。自分のペースで生きてほしい」

訴えているうちに熱が籠ってきて、不覚にも生徒の顔が涙でぼやけてきた。

「なーに、真理ちゃん、泣いてんの？」

「年取ると涙もろくなるのねえ」

「鬼の目にも涙よ」

からかう口調だが、この子たちは優しいのだ。その優しさを感じて、また真理の胸がいっぱいになる。

「泣かないわよ。これから卒業式と送る会だからね。メイクが流れたら大変だわ。さ、みんな行くわよ。最後にキメましょう」

それを合図にガラガラと椅子を引く音がした。

卒業証書は三年A組から出席番号順に授与される。C組のホスト科からは厳かな空気にそぐわない卒業生の姿が続く。だが、誰もそれを滑稽とは思わない。これこそ都立水商の真髄だ。

「『らしく』は水商の敵」

と教えてくれた海老原先輩の言葉が浮かぶ。まさにその海老原先輩が黒沢校長から卒業証書を受け取るところだ。そのままゲイバーのショーに出られそうなファッションに真剣な表情。その心意気に尊敬の念を新たにする。

残り三人目に現れた制服姿が逆に目を惹く。松岡先輩だ。入学式のドレス姿で新入生に強い印象を与えた前生徒会長が、今日は制服姿であのとき以上のオーラを発している。

淳史は証書を受け取る後ろ姿を見ているだけで胸が詰まった。

証書授与を終え、そのまま壇上に残った黒沢校長がマイクに向かう。

「学校長祝辞」

「皆さん、卒業おめでとう。この学校で二十八年過ごしてきた私は、卒業していく皆さんの姿を見るたびに思うことがあります。それは、かつてマネージャーとして店を仕切っていた自分より、遥かに『出来る』集団だということです。皆さんの実力はすでに折り紙つきです。これまで校外店舗実習でお世話になった現場の人々から高い評価をいただいているわけです。ここで私が皆さんの仕事ぶりについて心配するのは僭越だと言っても差し支えありません。そしてこの成果は私たち職員が導いたとも私は考えません。あなた方は自分たちの力で今の高い評価を勝ち取った。この学校での三年間、常に自分たちで考え、自分たちで振り返り、より良い成果を得ようと葛藤してきた姿こそ、母校都立水商を支えてきた一番の要素なのです。お気づきでしょうか？私が『自分たち』と複数形で呼んだことを。そうです、皆さんは常に仲間とともにあった。一人ではなかった。これからはそれぞれ別の道に進み、『自分たち』でなく『自分』で考えて道を切り開かねばなりません。不安ですか？　不安に思って当たり前です。人生は決して平坦《へいたん》でも安楽でもありません。しかし、本当に苦しい場面では、息も絶え絶えになるような場面では、この学校での日々を思い起こしてください。仲間とともに進んだ日々を思い起こして、もう一度胸を張って歩んでください。いつも前を向いて胸を張って。自分より大きくなった皆さんにそれだけ伝えて、私の祝辞とさせていただきます」

続いて来賓祝辞は保護者会会長にして卒業生でもある石橋孝《いしばしたかし》氏だ。内山渡の話では、野球部のOB会会長でもあるそうだ。

「ご卒業おめでとうございます。先ほど先生に伺ったところ、今年の卒業生の進路ですが、ほとんど水商売の店で働くということですね。一名進学で、一部は一般企業に就職する人もいて、珍しいところでは、ゲイバー科を出て女性社員として就職する人もいるというお話でした。まあ、これは私のころでもですね、水商ゲイバー科で女性としての生き方だけを学ぶ、別に水商売は目指さない、という生徒はおりました。それもこの学校の存在意義だと考えて歓迎しております。ですがまあ、大半の卒業生は夜の街を職場とするわけです。サラリーマンの人生を電車にたとえれば、水商売で生きる人々の人生は一人乗りのヨットです。サラリーマンの場合、高校大学企業とポイントを切り替えて、間違いがなければ月々の給料が貰える。それに対してヨットの人生は、常に遠くの灯台や星を頼りに舵《かじ》を取らねばならない。どちらが大変ということはありません。サラリーマンにはサラリーマンの葛藤があり、夜のお店はそんな人々のストレスを解消する役目も背負っているのです。ですが、油断ならない、といえばどうしてもヨットの方になりましょう。電車は寝ていてもレールに乗って進みます。運転士さえ起きていればいい。しかし、単独のヨットはすべて自分が頼りです。嵐の中でも助けは呼べない。呼ぶときは難破遭難したときです。その厳しさに身を投じる、ということは皆さんここに入学したときから覚悟しておられたとは思います。本日はその覚悟を新たにする日です。自分で選んだ道ならば、誰のせいにもできません。このあと、送る会も終えて、母校の校門を一歩出た瞬間、右か左か、どちらに進むかの選択が始まります。その選択の一つ一つが本日の覚悟から始まっていることを肝に銘じていただきたい。最後に、私が卒業の際に初代校長矢倉茂夫先生からいただいた言葉を、皆さんに贈ろうと思います。楽しみましょう。仕事を、人生を」

これも流石に先輩の言葉だけあり、甘くはないが心強くもあるメッセージだった。送辞は水野会長で、この人らしく少し硬めのソツのない内容だった。

答辞は田中京先輩だ。そのファッションは水商卒業生を代表するのに相応しい完璧なホステスぶりだ。スポーツ交流会でのテニスウェアでも目立つ人だったが、本職のスタイルになるとその輝きが違う。

「わたしは劣等感の塊でした」

開口一番そう言って、しばらく田中先輩は会場全体に目を配った。

「そのわたしが、こうして沢山の皆さんの前で動じずにお話しできることを、今嬉しく思います。わたしがこの学校を選んだ理由は『勉強が苦手だから』です。それ以外にありません。この学校で過ごす三年間でわたしに力を与えてくれたのは、その劣等感でした。無知であることを自覚しているわたしは、どなたに対しても真剣にお話を伺うことに努めたのです。期せずしてそれがわたしの目指す、ホステスの仕事に求められる姿勢でした。わたしはこの学校で天職と出会えたと思っています。その天職と出会えた校外店舗実習以外にも、この学校での日々は充実していました。中学時代に、わたしの劣等感に拍車をかけた同級生からの軽蔑の視線とは、ここでは無縁でした。それだけでわたしはノビノビと高校生活を楽しむことができました。これにも感謝しかありません。学校に戻れば優しく温かい空気に包まれる。そのことが、校外実習に向かうわたしに勇気を与え、背中を押してくれました。ですから、今日わたしは巣立つことを嬉しく思い、明日に期待すると同時に、この温かい場所に戻れないことを不ます。しかし、わたしは前に進みます。その不安に打ち勝って前に進みます。それはわたしが明るく生きる姿をここで学ぶ人に見せたいからです。そこにいるのは昨日のわたしです。劣等感を抱えたわたしです。そんな後輩たちに自分のありのままの姿を見せることがこの学校とお世話になった先生方への一番の恩返しだと思っています。一か月後、桜の花びらの舞い散る中を新入生がやってきます。在校生の皆さん、どうか彼らを温かく迎えてください。そして三年後、彼らが今日のわたしと同じ感動を得ることを祈って、母校に別れを告げたいと思います。さようなら」

田中先輩は堂々としていた。まるで大御所の演歌歌手か大女優を見ているようだ。

卒業証書授与式に続き、そのまま卒業生を送る会になった。

突然照明が変わり、ミラーボール輝く中、水商名物のラインダンスが始まる。すると舞台上にスクリーンが降りてきて、三年前の入学式の模様が映し出される。

いきなり会場全体から笑い声と拍手が湧く。映し出される姿は今からは考えられないほどダサい。特にゲイバー科の生徒は今の姿を知っている身には笑う以外にない。

「何あれ！」

「これ動物園じゃないの？　猿よ、あんた」

大きな声で罵倒し合うのがウケている。

この映像の編集は森田木の実が担当した。彼女のセンスはなかなかのもので、ツボを押さえている上にしつこくはない。おかげでタイミングよく笑えるし、しんみりくるところもちゃんとある。その感情の波が会場全体で一致していて心地よい。

その後も計画通りにうまく進行していく。サプライズの仕掛けもウケた。お祝いに意外な人物が登場するのだが、ゲイバー科の実習で海老原先輩を化け物と呼んだママが現れた。舞台上での海老原先輩との掛け合いが漫才を見ているようだ。

一番会場がどよめいたゲストは、徳永猛先輩だ。司会者が名前を呼んでスポットライトにその姿が浮かび上がると、会場全体がスタンディングオベーション。しばらく拍手は鳴り止まなかった。

「皆さん、卒業おめでとう。私も今年野球選手としての卒業を迎えました。現役時代の私を支えてくれたのは、同窓生の姿です。この学校で学んだ技術を武器に、夜の業界で活躍している男女の同窓生を見ては、『みんな頑張ってる。自分もここで頑張らねば』と野球に打ち込むことができました。一つの道で日々頑張るということでは、私と同窓生は一緒です。引退を選んだ私の目には現役で頑張り続けるかつての仲間の姿が眩しく映ります。どうか、皆さんも互いの頑張る姿を、この先の人生での糧にしてください」

短いながらも卒業生だけでなく、聞いている全員が勇気づけられるスピーチだった。

在校生代表は野崎副会長だ。

「入学以来二年間、皆さんの姿にわたしは憧れ続けました」

で始まったスピーチだったが、途中から感極まり、最後の、

「ありが、とう、ございま、した」

は途切れがちになった。やはり情にもろい人なのだ。

「それでは最後にこの人にスピーチをお願いいたします。我らが生徒会長、松岡尚美」

拍手の中を松岡先輩がステージに立った。

「皆さん、お別れのときが来ました。三年間ありがとう。わたしがこの制服を着ている意味はもうおわかりだと思います。初代生徒会長にして現同窓会会長、小田真理先生も卒業式にあたりこの制服で出席されました。そしてわたしたちが入学以来聞かされてきた、あの名スピーチを残されたのです。わたしはそれに張り合って名スピーチを残そうなどと大それたことは考えていません。でも、気持ちはそのときの小田先生と同じです。中学時代、わたしはこの制服に憧れていたわけではありませんでした。むしろ水商で学ぼうとは思わない生徒だったのです。しかし、この学校でしか学べないこと、ここでしか解決できない問題をわたしは抱えていました。それはとても個人的なことで、学友の皆さんには関係ないことです。ですから、入学直後にはわたしはここでは自分は異分子だと思っていました。皆さんを騙しているような罪悪感もあっ

たのです。そんなわたしを皆さんは受け入れてくれました。皆さんの中に溶け込んだ自覚が生まれて以来、わたしにはこの学校での生活が、楽しいと同時に、充実したものとなったのです。そしてわたしの問題は解決しました。そのときわたしは気づきました。その問題を解決するためだけに選んだはずのこの学校が、わたしの心の故郷になっていたのです。ここで過ごす毎日は宝物でした。その宝物だった日々が、これから一日ごとに遠ざかっていく。それがわたしには耐えられません。どうか、せめてあなた方の仲間でいさせてください。この制服姿の松岡尚美をずっと覚えていてください。それでは皆さん、再会の約束をして別れましょう。そして再会するその日には、また次の再会の約束をしましょう。さようなら」

淳史は泣けて仕方なかった。周囲を見るとほとんどの同級生も目を赤くしていた。一年生にも卒業生の思いは理解できる。この学校で出会った仲間は特別だ。

舞台を下りた松岡先輩は自分の席に戻るまでに握手攻めにあっていた。

この会から司会は新たに二年生守谷真平《もりやしんぺい》が務めている。初司会の緊張もあろうが、彼は最後まで泣かないで立派に通した。

「校歌！」

守谷が叫び、前奏が始まる。再びミラーボールが回り始める。

「ネオン輝く歌舞伎町……」

校歌は元気よく、が合言葉だ。卒業生、在校生、教職員、全員が声を張る。

一番の途中から卒業生が動き出し、在校生の間を抜けて体育館玄関に向かう。在校生も歌いながら後に続く。

体育館から表に出た卒業生はクラスごとに集まって担任の先生を胴上げする。水商ではクラス替えはないから、三年間お世話になった先生だ。若い先生など胴上げ前から泣いている。胴上げする側も泣いている。

暗黙のルールで在校生は外には出ない。この様子を校舎の窓や、体育館のガラスの扉越しに眺める。

一年生には初めて目にする光景だ。淳史は教室棟に戻り、三階の窓からその様子を見ていた。クラスごとの塊だったものが徐々に解《ほぐ》れ、握手したり抱き合ったりして別れを惜しむ先輩たち。やがて一人二人と校舎に一礼しては校門から出て行く。その校門の脇で制服姿の松岡先輩が一人ひとりと別れを告げ合っている。女子とはハグし、男子とは握手だ。

とうとう最後の一人になった。卒業生の姿がないのを確認した松岡先輩は、校舎に一礼した後、もう一度確かめるような視線で校舎を見た。目がゆっくり動いている。

（探してくれてる）

淳史は直感した。軽く手を振ってみる。気づいてくれた。松岡先輩は右手を高く上げ、細かく振っている。やはり探してくれていたのだ。今度は淳史も大きく手を振った。その様子が滑稽だったのか、松岡先輩は胸を反らせて笑った。

淳史の大好きな少女の笑みだった。

終業式

それから春休みまでは気が抜けた。

ただ部活動はここぞとばかりに気合が入るようで、亮太も、

「新学期が始まると新入部員獲得で忙しいからな。今のうちに練習に集中するんだ。海老原先輩と梶山先輩も毎日顔出してくれるし」

ラグビー一色の様子だ。

野球部にはもう新入生が練習に来ているらしい。

「徳永さんの息子が来てる」

と渡が言っていた。

「大きいらしいね」

「でかいなんてもんじゃないよ。2メートル以上だぜ」

「へえ」

「昨日初めて球受けたんだけどさ」

「速い？」

「速い。今までで見たどの球よりも速い。ただ、コントロールがな」

「荒れるんだ？」

「うん、三球か四球に一度ストライクの感じ」

「それじゃあ、四球連発だね」

「そうなんだよ。コントロールを意識し過ぎると、今度はど真ん中にちょっとだけ球威の落ちるストレートで、吉野文正に打たれてさ。あれなら俺でも打てるかな。全力投球で来られたらまず打てないんだがなあ」

　この話だと期待していいものやらどうも微妙らしい。


　ついに三学期も最終日だ。

　終業式を終えて教室に戻り、一学年最後のホームルームになった。

「よし、これが本当の最後だ。これで諸君の一学年は終わる。よく頑張ったな。しかし、二年生は忙しいぞ。新年度に備えて十分に英気を養ってこい。そして、ここで一つ発表がある。我が校には先輩たちが選ぶフレッシュマン賞というものがある。これはそれぞれの科ごとに、実習先にいる先輩たちと二、三年生、それに教師講師の先生たちの代表が選ぶ一番頑張った一年生に贈られるものだ。今年のマネージャー科のフレッシュマン賞は、喜べ、このクラスから出た」

そんな賞の存在など今の今まで知らなかった。みんなは顔を見合わせてざわついた。

「それでは発表する。今年度のマネージャー科フレッシュマン賞は……中村峰明」

おお、と声が上がり、続けて全員の拍手になった。本人が一番驚いていて、しばらく立ち上がらない。

「ミネ。ほら」

淳史は峰明の二の腕を両手で摑んで引き立たせた。

前まで進み出た峰明の横で、

「誰か異議のある者はいるか？」

伊東先生が尋ねた。

「異議なし！」

全員が声を合わせる。満足げに頷いた伊東先生が、峰明に表彰状を渡し、記念のメダルを首からかけた。

「今回、多くの先輩たちが中村の頑張りを認めてくれた。何しろ本来関係ないはずのSMクラブ科の鈴木先生まで推してくれたほどだ。中村はわが校生徒、特にマネージャー科生徒に一番欠かせない精神を体現しているという評価を得た。その精神とは『献身』だ」

これには全員納得だろう。怒りを否定する峰明は、常に指示された仕事を黙々とこなしていた。

「だが、実習先の先輩や講師の先生から、このクラスは総じていい評価を受けている。つまり中村はみんなの代表として受賞したと言ってもいい。全員自信を持って第二学年を迎えてくれ。それでは中村、一言」

伊東先生に促されて、峰明は一つ唾を飲み込むような動作をしてから口を開いた。

「ええと、僕がこんな賞を貰えるなんて想像してなかったです。先生もおっしゃったように、みんなのおかげだと思います。ええと、僕はこの学校に来て本当によかったです」

最後の一言で、みんなは笑った。伊東先生も笑いながら、

「だから中村、そのセリフは卒業のときに聞かせてくれ。よし、これですべての行事は終わりだ。全員欠けることなく第二学年一学期に四階の教室で会おう」

この物語はフィクションです。
登場する人物等は、
現実とはまったく関係がありません。

本書のプロフィール

本書は、書き下ろしです。

小学館文庫

都立《とりつ》水商《みずしょう》1年《ねん》A組《ぐみ》

著者 室積《むろづみ》 光《ひかる》

二〇一九年五月七日　初版第一刷発行

発行人　岡 靖司
発行所　株式会社 小学館
〒一〇一-八〇〇一
東京都千代田区一ツ橋二-三-一
電話　編集〇三-三二三〇-五九五九
　　　販売〇三-五二八一-三五五五
印刷所――大日本印刷株式会社

この文庫の詳しい内容はインターネットで24時間ご覧になれます。
小学館公式ホームページ　http://www.shogakukan.co.jp

ISBN978-4-09-406633-3
JASRAC　出　1904032-901